U0044370

醫統江山

卷18

如夢初醒

第一輯完

石章魚 著

仇恨是一把雙刃劍
傷害別人的同時也會刺傷自己

目錄

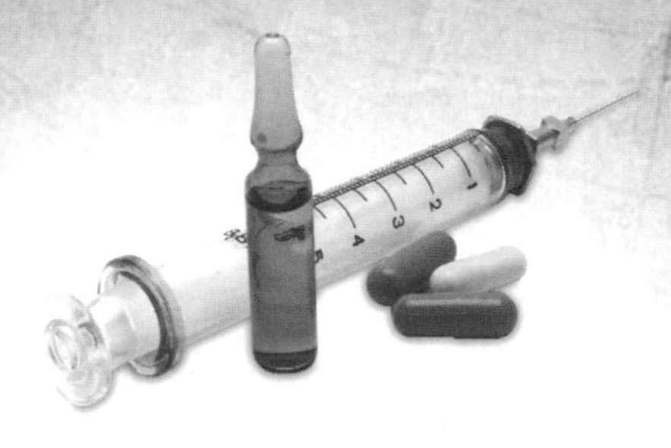

第一章

回復男兒身

現在所有人都搞清楚發生了什麼，
胡小天非但不會被連累，反而立下大功，是這次的大功臣。
而且胡小天用太監身分作掩護，接近姬飛花搜集他的罪證。
現在成為御前侍衛副統領，是大內侍衛中僅次於慕容展的職位。

七七道：「我和陛下商量過，打算為你們胡家平反昭雪，恢復你父親戶部尚書的職位。」

胡小天聞言大喜過望，慌忙道：「多謝公主殿下，多謝陛下，皇恩浩蕩，小天感激涕零。」

七七道：「雖然陛下有這樣的意思，可這件事卻不可操之過急。」

胡小天本以為事情已經定了下來，卻想不到七七來了個大喘氣，敢情這件事一時半會還無法落實，只是隨口那麼一說，害得老子空歡喜一場。

七七道：「這兩年，大康朝堂風雲變幻，文武百官變動頻繁，陛下再登皇位，雖然心中想著重新任用昔日的那些忠臣良將，可人事方面若是更換太急，肯定會引起不少官員心中不滿，甚至會因此引發不可控制的後果。」

胡小天點了點頭，七七的這番話很有道理，絕不是敷衍自己的藉口。

七七道：「所以事情必須一步一步的來，要先將目前的局勢穩定下來，然後才能為昔日這些被冤屈的臣子一一昭雪平反，不過你放心，胡大人可以繼續在戶部任職，我也準備封你一個官職。」

胡小天心中竊喜：「不知公主打算封我一個什麼職位？」

七七道：「洪先生平定叛亂有功，陛下特地封他為司隸校尉，統領天機局，負責監察京城百官並糾察三輔等七郡，有權糾察三公以下的官員，還可奉詔捕殺朝廷重犯，逮捕公卿，就算是專權的外戚也在他的管轄範圍之內。」

胡小天聽到七七提起洪北漠，心中暗歎，成者為王敗者為寇，姬飛花倒台，洪北漠上位，從目前老皇帝授予他的權力來看，假以時日恐怕又是一個姬飛花。老皇帝還是沒從姬飛花的身上得到教訓，上位者必須要懂得權力平衡之道，而不是將所有權利集中於某一個人的身上，重用一個人雖然可以信任，但是又不能賦予全部的信任，必須要找到另外一個人起到制衡他的作用。不知七七突然提起洪北漠是什麼意思？難道她已經有所警覺了？

七七道：「洪先生回來之後所做的第一件事，就是說服陛下取締了神策府。」

胡小天道：「那神策府不是權公公和文太師聯手所建，當初三皇子殿下也傾注了不少的心血呢。」

七七道：「本來我的意思是讓慕容展出來統領神策府，可是慕容展卻堅決不願，後來陛下提出要將神策府取締，我也只能答應。」

胡小天道：「公主殿下的本意是不是想神策府和天機局單獨存在，相互監督，相互制衡？」

七七點了點頭道：「正是如此，雖然我並不懷疑洪先生的忠心，但是陛下賦予他太大的權力總不是好事。」

胡小天道：「絕對的權力會使人絕對的腐化，陛下的本意是好的，他是想洪北漠率領天機局去監督其他人，可是他有沒有想過，有誰監督洪北漠呢？」

七七唇角露出一絲微笑，跟胡小天說話省去了很多的力氣，他應該已經完全明白了自己的意思。

胡小天抱拳道：「小天不才，願為公主承擔這個責任！」

七七道：「你不是為我承擔，而是為大康承擔，卻不知你有沒有什麼打算？」

胡小天道：「公主殿下，當前大康百廢待興，最缺的不是金錢、糧食，更不是土地，而是……」這廝停頓了一下方才加重語氣道：「人才！」

七七微笑點頭：「你總算說中了我的心思，以後大康招賢納士的責任就落在你的肩上。」

胡小天道：「公主殿下，小天既然說過要為您赴湯蹈火在所不辭，就不會反悔，只是我現在就這麼走出去，好像一點說服力都沒有。」

七七當然能夠懂得他的意思，這廝是在找自己討官。七七道：「你此番出使雖然結果不盡如人意，可畢竟也算完成了先皇交給你的使命，我先封你為御前侍衛副總管，賜你五彩蟠龍金牌一面，有這塊金牌在等若我親臨，遇到麻煩事情你儘管亮出這塊金牌。」

胡小天把雙手伸了出去。

七七看到他迫不及待的樣子不禁有些想笑，強忍住笑，拿出早已準備好的一塊五彩蟠龍金牌交給了胡小天。

胡小天過去曾經得到過御賜蟠龍金牌，只是比起這塊五彩蟠龍金牌似乎還要差上一籌，這五彩蟠龍金牌他還從未見過，甚至連聽都沒有聽說過。拿在手裡翻來覆去地看了幾遍，嘖嘖讚道：「好東西，一看就值不少錢。」

七七道：「這塊金牌我可只發給你一塊，你一定要好好收藏，千萬不要弄丟了。」

胡小天笑道：「命丟了也不能把牌子丟了。」當下將金牌繫在腰間，卻露出了他腰間的那塊碧玉貔貅。

七七美眸一亮：「那是什麼？」

胡小天將碧玉貔貅摘下來遞給她看，笑道：「是大雍燕王送給我的離別禮物。」

七七拿在手裡翻來覆去地看了看，美眸灼灼生光，胡小天看出她喜歡此物，笑道：「來而不往非禮也，你送了我一面金牌，這碧玉貔貅我送給你了。」

「真的！」七七歡喜道，此時方才顯出她小女孩的天性。

胡小天心中暗歎，畢竟還是個小孩子。

七七似乎也意識到自己失態，馬上收斂笑容道：「君子不奪人所愛，我還是不要了。」

胡小天笑道：「你又不是君子。」

七七臉色一寒，一副要發火的樣子。

胡小天道：「你是女孩子！單純善良的女孩子。」說出這番話的時候胡小天自己都想吐，七七若是單純善良，這世上的所有女孩子都單純的像新出生的嬰兒一樣了。他又將碧玉貔貅可以預報陰晴的功能告訴了七七，七七越聽越是喜歡，於是將碧玉貔貅收起來：「既然你真心想送給我，那我就收下了。」

胡小天心想就知道你想要，單純就東西的價值來說，碧玉貔貅要比這五彩蟠龍金牌貴重得多，可是若是算上象徵性的意義，五彩金牌卻是多少錢都換不來的。

胡小天道：「公主殿下，這金牌是不是還有一個功能？」

七七不明白他什麼意思，眨了眨眼睛。

胡小天道：「可以免死吧？」

七七笑道：「怎麼？你現在就未雨綢繆，害怕有一天我會殺你？」

胡小天道：「我這人平時言行無狀，你應該知道，萬一有什麼地方冒犯了你，你一犯脾氣，把我給喀嚓了怎麼辦？其實你喀嚓了我我倒也不怕，只是我擔心你喀嚓我之後再後悔，到時候人死不能復生，你哭都來不及。」

七七啐道：「我這輩子也不可能為你哭！」

胡小天道：「不如你答應我一件事，以後我為你賣命心底也踏實一些。」

「什麼事情？」

胡小天笑道：「不如你答應，無論任何時候都可以免我的死罪如何？」

七七冷冷道：「胡小天啊胡小天，我若是答應了你這件事，你以後豈不是為所欲為？這樣吧，我答應你一件事，以後不管你做錯了什麼事情，我都饒你一次不死。」

胡小天討價還價道：「三次！」

「一次！」

「五次！」

「兩次！」

「七次！」

七七鳳目圓睜道：「不用多說了，就兩次，不然就一次都沒有！」

胡小天心想兩次就兩次，兩次不死，嘿嘿，證明老子以後有兩次犯大錯的機會，七七啊七七，你畢竟還是個小孩子，怎比得上我老謀深算。

七七道：「你直接去司苑局吧，明天將手頭上的事情交接一下，以後你的身分就是御前侍衛副統領，另外就是負責幫我招賢納士。」

胡小天道：「御前侍衛統領是誰？」

「慕容展！」

胡小天道：「那不是說他是我的頂頭上司？」

七七笑道：「只是隨便給你一個官職罷了，你當了御前侍衛副統領出入皇宮也方便一些，並不需要負責宮內侍衛的管理事務，慕容展當然也管不到你。」

胡小天聽她這樣說才放心下來，他可不想終日對著慕容展那張死氣沉沉的大白臉。

七七道：「你的事情我會在朝會上向百官宣佈，你爹恢復官職也是早晚的事情，目前先讓他將戶部重新整頓一下，大康以後的錢糧用度還要依靠他多多出力，對了，你們胡家的宅子陛下也答應還給你們了，此前刑部查抄的東西你可抽時間去認領，小胡子，我對你可算得上是仁至義盡了。」

胡小天感激涕零道：「滴水之恩湧泉相報，公主湧泉之恩，小天唯有將這七尺之軀送給殿下了，縱然為殿下去死也不會皺一下眉頭。」

七七道：「別說這種不吉利的話，總之你踏踏實實為我辦事，以後少不得你的好處，也少不了你們胡家的好處，還有，千萬不要以為有我給你當靠山就在京城內肆意胡為。」

胡小天道：「小天記下了！」

七七道：「你走吧，早點休息，明天開始就走馬上任！」

「是！」胡小天中氣十足道。

這廝轉身開門就走，七七又叫住他道：「你從哪兒走？」

胡小天意氣風發道：「小天總算可以昂首挺胸，當然要從大門走出去。」

七七瞪了他一眼道：「你都不是從大門進來的，是不是想密道的事情搞得人盡皆知？從哪裡來的，給我從哪裡滾回去！」

「是！」

史學東自從胡小天潛入酒窖之後，這一夜都沒能睡好，生怕胡小天的行藏暴露，惹來一場大禍，清晨天不亮這廝就爬了起來，藉口上廁所，來到酒窖前察看，挑著燈籠望去，卻見酒窖的封條被撕開，大鎖也被斬斷隨意扔在了地上，不由得暗暗叫苦，胡小天做事怎麼如此不小心，這下肯定是要被人發現了，萬一追究下來該如何是好？

就在他愁眉苦臉思索對策之時，酒窖房門一動，卻是胡小天從裡面走了出來，手裡還拎著兩罈好酒。

史學東看到他居然大搖大擺的出來，驚得出了一身的冷汗，眼看天就要亮了，馬上那幫小太監們就要起來，真要是讓人撞到他們在一起，豈不是一切全都完了，慌忙一口將燈籠吹滅了，快步上前將胡小天拉到牆角處，顫聲道：「你……你怎麼就出來了？」

胡小天笑道：「難不成一輩子留在裡面？」

「你……」史學東指著胡小天懷中的兩罈酒，意思是你出來就悄悄出來為何還要拿著兩罈酒。

胡小天笑道：「事情解決了，幫我拿著！」他將那兩罈酒塞到史學東的懷裡。

史學東接過酒罈，看到胡小天健步如飛徑直朝著茅廁的方向去了，也顧不上多想，跟著胡小天一起走進了茅廁。發現胡小天居然站在那裡就尿開了，本來一個最為平常最為簡單的動作，卻讓史學東如同五雷轟頂，震驚得無以復加，把脖子向前一探盯住胡小天那根東西仔仔細細看了看，激動地差點沒把酒罈子掉在地上，顫聲道：「哎呀……你……你怎麼又長出來了？」

胡小天得意洋洋，撒完這泡尿還不忘抖上兩抖，這多少就有了炫耀的意思，然後慢條斯理地收好了自家寶貝。

史學東死死盯住胡小天的褲襠，以為自己是剛剛睡醒，一定是在發夢，胡小天明明跟自己一樣都是太監，怎麼會突然又多了樣東西？

胡小天道：「看夠沒有？」

史學東喃喃道：「莫非是我眼花？」

胡小天向外面走去，史學東抱著兩只酒罈跟在他身後，此時好奇心讓他已經完全忘記了害怕：「真的？」

胡小天道：「你聽沒聽說過這世上有種黑虎鞭，可以讓我們枯木逢春。」

史學東連連點頭，口水都快流出來了：「兄弟，你我有福同享有難同當，你吃剩下的讓我嘗嘗，實在不行留點湯給我喝也行，做哥哥的不求長出你這麼大，哪怕是能夠拱出一顆花生米，能讓我像個男人一樣撒尿就行。」史學東說得真是淒慘，不當太監又怎知道太監的辛苦。

胡小天直接走向了自己的房間，似乎沒有隱藏自己行蹤的意思，史學東隱約猜到他的事情肯定得到了解決，屁顛屁顛跟在他的身後。

此時天色漸漸放亮，一幫小太監都出來洗漱，準備開始一天的工作，看到胡小天現身，那幫小太監愣了一下，只當沒看到這個人，在宮裡混久了誰沒有這點眼力勁？胡小天雖然過去是宮中的紅人，可是此一時彼一時。姬飛花都已經倒台，胡小天失去了這個靠山，此番回來還不知是福是禍，誰還敢主動和他扯上關係？把胡小天當空氣已經是很厚道了，也有小太監已經悄悄前去通報。

史學東提醒胡小天道：「麻煩了，捂不住了！」看到胡小天神情淡定地走入了房間，史學東心中猜到他一定有了解決辦法，不然肯定不會如此高調露面。

胡小天回到桌前坐下，這裡的佈置和他離開的時候並沒有太多變化，微笑道：「以後恐怕我就不在這裡做事了。」

史學東迫不及待道：「兄弟，你跟我說說，到底發生了什麼事情？」

胡小天還沒有來得及說話，就聽到外面傳來一聲通報聲：「提督大人到！」此提督大人已不是昔日那個提督大人，前來的乃是司禮監提督權德安，權德安在兩名小太監的陪同下來到司苑局，其實剛才在路上就已經接到了幾名小太監對胡小天的舉報。

史學東聽說權德安來了，嚇得滿頭都是冷汗，宛如熱鍋螞蟻一樣在房內踱步：「壞了，壞了！權公公來了。」權德安重新掌權後不久就已經嚴辦了不少的宮人，可以說在姬飛花倒台之後，權德安已經成為後宮宦官之首，而且他手段之冷血殘暴絕不次於姬飛花。現在宮裡的太監宮女人人自危，對權德安敬畏到了極點。

胡小天不慌不忙起身走出了房間，微笑望著權德安。

權德安臉上雖然露出一絲笑意，不過是冷笑，揚聲道：「聖旨到！」

胡小天一撩長袍跪倒在地，一幫司苑局的小太監全都跪了下去，口中高呼：「吾皇萬歲萬萬歲！」

權德安道：「司苑局管事太監胡小天於國家危難之際，不惜犧牲個人利益，忍辱負重潛入宮中，奉旨搜集反賊姬飛花罪證，為此次平亂立下汗馬功勞，出使大雍歷盡千辛萬苦，為大康利益寸步不讓，朕有感其忠心可嘉，特賜五彩蟠龍金牌一面，見金牌如見朕親臨，從今日起恢復胡小天本來身分，封胡小天御前侍衛副統領，可配刀劍出入宮廷……欽此！」

權德安吧啦吧啦了一通，重點無非是三件事，一胡小天是奉旨潛入宮中偽裝太監，二是他立下大功，皇上賜給他一面五彩蟠龍金牌，三是他從今天起不當太監，搖身一變成為了御前侍衛副統領。

胡小天高聲道：「謝主隆恩！吾皇萬歲萬歲萬萬歲！」

權德安身邊的小太監將已經準備好的御前侍衛的衣服交給了他。

胡小天雙手接過，已經掩飾不住臉上的得意之色，得意不是因為升官，而是因為終於可以名正言順地做回真正的男人。

權德安陰測測道：「胡大人！恭喜了！」

胡小天呵呵笑道：「若是沒有權公公的照應，咱家焉能有今天！」說完方才意識到自己說滑嘴了，從今以後再也不是太監了，自然不能再自稱為咱家。

權德安意味深長道：「胡大人乃是知恩圖報之人，以後還望繼續為大康效力，為皇上盡忠。」

胡小天道：「謹遵權公公教誨，小天必精忠報國！」

權德安目光在現場一掃道：「史學東何在？」

史學東這才從人堆裡擠開人群慌慌張張來到他的面前，一揖到地，戰戰兢兢道：「小的在……」

權德安望著他點了點頭道：「你在司苑局做得也算不錯，過去胡大人掌管的這些事就由你來負責。」

史學東大聲道：「多謝提督大人信任，小的必全力以赴，絕不辜負提督大人的期望！」

權德安向胡小天抱了抱，也不多說，轉身就走。

胡小天揚聲道：「恭送提督大人！」

權德安離去之後，一幫小太監全都爭先恐後地過來恭賀，現在所有人都搞清楚發生了什麼，胡小天非但不會因為姬飛花的事情而被連累，反而立下大功，是這次剷除姬飛花的功臣。而且胡小天根本就不是太監，而是用太監的身分作掩護，趁機接近姬飛花搜集他的罪證。現在更是搖身一變成為了御前侍衛副統領，是大內侍衛中僅次於慕容展的職位。這麼年輕就擁有了這樣的地位，可以預見以後胡小天必然會飛黃騰達，甚至一飛沖天。

胡小天在這幫太監的恭維下哈哈大笑，也有些應接不暇，史學東好不容易才將那幫太監打發走，胡小天重新返回房間。

史學東讓人給胡小天準備了熱水洗澡，沐浴更衣。

胡小天舒舒服服泡了個澡，換好了那身侍衛服，將五彩蟠龍金牌繫在腰間。

史學東看在眼裡又是羨慕又是感慨，真是同人不同命，一起代父贖罪淨身入宮，人家胡小天是假切，自己卻是真割，現在胡小天不但恢復了男人身分，還搖身一變成為御前侍衛副統領，而自己卻仍然要留在宮裡繼續當太監，想想真是淒慘，雖然他也因為胡小天的緣故得到了提升，可是比起升官而言，史學東心中更期望成為一個正常的男人。

一想到這件事，他的眼睛就不由自主落在了胡小天的褲襠上，胡小天被這廝看得都有些不自在了：「我說東哥，你別老盯著我這裡看行不行？」

史學東歎了口氣道：「我這不是羨慕嘛？兄弟，我替你高興啊，咱們兄弟總算又有人可以傳宗接代了，你得答應我，以後生的第一個兒子一定要認我當乾爹。」

胡小天笑道：「好說好說！」

史學東道：「你剛說黑虎鞭的事情，到底是真的還是假的？」

胡小天拍了拍他的肩膀道：「大哥放心，你的事情，我幫你想辦法。」他低聲將最近一段時間老頭子們將會陸續得到平反昭雪的事情說了，史學東聞言也是喜出望外，這豈不意味著自己還有希望重新當上尚書公子？不過轉念一想，就算老爹當上丞相，自己的命根子也回不來了，情緒頓時又低落了下去。

胡小天拿著這兩罈酒本想去拜會李雲聰，史學東畢竟只是一個小角色，以他的地位，不可能知道皇宮的核心機密，李雲聰卻不同，他一直籌畫老皇帝復辟，現在老皇帝復辟成功，想必他也是居功至偉，從他那裡一定能夠得到許多內幕。

還沒等胡小天出門，御前侍衛齊大內就過來找他。

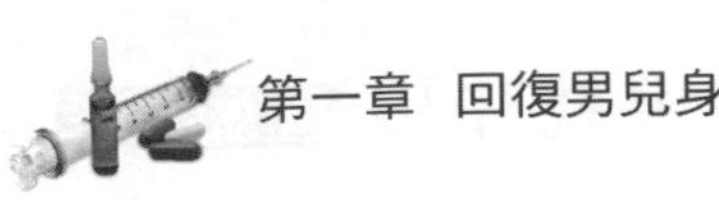

胡小天過去和齊大內打過幾次交道，知道他是慕容展的得力手下之一，不過現在胡小天的身分和過去已經有了很大不同，齊大內見到胡小天慌忙深深一躬向他行禮道：「卑職參見胡大人！」

胡小天看到他如此恭敬方才開始進入角色，對啊！我現在是御前侍衛副統領，也就是這幫大內侍衛的頂頭上司，說穿了就是皇家保安隊副隊長，不過穿上這身皇家保安制服，比起太監的衣服的確俐落了許多，威風了許多。胡小天將胸脯向前一挺，微笑道：「齊大哥不用多禮，咱們都是老朋友了。」

齊大內道：「上下有別，禮數是必須要遵守的。」

胡小天心中暗自得意，自從離開青雲之後，已經很長時間沒有這種權力帶給他的滿足感了，雖然執掌司苑局大權的時候，一幫小太監跟前跟後溜鬚拍馬，可那畢竟不是正常人。胡小天道：「齊大哥找我什麼事情？」

齊大內道：「不是卑職找大人，而是慕容統領請大人過去一趟，有重要事情商量。」

胡小天點了點頭，慕容展這個人一直都讓他捉摸不透，他在心底深處並不想和此人有太多聯繫，可又不能不聯繫，畢竟慕容展是慕容飛煙的老爹，早晚還會成為自己的岳父，雖然這位岳父大人長得不討喜，做事有點陰，可終究都得要面對。

慕容展這段時間深居簡出，一來他不喜歡陽光，二來因為他在圍剿姬飛花的行動中受了很重的傷。胡小天走入他房間的時候，慕容展剛剛打坐完畢，雖然是御前侍衛統領，卻沒有穿官服，黑色長袍襯得他的肌膚顯得越發慘白。

胡小天笑瞇瞇走了進來，拱了拱手道：「屬下胡小天見過統領大人！」

慕容展坐在那裡並沒有起身，打量了一下胡小天，幾個月不見，這小子比起此前離開的時候似乎更壯實了一些，也黑了一些，他也是剛剛聽說胡小天根本就是個假太監，沒想到永陽公主會對他如此信任，在他回到康都之後馬上就委以重任，而且恰巧在自己的麾下任職。慕容展也明白，永陽公主並沒有要用胡小天取代自己位置的意思，只是給了他一個官職罷了，灰白色的瞳仁在胡小天臉上定格，臉上仍然不苟言笑：「坐吧！」

胡小天在他對面坐下，慕容展的目光過於犀利，這樣的目光不僅僅是未來岳父看女婿，還有一種員警盯小偷的感覺，望著這個迷惑女兒的偷心賊，慕容展的心情非常複雜。

胡小天道：「不知統領大人找我過來有何吩咐？」

慕容展淡然道：「你在我麾下任職，難道第一件事不是應該過來拜會我嗎？」

胡小天笑道：「那是自然，小天本想備好禮物選個黃道吉日過來，可沒想到屬下剛剛接到任命，統領大人就讓人過來找我了。」

慕容展心中暗罵，你當是下聘嗎？還要備好禮物選個黃道吉日，他淡然道：

「皇宮裡的大小事情，多半瞞不過我的眼睛。」

胡小天笑道：「那是自然！」心中琢磨著應該如何開口切入正題。

慕容展道：「胡小天，想不到你一直以來都藏得如此之深，居然連我也被你騙過。」在胡小天陪同龍曦月前往縹緲峰靈霄宮探望老皇帝的時候，慕容展曾經親自為胡小天驗身，明明看到這廝是個太監無疑，耳聽為虛眼見為實，可現在眼睛看到的都未必是真的。

胡小天道：「屬下當時不敢實情相告，也是形勢所迫出於無奈，還望統領大人不要見怪。」

慕容展道：「聽說你沒有淨身？」

胡小天一聽就知道他對自己的男兒身還有懷疑，畢竟當時自己利用提陰縮陽之術從他的眼前蒙混了過去。胡小天笑道：「這件事你有機會問問飛煙就會知道。」

慕容展聞言不由得勃然大怒，怒視胡小天道：「大膽！」胡小天這番話簡直是無禮至極，明明知道慕容飛煙是自己的女兒，竟然敢在自己的面前說這種話。

胡小天向前走了一步，腰間的五彩蟠龍金牌在他的腰間晃了晃，慕容展看到那塊牌子，頓時又強行壓住心頭的憤怒，這小子不簡單，過去能獲得姬飛花的信任，現在姬飛花倒台了，卻又找到了永陽公主這個大靠山，別的不說，單單是衝著這塊牌子我就奈何不了他，其實慕容展對胡小天並無惡意，只是他始終困擾胡小天究竟有沒有淨身這個問題。

胡小天道：「統領大人勿怪，屬下平時說話就沒邊沒際，冒犯之處還望多多海涵。」

慕容展道：「你還記得當初答應過我的事情嗎？」

胡小天道：「屬下的確答應過大人，答應說服飛煙讓她退出神策府，可是飛煙自從那次執行任務之後，我就再也沒有和她見過面，想說也沒有機會。」胡小天一邊說一邊看著慕容展的臉色，希望他能夠將慕容飛煙的下落告知給自己。

慕容展道：「她另有職責在身，目前並不在京城。」

胡小天一聽就知道慕容展肯定知道慕容飛煙的下落，只是不願告訴自己，只是胡小天心中不解的是，就算自己找不到慕容飛煙，以她的性情斷然是不肯服從慕容展管教的，為何她不過來找自己？胡小天道：「大人可否給小天透露一二？」

慕容展道：「我跟你說過，你以後最好不要和飛煙見面。」

胡小天聞言唇角露出一絲冷笑：「統領大人的話我有些不明白，我和飛煙都是成年人，腿長在我們自己身上，若是真想見面，只怕大人也攔不住。」

慕容展道：「從今以後，你我同殿為臣，最好相安無事，該跟你說的話，我已經全都說了，言盡於此，以後你若是做出冒犯我的事情，後果自己掂量。」

胡小天哪能聽不出慕容展在威脅自己，他嘿嘿笑道：「大人的話我記住了，可若是為了大康的利益，小天敢冒犯任何人。」後邊還有半句沒說出口，為了老子的利益，連老皇帝我都不在乎，更何況你一個御前侍衛統領。

慕容展道：「聽起來你對大康倒是忠心耿耿，今天你剛剛接到任職，暫時給你兩天假期，回去處理自己的雜務，兩天後你來見我，有重要事情交給你去做。」

胡小天應了一聲，告辭離去，心中把慕容展罵了個遍，本想從他這裡得到慕容飛煙的消息，卻仍然失望而歸，胡小天倒不是為慕容飛煙的安全擔憂，畢竟慕容展是她親爹，虎毒不食子，慕容展應該不至於危害自己親生女兒，不過看情況慕容展對他這個未來女婿是相當不滿意，擺明了是要斷絕他和慕容飛煙的來往，這件事還真是有些麻煩。

胡小天回到司苑局，拎著那兩罈酒去了藏書閣，從慕容展那裡一無所獲，看來還要從李雲聰這邊下手，希望李雲聰能夠告訴自己一些內幕。來到藏經閣，看到小太監元福正在院子裡掃地，元福聽到腳步聲抬起頭來，看到一身侍衛打扮的胡小天衣著光鮮，威風凜凜地走了過來，不由得一怔，眨了眨眼睛方才確認眼前人就是胡小天，他欣喜道：「胡公公！」

胡小天呵呵笑了一聲，自己今天才接受任命，這藏經閣的小太監顯然消息還沒有那麼靈通，微笑道：「李公公在嗎？」

元福道：「在，李公公剛還說胡公公今兒可能會過來，想不到您真的來了。」

胡小天道：「公公在哪裡？」

元福道：「這些天一直都在房間裡。」

胡小天道：「我自己過去見他！」

元福點了點頭，為胡小天指明方向。

李雲聰如今的樣子讓胡小天大吃一驚，不但瞎了一隻眼睛，而且比起昔日蒼老得越發厲害，胡小天差一點以為自己走錯了房間。

李雲聰一隻獨目望著胡小天道：「怎麼？你不認得咱家了？」

胡小天道：「李公公？您怎麼傷成了這個樣子？」他對李雲聰一身驚世駭俗的武功早有瞭解，李雲聰不但武功超群，而且還擅長攝心之術，上次就用胡琴引動自己體內的異種真氣，連他都被別人傷成了這個樣子，足見對方的武力何其驚人，心中隱約推斷出李雲聰十有八九是傷在姬飛花的手裡。

李雲聰望著胡小天手中拎著的兩罈酒，獨目灼灼生光：「送給我的？」

胡小天微笑道：「五十年窖藏的玉堂春，司苑局的存貨也已經不多了。」

李雲聰桀桀笑了起來：「最瞭解咱家心意的始終還是你這小子。」

胡小天來到李雲聰面前，將兩罈酒放在小桌之上。

李雲聰一伸手抓起其中一罈，拍去泥封，打開酒罈，仰首灌了下去，灌了幾大口之後，滿臉暢快之極的表情，舒了一口氣道：「痛快！痛快……」話未說完就已經咳嗽起來，咳得老臉發紫，胡小天看到眼前一幕，不禁有些擔心，生怕這老太監會閉過氣去。

胡小天慌忙過去幫老太監拍打後背，還好李雲聰終於緩過氣來，舒了口氣，搖了搖頭道：「老了，不行了！」

胡小天微笑道：「在我眼裡李公公是老當益壯，老驥伏櫪，老而彌堅……」

李雲聰打斷他的話道：「老而不死是為賊！你心中其實最想說的是這句話。」

胡小天苦笑道：「小天對李公公一直都尊敬得很，在小天的心底深處始終都將您當成我的師父看待。」

李雲聰搖了搖頭道：「咱家算不上你的師父，此前之所以教給你練氣調息的方法也是因為利益交換，不算對你有恩，更不是你的師父。」

胡小天道：「受人滴水之恩當湧泉相報，更何況公公對我的救命之恩呢！」

李雲聰道：「你也算因禍得福，畢竟從此可以堂堂正正地做人。」

胡小天道：「多虧了李公公眷顧，不然小天豈有今天的風光。」

李雲聰歎了口氣道：「我沒幫你，真正幫你的那個人是永陽王！」言語之中竟顯得有些落寞。

胡小天道：「小天正月就離開，現在回來已經是五月，這期間一定發生了許許多多的事情。」

李雲聰道：「咱家知道你想問什麼，不錯，咱家的這隻右眼就是傷在姬飛花的手裡，不僅如此，咱家的內傷到現在都無法康復，那日在縹緲峰之上，咱家、慕容展和洪北漠三人聯手方才擊敗了姬飛花，可是我們三個也付出了慘重的代價。」

胡小天想起剛剛見到慕容展的時候，感覺他也似乎精神不振，看來也是內傷未癒的緣故。

胡小天低聲道：「那姬飛花死了？」

李雲聰道：「姬飛花對你不錯，你心底是不是不想他死？」

胡小天道：「李公公說笑了，小天當初接近姬飛花也是因為奉了永陽公主的命令。」現在他總算有了一個冠冕堂皇的理由。

李雲聰朝胡小天腰間的五彩蟠龍金牌看了一眼，伸出手去：「給我看看！」

胡小天雖然心中有那麼點不捨得，可總不至於小氣到這種程度，更何況李雲聰也不會搶他的東西，於是將五彩蟠龍金牌摘下來遞給了李雲聰。

李雲聰舉起那面金牌在眼前仔仔細細地看過，低聲道：「永陽王果然對你非常地看重。」

胡小天道：「她怎麼會從永陽公主變成了永陽王呢？」

李雲聰將金牌遞還給他，輕聲道：「此事說來話長，不過咱家也沒有料到這許許多多的事情背後居然都是她在謀劃，如果不是親眼見證這一切發生，咱家無論如

何都想不到，一個只有十四歲的女孩子，可以做成這樣的大事。」

胡小天從李雲聰的這番話中似乎覺察到了什麼，這其中不僅僅是驚歎和讚美。別說李雲聰沒想到，就連胡小天都感覺低估了七七，現在他心底仍然認為七七雖然聰明，可還沒有能力扳倒姬飛花，應該只是運氣好罷了。胡小天低聲道：「聽說這次之所以復辟成功，乃是因為洪先生回來了。」

李雲聰道：「姬飛花太大意，他沒想到慕容展會反他，也沒有想到洪北漠早已潛入皇宮之中，更沒有想到咱家會偽裝成王千的樣子潛伏在靈霄宮。」

胡小天道：「就算你們三人聯手可以將他擊敗，但是他手中不是還有十萬羽林軍，為何突然就敗了？」這正是胡小天百思不得其解的問題，姬飛花不是普通人物，他能夠執掌大康權柄絕非偶然，天機局已經被他重新洗牌，而真正支撐他得以熊霸皇城隻手遮天的原因卻是因為麾下的十萬羽林軍。

李雲聰道：「姬飛花只是一個宦官，他控制羽林軍靠的是什麼？無非是威逼利誘，他能做到的事情，別人一樣可以做到，洪北漠在姬飛花得勢之後，其實本有和他一拚的實力，如果當時就集結京城勢力進行反撲，也未必會敗給他，只是擔心鷸蚌相爭漁翁得利，損失太大，所以才會暫時撤離京城，並不意味著天機局的勢力全都從京城消失，姬飛花所掌控的天機局事實上只是一個空殼罷了，真正的精銳全都分往各處隱藏，天機局的實力並沒有遭遇太大的損失。」

胡小天點了點頭，這位素未蒙面的洪北漠果然深諳進退之道。

李雲聰道：「姬飛花掌權的一年間，洪北漠表面上沒有進行太大的動作，可背地裡卻悄然分化他的陣營，首當其衝的就是羽林軍，你還記不記得萬蟲蝕骨丸？」

胡小天已經明白洪北漠是通過怎樣的方法來控制羽林軍的各部頭領，現在看來洪北漠和姬飛花的手段並沒有太大的分別，同樣的冷酷同樣的殘忍。胡小天道：「你和洪北漠之間一直都有聯絡？」

李雲聰道：「他在宮中還有佈局，咱家自始至終只和他一個人聯繫，林菀那些人並不知道咱家的事情，一直以來能讓咱家信任的也只有你了。」

胡小天一副受寵若驚的樣子，可心中對李雲聰的話半點都不相信，這老太監陰險的很，甚至比權德安的心機更深，現在之所以這樣說，肯定是還有其他的目的。

胡小天道：「多謝李公公的知遇之恩。」

李雲聰道：「咱家從無爭權奪利之心，只想著早日將陛下救出來，清除奸佞，能讓大康重見天日，能讓萬民解脫苦難。」

胡小天道：「公公現在總算實現了心願。」

李雲聰沉默了下去，過了一會兒卻搖了搖頭道：「你當真這麼看嗎？」

胡小天道：「陛下已經重登皇位，姬飛花及其餘孽也已經被清除，京城也沒有出現太大的亂子，如今看起來平穩得很，或許大康能夠從此復興也未必可知。」

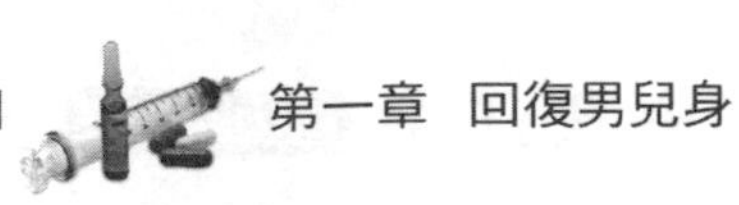

李雲聰道：「咱家原本也期望如此，可是等舉事成功之後卻忽然發現，其實無論誰來做主，大康的命運似乎都已經無法逆轉了。」

胡小天有些詫異地望著李雲聰，不知他因何會發出這樣的感慨。

李雲聰道：「咱家從未想過權德安和小公主原來是支持陛下的。」

胡小天心想別說你沒想到，只怕天下也沒幾個能夠想到，他壓低聲音問道：「陛下為何會對小公主如此看重？」

李雲聰並沒有直接回答他的問題：「你知不知道簡皇后和大皇子全都是永陽王親自下令處死的？」

胡小天當然不知道，雖然沒有親眼見到，可是聽到這個消息仍然心底一陣發毛，七七這小妮子竟如此妖孽，小小年紀心腸這麼狠毒，簡皇后該死也就算了，可是龍廷盛卻是她同父異母的哥哥，她居然也能狠心將之殺了，不愧是皇室中人。

李雲聰道：「咱家從未想過，陛下會將大權交給永陽公主。」

胡小天道：「一幫王爺死的死亡的亡，最適合繼承王位的周王又被西川李氏扣為人質，可能陛下的確沒有其他更好的選擇。」

李雲聰道：「今日可封王，他日未嘗不會稱帝！」

胡小天心中一凜，其實他此次見到七七之後就有這種預感，雖然七七口口聲聲說她沒什麼野心，可胡小天卻不這麼認為，七七這小妮子絕對是野心勃勃，或許時機成熟她真有可能走上稱帝之路，畢竟老皇帝已經是風燭殘年，而且看樣子似乎對她非常的倚重。

李雲聰道：「永陽公主的事情出乎很多人的意料之外，咱家雖然沒說什麼，可是洪北漠方面對皇上的決定並不認同，他此次立下如此大功，陛下本應該聽從他的奉勸才對，可是陛下卻在任用永陽公主的事情上表現得非常堅定。」

胡小天道：「永陽公主雖然年紀小了一些，不過睿智理性，在頭腦上要比她的幾個兄長強上許多，其實只要她有能力將大康帶上復興之路，又何必在意她是男還是女，是長還是幼呢？」

李雲聰道：「她果然沒有看錯你，在她背後你還是這樣竭力地維護她。」

胡小天笑道：「我只是實話實說。」

李雲聰道：「咱家對朝政沒什麼興趣，陛下想重用誰我也不會過問，只是感覺陛下今日之決斷，他日必然會有隱憂。」

胡小天道：「明天的事情誰會知道，咱們這些做臣子的，只需做好自己分內的事情，其他的事情根本無需咱們去操心，就算是操心也無濟於事。」

李雲聰呵呵笑了起來，搖晃著腦袋道：「聽你說了這番話，咱家忽然發現自己是多管閒事，也對，既然操心也無濟於事那又何必操心，不過……」他向胡小天湊近了一些，壓低聲音道：「姬飛花很可能沒死！」

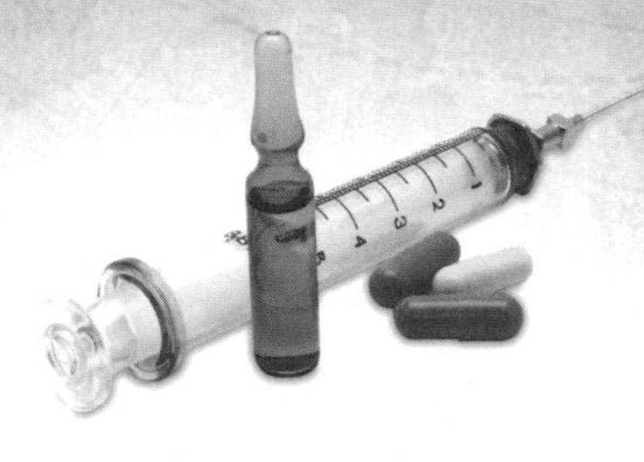

第二章

君臣之間

當年胡家還未出事的時候，老皇帝就在打金陵徐家的主意，
迫於壓力，老爹做出了提前將自己送出康都的決定，
乃是為了以防不測，如此說來老皇帝對自己老爹也不是完全信任，
君臣之間哪有什麼真正的感情，無非是利用罷了。

胡小天內心一驚，竟然有種極其欣慰的感覺，其實他從聽到姬飛花的死訊以來始終都不相信這是真的。胡小天抑制住內心的激動，平靜道：「他的屍體不是已經被高懸午門之外，梟首示眾了嗎？」

李雲聰道：「他當日受了重傷，從縹緲峰瀑布之上一躍而下，過去將近一月，瑤池內幾乎搜了個遍，可是活不見人死不見屍。」

胡小天心中暗喜，不見屍首豈不是意味著姬飛花就沒死？以姬飛花之能或許可以從容逃出皇宮，在他的心底深處並不想姬飛花死去。

李雲聰道：「你知道那條密道和瑤池相通，姬飛花也知道這件事，咱家因為他特地將幾條密道搜了個遍，卻發現密道之中並無任何的痕跡。」

胡小天道：「也許他已經死了，屍體被魚吃了也有可能。」

李雲聰搖了搖頭道：「知道這條密道的還有其他人，這期間，權德安也進入密道搜索過。」

胡小天道：「姬飛花當時不是受了重傷嗎？」

李雲聰道：「的確受了重傷，天下間沒有人能夠逃過我和洪北漠、慕容展的聯手攻擊。」說完馬上就覺得自己說錯了話，姬飛花不是仍然從他們三人的夾攻之下逃走。他又道：「受了那麼重的傷，就算當時不死，也必然經脈盡斷武功全廢。」

胡小天道：「您這麼一說，他很可能就死在瑤池裡面了。」

李雲聰搖了搖頭道：「他沒死，而且來過這裡！」此時他臉上的表情顯得極其凝重，絕沒有一絲一毫說笑的成分在內。

胡小天下意識地向周圍看了看，彷彿姬飛花就在周圍潛伏似的，確信沒有任何人躲藏在他們的身邊，胡小天方才道：「您為何如此斷定？」

李雲聰道：「因為這藏書閣內有件極其重要的物事被人給盜走了！」

「什麼物事？」

李雲聰道：「一本佛經！」

胡小天心中一動。

李雲聰低聲道：「《般若波羅蜜多心經》！」

胡小天瞪大了雙眼，差點沒叫出聲來，靠！不會這麼巧吧？老太監難道有未卜先知之能，知道我想找他討要那本心經，所以才提前說被姬飛花盜走，轉念一想根本沒有任何可能，緣木大師提出這件事的時候並沒有其他人在場，也就是說這件事只有他和自己兩人知道，緣木大師如今人還在靈音寺，根本不可能將這件事透露出去，至於自己那就是更不可能了，也就是說李雲聰沒有欺騙自己。

胡小天道：「他為何要盜走一本佛經？」

李雲聰道：「那本佛經乃是當年太宗皇帝親筆抄寫。」

胡小天道：「既便如此也不是他冒險回來偷盜的理由。」

李雲聰道：「天龍寺曾經多次差人懇請朝廷將這本佛經歸還，可是朝廷始終都沒有答應，這本佛經對天龍寺來說具有非同尋常的意義，如果有人肯將這本佛經歸還給他們，等於給了天龍寺一個極大的人情。」

胡小天道：「你是說他想天龍寺幫他？天龍寺不是一直忠君愛國嗎？怎麼可能幫他謀逆？」

李雲聰道：「天龍寺當然不會幫他謀逆，不過他受了重傷，如果想要在短期內復原武功就必須要求助於一位先天級別的武功高手，天下間能夠達到先天境界的高手屈指可數，恰恰天龍寺就有那麼一位。」

胡小天低聲道：「您是說姬飛花很可能藏身在天龍寺？」心中暗忖，李雲聰口中的先天境界的高手該不會是緣木大師吧？

李雲聰道：「或許有這種可能。」

「既然你察覺了這件事，為何不將這件事稟明陛下？只需陛下下旨意，就能夠查清姬飛花到底是不是藏身在天龍寺中。」

李雲聰道：「天龍寺有恩於我，咱家當然不能將天龍寺推入火坑之中。」

胡小天不知道他所謂的推入火坑之中是什麼意思。

李雲聰道：「你所學的無相神功其實只是最基礎的功法，咱家此前曾經跟你說過。」

胡小天道：「您不是說無相神功乃是天下間最玄妙的內功心法嗎？」

李雲聰道：「這無相神功雖然精妙，可是神功的修煉過程卻有九劫的說法，就是說修煉無相神功必須經歷九次生死劫難，一一度過方才神功大成。」

胡小天駭然道：「你此前怎麼不說？」

李雲聰道：「當時只是為了幫你化解體內的異種真氣，而且兩害相權取其輕，所以也顧不上太多，現在有時間當然要向你解釋清楚。」

胡小天呵呵冷笑，這老太監還是那麼陰險，明明坑了自己，卻還裝出一副為自已考慮的樣子。

李雲聰道：「正是因為無相神功要歷經九劫，我們皇宮中的那位前輩方才根據無相神功創出了《無間訣》，可以說在無相神功的基礎上去除了練功的風險，不過威力也因此而打了折扣，咱家修煉的功夫和姬飛花修煉的功夫雖然不同，但是究其根源全都是得自於《無間訣》。」

胡小天這才想起李雲聰曾經提起過，創出無間訣的那位太監高人，將無間訣分成兩部分傳給了兩個人。他低聲道：「李公公跟我說起這件事又是為了什麼？」

李雲聰道：「咱家想你潛入天龍寺找到姬飛花！」

胡小天連忙搖頭道：「怎麼可能！我現在是御前侍衛副統領，做任何事都要經過永陽王的首肯。」

李雲聰呵呵笑道：「你以為她為何要讓你擔當御前侍衛副統領？」

李雲聰這麼一問胡小天方才警醒，是啊，七七沒理由突然封自己當御前侍衛副統領，說是為了方便自己出入皇宮，可那塊五彩蟠龍金牌已經足夠份量，難道七七還有其他的用意？

李雲聰道：「你有沒有聽說過陛下有個秘密金庫？」

胡小天道：「聽是聽說過，不過誰也不知道在哪裡。」腦子裡忽然想起當初和七七潛入縹緲山下發現的那個秘密石窟，難道那裡面就是老皇帝的秘密金庫？

李雲聰道：「陛下的確有一座秘密金庫。」

胡小天一聽頓時來了精神，低聲道：「我聽說陛下的這座秘密金庫比起國庫還要豐碩許多，是不是陛下打算將金庫裡的金子全都拿出來了？」

李雲聰道：「這咱家就不知道，不過有一點咱家能夠肯定，陛下秘密金庫的事情你老子肯定參與其中，不過他口緊得很，即便是面臨滿門抄斬之危，都沒有透露半個字。」

胡小天早就想到這件事或許和自己的父親有關，畢竟老爹是大康前戶部大臣，國庫每年收入幾何全都要靠他來做賬，皇帝想要中飽私囊，損公肥私，也必須要先過了他這一關。

李雲聰道：「陛下要親往天龍寺齋戒誦經一月，一來是要超度新近故去的親人亡靈，二來是要為大康祈福。」

胡小天道：「你是想讓我跟著過去？」

李雲聰道：「其實就算我不讓你去，永陽王想必也會派你過去，咱家只是提醒你，若是能夠隨同前往，你別忘了幫咱家做成一件事，找到《般若波羅蜜多心經》。」

胡小天道：「找到那心經我有何好處？」

李雲聰道：「找到心經，咱家就將渡劫之法告訴你。」

胡小天道：「我焉知你是不是騙我？」

李雲聰道：「騙你毫無意義，你剛剛不是說滴水之恩湧泉相報，現在就到了你報恩的時候。」

胡小天道：「這件事可是要冒著天大的風險，背著皇上和永陽王搞事那就是欺君，李公公多少也得給我一些鼓勵，讓小天有冒險的勇氣。」

李雲聰冷笑望著他，這小子實在不好對付，想讓他為自己辦事，不給他一些好處不可能，不給他一些威脅也不可能，他低聲道：「說說看，你想要什麼好處？」

胡小天道：「我想李公公交給我兩個人。」

李雲聰點了點頭道：「說吧！」

「一個是凌玉殿的小宮女葆葆，還有一個是神策府的慕容飛煙！」

李雲聰的眉頭頓時皺了起來，低聲道：「你說的葆葆倒不是什麼重要人物，咱家可以答應你將她找出來交還給你，至於慕容飛煙……難道你不知道她是慕容展的女兒？」

胡小天道：「對您老來說應該不算難事。」

李雲聰緩緩搖了搖頭道：「慕容飛煙的事情咱家辦不到，慕容展那個人很不好說話，更何況他的家事咱家也不好插手。」

胡小天早知道李雲聰所說的也都是實情，只能退而求其次：「李公公可否幫我打聽一下慕容飛煙的下落？」

李雲聰道：「這倒是可以答應你。」

胡小天道：「何時將葆葆交給我？」

李雲聰瞇起雙目道：「你不用心急，總之咱家答應你的事情一定會幫你辦妥，你也不要忘了應承咱家的事情。」

胡小天道：「若是陛下此次前往天龍寺齋戒誦經，不帶我過去，我也沒有辦法。」

李雲聰道：「你那麼聰明，永陽王對你又如此信任，想要做成這件事並不困難。」

胡小天道：「若是姬飛花當真逃去了天龍寺，就憑我的三腳貓武功，遇到他也只有送死的份，我死不足惜，若是陛下的安危受到牽連，豈不是麻煩？」

李雲聰道：「姬飛花現在縱然活著也只能是一個廢人，咱家雖然懷疑他身在天龍寺，可是卻沒有必然的證據，只能說他有可能藏身在那裡，這件事你知我知，不能告訴第三個人知道。」

胡小天心中一動，李雲聰顯然還有其他的盤算，不然絕不會選擇在這件事情上保密，低聲道：「為何？」

李雲聰道：「洪北漠和天龍寺之間素有積怨，他若是知曉這個消息，必然加以利用，搞不好天龍寺就會有滅頂之災，天龍寺於咱家有恩，咱家決不能讓這種事情發生。」

通過和李雲聰的這番對話，胡小天意識到雖然李雲聰、慕容展、洪北漠三人聯手將姬飛花推翻，重新捧老皇帝上位，但是三人之間的關係也似乎不是那麼的親密無間。

胡小天辭別李雲聰之後離開皇宮，如今總算可以堂堂正正出入皇城，從大雍返回之後，他本想第一時間就去探望仍然羈居於水井兒胡同的父親，可是在不清楚朝廷對自己態度的情況下，他不敢輕舉妄動，如今終於得以恢復男兒身分，還被七七委以重任，感覺自己的人生自今日起重新翻開了一頁，再不必躲躲藏藏地做人。五彩蟠龍金牌所具有的威懾力毋庸置疑，皇宮內消息散播得很快，尤其是在胡小天的授意下，史學東已經讓司苑局的那幫小太監在最短的時間內將胡小天立功受賞的事情廣為散播了出去，現在皇宮中的太監宮女侍衛大半都已經知道了這位新晉的顯貴人物。

胡小天所到之處，無論認識還是不認識的宮人全都遠遠向他行禮，過去做太監的時候是從未享受過如此禮遇的。

胡小天到御馬監徵用了一輛馬車，樊宗喜雖然不在御馬監，可是御馬監的管事太監福貴卻也是胡小天的老相識，他也是權德安佈局在皇宮內的一顆棋子，如今權德安重新成為宦官中的一號人物，過去跟隨他的這幫小太監自然也是雞犬升天，福貴也從御馬監的一個普通雜役太監搖身一變成為了管事太監。他升遷的速度已然不慢，可是比起胡小天卻只有仰望的份兒，胡小天當太監比他要晚，可人家早早就已經當上了司苑局的少監，然後又兼任紫蘭宮的總管，再後來又獲得姬飛花的推薦，成為大康遣婚史。現如今姬飛花雖然倒台，胡小天卻依然毫髮無損，非但沒有因為姬飛花的事情受到牽連，反而又受到了永陽王的重用，被封為御前侍衛副統領，這廝的運氣實在是有些逆天。

人和人是不能相比的，福貴當然看出自己永遠都追趕不上胡小天的腳步，對於這位永陽王面前的紅人，必須要陪著小心，慌忙挑選了一輛豪華車馬，又選了一名富有經驗的馭者負責護送胡小天。

胡小天要去的地方就是水井兒胡同，乘著馬車來到水井兒胡同的時候，看到胡同外面已經停了一輛馬車，從馬車的外在裝飾上就能夠看出其主人的身分非尊即貴，胡小天皺了皺眉頭，想不到已經有人先於自己過來探望父親了，這也難怪，畢竟老皇帝重新上位，很多人應該都已經意識到父親官復原職只是一個時間的問題，更何況自己剛剛恢復身分，立下大功，被封為御前侍衛副統領，有些人聞風而動，提前搞好關係也實屬正常。

來到父母居住的院落前，胡小天看到大門外站著兩名武士，不知兩人是何來路，胡小天雖然不認識這兩名武士，可是這兩人卻認識他，齊齊躬身行禮道：「參見胡大人！」

胡小天愣了一下，指了指裡面道：「誰在裡面？」

那武士還未來得及回答，就聽到一個熟悉的聲音道：「是胡賢侄回來了嗎？」

胡小天馬上聽出裡面的人乃是大康丞相周睿淵，心中不由得一怔，他和自己老爹不睦已久，怎麼會主動登門拜會？看來這世上沒有永遠的敵人，只有永遠的利益，在政治利益地驅使下，周睿淵也主動向父親拋出橄欖枝。

胡小天推門走了進去，正看到老爹送周睿淵走出房門。胡小天慌忙上前一步一揖到地：「小天參見丞相大人！」

周睿淵微笑道：「剛剛還和胡大人說你，可巧你就來了，胡大人有這樣出息的兒子真是讓人羨慕啊！」

胡不為撫鬚微笑：「丞相不要如此誇他，年輕人懂得上進就好。」心中卻得意非常，你周睿淵當年還退了我們胡家的婚約，現在看到我兒子如此出色後悔了吧？

周睿淵道：「那就不耽誤你們父子傾訴離情了，我還有其他事情要辦，先行告辭！」

胡不為父子二人恭送周睿淵到門前，周睿淵讓他們留步。

等到周睿淵離去，胡小天伸手將房門關上。然後噗通一聲跪倒在老爹面前，低聲道：「孩兒不孝，直到今日方才返家探望爹爹，還望爹爹不要怪罪。」

胡不為一把將兒子從地上拉了起來，握住他的雙手，雙目之中閃爍著激動無比的光芒，顫聲道：「回來就好，回來就好……」

胡小天還想說什麼，胡不為道：「咱們屋裡說話。」

胡小天進入房內之前先觀察了一下周圍的情況，確信沒有人在周圍監視。

胡不為笑道：「不用看，姬飛花都已經伏誅，監視我的那些人早已撤去了。」

胡小天來到房內，胡不為指了指椅子道：「天兒，你先坐，我去給你泡壺好茶，咱們爺倆慢慢說。」

胡小天應了一聲，在桌旁坐下，不由得想起此前來到這裡和老爹兩人在地上寫字相互傳遞消息的情景，世事多變，那時候他也沒有想到局勢會這麼快就發生了逆轉，他們父子二人的境遇突然就發生了改變。

胡不為沏了一壺茶，端著茶具過來，胡小天起身幫忙，將托盤接了過去，在兩隻粗瓷茶杯內倒上茶水，茶具雖然粗劣，可是茶卻是上等的雲霧茶，還未品嘗就已經聞到誘人的茶香，胡小天道：「好茶！周丞相送給您的？」

胡不為笑著搖了搖頭，端起茶杯嗅了嗅茶香：「這茶卻不是周丞相送來的，乃是清明前採摘的鼎山雲霧茶，宮廷貢品，還是姬飛花送來給我的。」

聽到姬飛花的名字胡小天心中不由得一沉，想起臨行之前曾經委託他照顧自己的父母，看來姬飛花果然信守承諾。他品了口茶，慢慢體味著那股清香在喉頭慢慢浸潤開來，然後沁入肺腑的舒爽感覺。

胡不為打量了一下兒子，看到他這身嶄新的官服，心中也已經猜到兒子此次前往雍都必然立下大功，朝廷論功行賞。

胡小天道：「我娘呢？」

胡不為道：「仍在金陵未曾返回，不過你不用擔心，金陵那邊已經送信過來，你娘好得很。」

胡小天點了點頭，這才將自己前去雍都之後的經歷簡單說了一遍，說到永陽公主重用自己，賜給自己五彩蟠龍金牌，他將那塊牌子摘下來遞給老爹。

胡不為雙手接過那面金牌，看了看低聲道：「公主殿下還說了什麼？」

胡小天道：「她說要將咱們家的府邸還給咱們，還說讓我抽時間去刑部將朝廷過去查抄咱們的東西要回來。」

胡不為道：「就這些？」

胡小天以為老爹關心他自己何時官復原職的事情，笑道：「公主殿下說了，陛下之所以不急於為你們這些老臣子平反昭雪，是因為他不想再引起朝廷內人心浮動，需要一段的時間先將一切理順，然後才著手為你們這些蒙冤的臣子逐一復職，不過公主殿下也承諾過，父親很快就會官復原職。」

胡不為其實對這一切早有預料，淡然笑道：「你當爹真看重那戶部尚書的官位？」他搖了搖頭道：「經歷這次的波折，爹什麼都看淡了，只要咱們一家能夠平安無事，什麼功名利祿根本就不重要。」

胡小天道：「若是如此，那孩兒也不當什麼御前侍衛副統領了，咱們全都辭官不做，離開康都樂得逍遙自在。」

胡不為將茶杯緩緩放下道：「有些事情是由不得我們做主的，想走也未必能夠走得掉。」

胡小天聽出老爹話裡有話，低聲道：「爹，您在擔心什麼？現在龍燁霖都已經死了，姬飛花也被梟首示眾，你過去的那些罪名完全不成立，朝廷很快就會為你平反昭雪，又有什麼好擔心的？」他忽然想起李雲聰跟自己說過的那番話，壓低聲音道：「難道皇上的秘密金庫是真的？」

胡不為道：「皇上手裡的確有些財富，不過絕沒有外界想像中那麼誇張，大康目前的境況，單單是依靠皇上的那點私房錢，恐怕還是無濟於事。」

胡小天道：「可我看您好像有心事似的。」

胡不為道：「陛下還未成為太上皇之時就向我提出了一件事。」他緩緩站起身來，走了幾步方才道：「他想要找徐家借糧。」

徐家豈不就是自己的姥姥家，胡小天雖然知道金陵徐家富甲一方，可是並不相信徐家能夠解決大康的缺糧問題，他皺了皺眉頭道：「金陵徐家怕是沒有那麼多的糧食緩解大康的饑荒吧？」

胡不為道：「大康連年欠收，國內各大糧倉全都告急，縱然皇上能夠從秘密金庫中拿出一些金子，但是有錢未必買得到糧食，周圍鄰國迫於大雍的威懾，無人肯賣糧給大康，本來西川乃是天府之國，還擁有兩座大康最大的糧倉，但是李天衡自立之後，想要從他那裡得到糧食更加沒有任何的可能。」

「李天衡過去打著勤王的旗號擁兵自立，現在太上皇又重新坐回了王位，他有沒有可能重新投入大康的旗下？」

胡不為唇角露出一絲苦笑：「李天衡擁兵自立絕非突然的決定，只是龍燁霖掀起的那場宮變讓他自立的時間大大提前，無論有沒有這件事的發生，李天衡早晚都會自立為王。」

胡小天心中暗忖，老爹急於將自己送往西川，現在看來並不是僅僅因為唐家的緣故，身為三品戶部尚書當然不會將一個區區六品的駕部侍郎放在眼裡，也就是說當年胡家還未出事的時候，老皇帝就已經在打金陵徐家的主意，正是迫於這種壓力，老爹方才做出了提前將自己送出康都的決定，乃是為了以防不測，如此說來老皇帝對自己老爹也不是完全信任，君臣之間哪有什麼真正的感情，無非是利用罷了，胡小天道：「徐家有沒有答應？」

胡不為歎了口氣道：「你還記不記得咱們胡家丟失丹書鐵券的事情？」

胡小天點了點頭，他怎能不記得，正是這件事才促使老爹下定決心將他送出京城。

胡不為道：「陛下找我提出向徐家借糧，借的不僅僅是糧食，而是一條海外通路，是徐家的全部家業。」

胡小天目光一亮。

胡不為道：「自從朝廷收回了徐家的鹽運經營權，你外婆就將目光投到了海外，商船貿易向南洋拓展，生意的規模非但沒有縮小反而壯大數倍，可以說整個大康財力最為雄厚的就是你的外婆。」

胡小天聽得嘖嘖稱奇，他雖然知道自己的這位外婆厲害，卻從未想到過她如此厲害。

胡不為道：「你外婆對當今朝廷認識非常深刻，早在朝廷收回江南鹽運經營權的時候，她就將經營中心轉移，也在海外置產，陛下當初向我開口也是的確到了山窮水盡的地步，大康連年欠收，國庫空虛，國內各大糧倉紛紛告急，大雍表面和大康交好，可背地裡卻威脅周邊鄰國不得和大康進行糧食交易，所以大康剩下的唯一辦法就是海運，從南洋諸國買入糧食以緩解國內糧荒之急。」

胡小天道：「外婆可答應了？」

胡不為道：「我跟隨陛下多年，當然知道他的意思，徐家若是介入此事必然會陷入麻煩之中，所以我已經做好了最壞的準備，陛下見我推諉拖延，心中自然不悅，接下來我們府上就發生了許許多多的事情。」

胡小天心中一驚，老爹雖然沒有明說，可是這句話分明在暗示，他們胡家丟失丹書鐵券的事情很可能和老皇帝有關，老皇帝是準備尋找機會辦他們胡家，以這些事作為要脅，脅迫金陵徐家低頭，如果這些事情都是老皇帝做的，此人還真是夠陰險夠無恥。

胡不為道：「皇上的那個秘密金庫也只不過是畫給外面的一個大餅，他雖然老邁，可並不糊塗，大河無水小河乾，國庫都空了，他還要秘密金庫有什麼用處？這些年來為了支撐大康的統治，他陸陸續續也拿出了不少的銀子，大康的巨賈富商，又有哪一個沒被他壓榨過，他始終沒對金陵徐家動手，原因就是他看中了這條海上通路，徐家並非不肯給他面子，過去我也曾經出面協調，由徐家從南洋運糧，貨款從來都是先行給付，而皇上手裡已經無錢可用，他提出借糧，實際上就是要將整個徐家拖入泥潭，這筆欠帳永遠也不會還上了。」

胡小天聽得直皺眉頭，想不到這件事的背後還那麼複雜，就算沒有龍燁霖的篡位，老皇帝早晚都會對胡家下手，他看重的乃是金陵徐家的財富，要以胡家為要脅，脅迫徐家屈服。

胡小天道：「姬飛花讓我娘前往金陵也是為了借糧？」

胡不為端起茶杯喝了口茶緩緩搖了搖頭道：「他只是讓你娘親往金陵送給你外婆一封信，寫什麼我也不清楚，其實大康到今日之地步已經如同一個病入膏肓的病人，就算是傾盡徐家的財力也不可能挽救這個國家於危難之中。我真是後悔，當初優柔寡斷，錯失了離開的良機。」

胡小天心中一怔，原來老爹早已有了逃離大康的打算，低聲道：「現在走或許仍然來得及。」

胡不為搖了搖頭道：「陛下豈肯輕易放過我們？可以預見，他對你我父子的重用全都是衝著金陵徐家，如果從金陵徐家得不到他想要的東西，只怕……」

胡不為的話並沒有說完，胡小天心底壓力卻增加了數倍，大康的君主果然沒有一個好鳥，不管誰坐在皇位上都想著算計他們，本以為老皇帝重新上位之後，可以幫老爹平反昭雪官復原職，從此以後他們父子兩人能夠在京城揚眉吐氣地過日子，現在看來和過去還不是一個鳥樣。

胡小天道：「剛剛周丞相過來就是為了這件事？」

胡不為緩緩點了點頭道：「雖然沒有明說，可是也已經透露這個意思。」

胡小天道：「爹，依您之見，咱們應該如何應對？」

胡不為道：「你娘還未回來，等她回到康都此事才能有定論，而今之計，咱們父子必須謹慎為妙，只要朝廷以為我們還有利用價值，我們的安危自然不會受到威脅。」

胡小天點了點頭，低聲道：「大康如此對您，您還想為大康盡忠嗎？」

胡不為望著兒子，兩道濃眉擰結在一起，過了好一會兒方才說道：「天地初開之時整個天下沒有國家之說，後來因為人的私心作祟，劃定疆土，割據勢力，才有了國，才有了王，為了維繫自己的統治約束下屬，方才有了法，所以沒有人生來就是王，也沒有人註定要成為臣民，人赤裸裸來到這個世上本來就沒有任何的分別，出身乃是父母賜予，你生在我胡家，就是尚書公子，你生在貧賤農家就是貧賤之身，你若生在帝王之家，你就是天之驕子！」

胡不為的這番話將胡小天徹底震住了，老爹哪還像個古人，這番話根本就是充滿了現代思潮的人人平等，這其中也充分體現出了老爹的勃勃野心，難道老爹也想當皇帝？不然何以說出你若生在帝王之家，你就是天之驕子的話來？

胡不為道：「我這半生全都在為大康刻苦經營，可是我經營謀劃得來的那些財富還不是被皇室中人縱情揮霍？若是他們有絲毫體恤百姓之心，何以會淪落到今日之地步，國家雖大，經營謀略和普通家庭也沒有什麼根本上的分別，量入為出，居安思危，還需知道取之於民用之於民的道理，縱觀大康這近百年來的歷史一直都在揮霍昔日祖宗辛苦打拚的家業，日積月累，才有今日之危，等到了這種地步再想彌補？」胡不為緩緩搖了搖頭，意思是為時已晚。

胡小天道：「爹，既然如此咱們一不做二不休！」他也是被老爹今天的這番話說得熱血沸騰，想想自家的資源真是不錯，財力上有外婆家這麼雄厚的靠山支持，再加上自己的那幫兄弟未嘗不可以揭竿而起，創出一番轟轟烈烈的大業，此前周默就曾經多次提出過，可胡小天過去始終都樂得逍遙自在，現在忽然發現無論哪個皇帝當家，都不可能得到真正的逍遙和自由。

胡不為神情凝重道：「有些話只能做不能說，時機沒有成熟之前更是提都不要提起。」

胡小天慌忙閉上了嘴巴。

胡不為道：「當我得知龍燁霖讓你淨身入宮的消息之時，對大康就已徹底失望，那時便下定決心，就算豁出這條性命，也要讓他們龍氏付出慘痛的代價。」

胡小天笑道：「還好孩兒命大！」

胡不為道：「雖然境遇有所改善，但是危機仍未清楚，身為臣子，在國君的眼中，性命只不過如同草芥一般罷了，誰又知道他何時會動殺念？」

胡小天點了點頭，將從李雲聰那裡聽來的事情簡單對父親說了。

胡不為聽完沉默了下去，在室內來回走了幾圈，若有所思，過了許久方才道：「的確奇怪，皇上為何要重用永陽公主？看來他身邊的人也頗感不解，洪北漠、李雲聰、慕容展之間也未必和諧。」

胡小天道：「洪北漠現在正在重新組建天機局，深得皇上的信任。」

胡不為冷笑道：「換湯不換藥，等他完成勢力的重整，搞不好又是另一個新的姬飛花！」

胡小天其實和父親想到了一處，這也正是七七所忌憚的，無論老皇帝怎樣重用七七，如何對她力撐，可七七的年齡和資歷畢竟難以服眾，在她身邊真正忠心的無非就是權德安的那股勢力，所以七七才會善待自己，給予自己這麼大的榮耀和信任。也許七七看重的並非是自己本身，也是他背後的父親和金陵徐氏這些潛在的支持。

胡小天道：「爹，您打算怎麼辦？」

胡不為道：「好好活下去，就算竭盡全力也要保證咱們胡家平安無事。」

胡小天聞言心中不禁一陣激動，望著父親兩鬢新添許多的白髮，胡小天內心中感到一陣歉疚，他握住父親的臂膀道：「孩兒已經大了，這些事以後儘管交給孩兒去做。」

胡不為微笑望著兒子，輕輕拍了拍他的手背：「爹因你感到欣慰，為你感到驕傲！」

離開水井兒胡同的時候，胡小天因為榮升帶來的喜悅已經完全散盡，有些昏昏然的頭腦也重新變得清醒起來，和老爹這番推心置腹的談話讓他認識到，大康的形勢並沒有因為此次的宮變而有任何的變化，他們父子的處境也沒有得到本質上的改變，老皇帝重新上位對他們胡家來說未必意味著什麼好事。

胡小天讓那車夫將自己送到寶豐堂所在的東門外大街，他現在住在福熙客棧，距離寶豐堂很近，雖然寶豐堂也有地方提供給他居住，只不過胡小天為了掩人耳目，避免他人察覺到他和寶豐堂之間的關係，所以才做出如此選擇。

來到門前，房門從裡面打開了，霍勝男一臉關切地從裡面出來，驚喜道：「你回來了？」

胡小天點了點頭，走進房間反手將房門關上了。

霍勝男看到他一身的裝扮，已經知道他這次前往宮中應該已經順利解決了所有的事情。輕聲道：「看你這一身的氣派，應該是被朝廷封賞了。」

胡小天喜孜孜點了點頭道：「不但封賞了，而且還賜給我一個御前侍衛副統領的差事。」

霍勝男眨了眨眼睛道：「那豈不是和石寬的官職差不多？」石寬乃是大雍金鱗衛的首領。

胡小天道：「差半級，倒是也差不上許多了。」

霍勝男道：「想不到你們大康倒是特別，居然讓一個太監當了侍衛統領。」

胡小天被她這句話氣了個七葷八素：「你說誰是太監？」

霍勝男看了他一眼，此時無聲勝有聲。

胡小天將腰間的五彩蟠龍金牌指給她看，然後極其瀟灑地一撩下擺坐在太師椅子上，翹起二郎腿，充滿得意地笑道：「過去我一直都沒告訴你，我乃是奉旨假扮太監入宮，收集姬飛花篡權謀逆的證據，現在功成身退，皇上已經正式下旨，為我恢復自由之身，我是男人！從今天起我就做回那個堂堂正正的男人！」

霍勝男啐道：「有什麼了不起，總之你無法否認你過去都是太監！」

胡小天被她給噎著了，點了點頭，憋出了一句惡毒的話：「你反正親眼看過親手摸過，不承認我也沒辦法。」

霍勝男俏臉通紅，眼看就要惱羞成怒。

胡小天趕緊求和：「那啥，咱們不聊我的隱私，還有重要事情要去處理。」

霍勝男雖然在言語上吃了虧，可她也明白就算繼續鬥嘴，自己仍然要甘拜下風，沒辦法，比不上他無恥下流，狠狠瞪了胡小天一眼道：「你有事去辦，我沒興趣。」

「總得有個幫手……」

「干我屁事！」霍勝男惱羞成怒忍不住爆粗。

胡小天目光看了看她挺翹的臀部。

霍勝男趕緊擰動了一下身子：「看什麼看？」

胡小天道：「跟我去趟刑部，我們家的東西也該領回來了。」

當天下午，胡小天先將安平公主的骨灰送往皇宮，然後和霍勝男一起去刑部辦理了領回查抄財物房產的手續，胡小天拿過此前查抄財產的目錄對著上面大概看了一遍，其實他也是裝模作樣，對家裡究竟有多少財產並不清楚，向那官員道：「都在這裡？」

那官員笑道：「啟稟統領大人，全都在這裡了。」

胡小天將查抄名冊在那官員眼前晃了晃：「這麼薄一本，我感覺我們胡家好像不僅僅有這麼點東西。」

官員道：「統領大人，下官負責的是按照查抄名冊統計入庫，至於清點財物和登記名冊並不是屬下的管轄範圍，當時查抄貴府的時候，登記查抄名冊的是戶部中人負責的。」

胡小天道：「什麼人負責？」

那官員道：「我記得應該是現在的戶部尚書徐正英徐大人！」

聽到徐正英的名字，胡小天不由得怒由心生，昔日徐正英只不過是他老爹的下屬，對自己也是極盡阿諛奉承之能事，可後來老爹落難，徐正英不但趁機上位，而且還出賣自己，這筆帳到現在都沒跟他清算過，胡小天點了點頭道：「好！」

那官員道：「胡大人看過名冊若是沒有問題，請在上面簽字畫押，下官會即刻派人將東西整理之後送還府上。」

胡小天拿起毛筆飽蘸濃墨，在簽收單上寫下自己的名字又摁下手印，抓起胡府大門的鑰匙，轉身揚長而去。

霍勝男跟在胡小天的身後一路奔行來到戶部尚書府，在大門前翻身下馬，卻見大門之上仍然貼著封條，胡小天來到門前撕開封條，拿出鑰匙將鎖住大門的鐵鎖大開，被封閉經年的胡府大門終於緩緩開啟，舉目望去院落之中荒草叢生，已經不復昔日整潔雅致的樣貌。屋簷廊下結滿蛛網塵絲，道路牆角爬滿了藤蔓青苔。

霍勝男望著這麼大的一座府邸也不由得歎息了一聲：「這麼大一套宅院想要清

理乾淨，恐怕需要不少時日吧？」

胡小天道：「辛苦你了！」

霍勝男眨了眨眼睛抗議道：「為什麼是我？」

胡小天道：「讓你留在這裡白吃白住，總要有那麼一點點的付出吧？」

「誰說我要住在這裡了？」霍勝男之所以跟隨胡小天一起同來康都，還不是因為擔心他在路上遇到危險，本來平安抵達康都之後她就已經完成使命，大可了卻心願一走了之，可是又擔心胡小天因為安平公主的事情被大康朝廷降罪，於是又留下來等待結果，現在已經可以確定胡小天非但沒有被責罰，反而受到嘉獎升遷，霍勝男心底告訴自己已經到了離開之時，從此以後無牽無掛浪跡天涯，可是一想起這件事，心中反倒感覺難以割捨起來。

胡小天道：「你還真打算去浪跡天涯？」

霍勝男點了點頭道：「那是當然！」

胡小天望著她雙目之中真情流露：「勝男，別走，你走了我怎麼辦？」

霍勝男俏臉一熱，咬了咬櫻唇道：「無恥，你跟我又有什麼關係？」

胡小天正想逗她幾句，卻聽外面傳來一陣驚喜的聲音：「少爺！少爺！我們來了！」胡小天舉目望去，卻見一群人爭先恐後地朝著這邊跑了過來，進入大門，那群人一個個跪了下來，胡小天看得真切，這群人全都是他們胡府昔日的僕人。為首的兩個是李錦昊和胡佛，這兩人還曾經護送他前往西川青雲，一直到蓬陰山的時候方才返回，叫得最響卻落在最後的就是大胖子梁大壯，一陣子不見，這貨似乎比起過去更富態了，離開胡家的照顧看來過得也是相當的滋潤。

梁大壯氣喘吁吁擠開眾人，撲通一聲跪倒在胡小天面前：「大壯給少爺磕頭了！大壯對少爺一日不見如隔三秋，早也盼晚也盼，終日以淚洗面，正所謂為你消得人憔悴，衣帶漸寬終不悔，這首詩正是大壯的真實寫照。」

胡小天一聽他拍馬屁就氣不打一處來，還跟自己文縐縐拽詞兒，笑道：「大壯，你小子有長進啊，只是我怎麼沒見你變得憔悴，反而吃得肥頭大耳？明顯是心寬體胖。」

梁大壯叫苦不迭道：「少爺，大壯這身子骨完全是爹媽給的，就算我喝涼水都要長肉，實在是沒辦法。」

胡小天笑道：「全都起來吧！」

那幫胡府昔日的家人這才站起身來，胡佛老成持重，胡小天將他叫到面前問起他們是怎麼知道自己要回來的事情。

胡佛笑道：「是上頭將消息傳下來的，說是永陽王親自下的命令，讓我們這些胡府的老人重新回來幫助整理府邸，伺候少爺，我接到命令，於是召集了一些昔日府上的老人回來，事先派人守在這裡等著少爺，看到少爺過來，於是我們就全趕過來了。」

胡小天心中暗忖，這七七年紀雖然很小，不過也算是有心，知道將胡府還給自己沒有人打理照料也是無用，又特地通知了昔日的下人。胡小天微笑道：「難得你們有心，胡佛你們各司其職將府邸上上下下好好清理打掃一下，等一切收拾清爽妥當，我也好將爹娘接回來住。」

胡佛應了一聲，這幫胡府的下人全都是喜氣洋洋，胡府遭殃之前，胡不為有先見之明，提前將這幫下人遣散打發回家，所以真正受到牽連的並不多，胡不為過去對待下人也一向寬容慷慨，所以這些胡府下人大都念著胡家的好處，現在聽聞胡家重新得到朝廷的任用，一個個自然聞訊來投，這兩天還會有不少人陸續回來。

胡小天將胡佛和梁大壯叫過來，詢問他們胡家過去有沒有什麼財物的清單名冊，又將從刑部的名冊交給梁大壯，讓他找出過去帳房的清單比對一下，看看查抄胡府家產的時候有沒有官員趁機貪墨他們家的家產。倒不是胡小天多心，這種事情實在是太常見。而事實證明胡小天的猜疑並不是多餘的，刑部歸還胡家的財產連昔日的三分之一都沒有，包括胡府收藏的古董字畫在內的大多數東西，都沒在刑部提供的這份名單之上。

胡小天確定家產在查抄的過程中被人貪墨，心中不禁勃然大怒，對於這幫渾水摸魚，假公濟私的官吏，這次自己必然要連本帶利一起討回來。

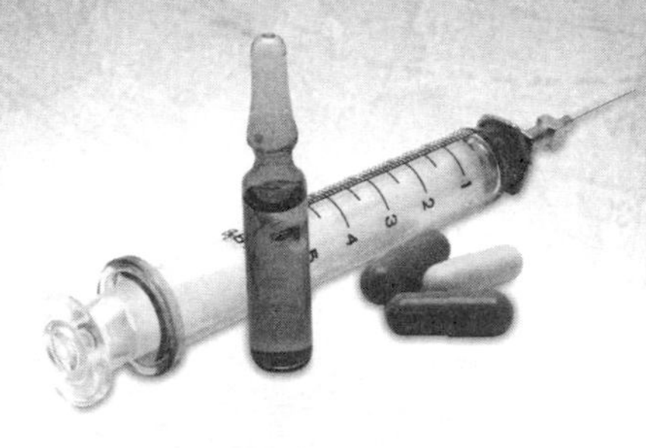

第三章

謎樣的女醫

秦雨瞳的身上與生俱來有種拒人於千里之外的氣質。
想起秦雨瞳臉上觸目驚心的疤痕，胡小天不禁心中感歎，
如此美女卻為何被人毀容，不過他心底又有種懷疑，
秦雨瞳並未以真面目示人，以她的易容術，扮醜還不容易，
掩蓋本來面目或許是為了避免不必要的麻煩。

胡佛、梁大壯分別率領一批家人開始整理宅院的時候，忽然聽到外面傳來馬蹄聲陣陣，胡小天正帶著霍勝男粗略參觀一下胡府，兩人剛剛來到博軒樓上，舉目望去，卻見門外來了十多名騎士，胡小天目力極強，雖然站在博軒樓上距離那些人大約五十丈，仍然可以清晰辨認他們的容貌，讓他意外的是，為首的幾人竟然是唐家兄妹。

梁大壯慌慌張張跑了上來，氣喘吁吁向胡小天稟報導：「少爺，大事不好了，唐家兄妹又率人登門鬧事了。」他並不知道胡小天此次出使途中發生的事情，更不知道胡小天和唐家兄妹早已化干戈為玉帛，胡小天微笑道：「不用驚慌，他們不是來鬧事的。去！打開大門，請他們進來，我馬上就過去！」

梁大壯應了一聲，匆忙去了。

胡小天和霍勝男對望了一眼，霍勝男在雍都之時曾經和唐家兄妹打過交道，即便是她現在男裝打扮，唐家兄妹也應該能夠認出她的身分，畢竟現在大雍發出海捕公文，將安平公主被殺的事情全都推到了霍勝男的頭上，雖然離開了大雍，可她仍然不適合輕易表露身分，以免造成不必要的麻煩。胡小天讓霍勝男留在博軒樓迴避，自己獨自一人來到門前迎接。

唐家四兄妹這次全都過來了，唐鐵漢唐鐵鑫兩兄弟在前往大雍出使的過程中承蒙胡小天照顧，早已和胡小天化敵為友，老二唐鐵成聽說他們的經歷之後對胡小天也是萬分感激，昔日對他的那點仇恨早已煙消雲散。其實唐家幾個兒女全都是性情中人，不過做事都衝動了一些，唐輕璇雖然是個女孩子，因為家裡過於驕縱，所以才養成了刁蠻任性的脾氣，她和胡小天過去的衝突究其原因還是因為她先挑起，這次雍都之行讓唐輕璇對胡小天的印象完全改觀。

唐鐵漢笑道：「胡大人，我們兄妹幾個聽說你圓滿完成了任務，還聽說皇上已經正式恢復了你的身分，特地登門過來道賀。」

胡小天笑道：「多謝唐大哥！」他又向唐鐵成和唐鐵鑫一一拱手致謝，等到唐輕璇面前的時候，唐輕璇一張俏臉竟然羞得通紅，黑長的睫毛忽閃忽閃，眼神都不敢和胡小天正面相遇。胡小天假扮太監入宮是為了搜集姬飛花的罪證，這件事如今已經傳遍整個康都，也就是說胡小天根本不是太監，他是個如假包換的男人，唐輕璇當然知道這意味著什麼，再次見到胡小天已經無法保持昔日那份坦然的心境，想起自己被他抱過親過，就感覺整個嬌軀發軟，心跳加速，皮膚都開始發燙了，唐輕璇開始後悔自己為什麼要一起過來了。

只要不是瞎子肯定能看出唐輕璇的異樣表現，胡小天心中暗道，這唐家小妞莫不是喜歡上了我？哥們這魅力真是無法阻擋，要說唐家小妞長得也算火辣性感，只可惜這頭腦不慎靈光，脾氣也暴烈了一些，我只是看她那麼一眼反應就如此強烈，難道這丫頭屬於那種騷媚入骨反應激烈的類型？胡小天又不禁想入非非了。正所謂飽暖思淫欲，這貨剛剛恢復了自由身，壓抑許久的花花腸子又開始蠕動起來，不過胡小天還算能夠分得出輕重，笑了笑道：「唐姑娘好！」

「胡大哥好！」唐輕璇嬌滴滴道。

唐家三兄弟沒聽錯，這嬌滴滴溫柔得就要滴出水來的聲音，千真萬確地來自於他們的妹子，三兄弟加起來的記憶中，妹子都未曾像今天這樣說過話，而且不叫胡大人，她叫的分明是胡大哥。

胡小天頭皮一麻，唐輕璇好像比自己大啊，怎麼管自己叫大哥？胡小天在揣摩女孩子心思方面頗為擅長，心中已然明白唐輕璇十有八九是對自己動心了。

唐鐵漢道：「胡大人，聽說朝廷已經重新將府邸歸還，我們兄妹幾個商量了一下，也沒什麼好禮物相送，就挑選了二十匹上好的駿馬，外加六輛馬車送來給府上使用。」

胡小天聞言大喜，唐家兄妹雖然性情衝動一些，可是他們這個家族在相馬方面頗為擅長，尤其是他們的老子駕部侍郎唐文正，那可是有當世伯樂之稱，不但在大康，在整個天下也是頗有名氣，胡小天連忙謝過。

因為剛剛收回府邸，下人們正在整理，胡小天只能請他們在外面坐了，幾人在涼亭中坐下，不約而同想起昔日發生衝突之時，鬧出了一場火燒草亭之事，彼此目光相遇，全都會心一笑，真所謂一笑泯恩仇了。

唐鐵鑫道：「胡大人，我聽說朝廷封你為御前侍衛副統領？」

胡小天笑道：「只是一個虛職罷了，具體的事情還都是慕容統領在管，在那邊我也沒有什麼具體事情好做。」

唐鐵成道：「我還想通過胡大人謀個御前侍衛做做呢。」他是個直脾氣，有什麼就說什麼，唐輕璇忍不住瞪了他一眼，怪二哥說話冒昧。

胡小天微笑道：「唐二哥若是真想做侍衛，這種小忙我還幫得上。」

「真的？」唐鐵成喜形於色。

唐輕璇道：「二哥，胡大哥剛剛回來，而且接受任命不久，你還是別給他添麻煩了。」

唐鐵成道：「胡大人都答應我了，你這丫頭為何又說不行，哎呀，你還真是處處為胡大人著想。」

唐輕璇羞得俏臉通紅，啐道：「不理你了！」

唐鐵鑫踢了老二一腳，唐鐵成這才知道自己說錯了話，嘿嘿笑道：「我妹子說的也是，胡大人不急著安排，等一切穩定之後再幫我想著這件事，反正我也不急。」

胡小天轉向唐鐵漢道：「唐大哥是否有禮部尚書吳大人的消息？」

唐鐵漢道：「有，我們在天波城遇到過，吳大人還向我打聽你的消息，看得出他非常的緊張。」

胡小天點了點頭，吳敬善不緊張才怪，他提前返回大康一直都在觀望事態的發展，不過自己此次完成任務的事情他應該已經知道了，知道朝廷並沒有責罰自己，反而論功行賞，吳敬善一定放寬了心，可以放心大膽地返回康都了。

唐輕璇道：「聽說胡大哥將公主殿下的骨灰帶回來了？」提起安平公主的事情，唐輕璇不禁美眸含淚，她和安平公主在途中義結金蘭，安平公主溫柔善良，對待她情同姐妹，其實胡小天此前已經告訴她雍都的安平公主乃是紫鵑冒充，唐輕璇雖然早已知道這件事，可想起安平公主的事情仍然不免垂淚。

胡小天和唐家兄弟幾人寒暄了幾句，他們兄弟幾個看到胡府上上下下忙碌不停，也不方便留下，於是告辭離去。

這邊剛剛送走了唐家兄妹，那邊又有貴客登門，此次前來的貴客卻是胡小天未曾想到的，居然是玄天館的秦雨瞳。

於胡小天而言，秦雨瞳的到來的確是一個不小的驚喜，她生性冷淡，能夠主動登門拜會實屬難得。離開康都之前，曾有一度胡小天對秦雨瞳不滿，因為她面對好友龍曦月遠嫁表現得太過無動於衷，可無論他承認與否，秦雨瞳送給他的人皮面具都起到了相當大的作用，而且在雍都，若非是她介紹神農社的柳長生給自己認識，自己在雍都做事也沒有那麼順利。

一襲深藍色的長裙，布衣荊釵，臉上蒙著面紗，雖然看不到秦雨瞳的容貌，單單是她這份超凡脫俗的氣質已經讓人呼吸一窒，秦雨瞳在胡小天的眼中更像是一朵遠離塵世喧囂的雪蓮花，無論周圍如何嘈雜，她始終都亭亭玉立出淤泥而不染。即便是站在她的對面仍然不會感到任何的親切感，秦雨瞳的身上與生俱來有種拒人於千里之外的氣質。想起秦雨瞳臉上那讓人觸目驚心的疤痕，再看到她風華絕代的風姿，胡小天不禁心中暗自感歎，如此美女卻為何被人毀容，不過他心底又有種懷疑，秦雨瞳可能並未以真面目示人，以秦雨瞳的易容術，扮醜還不容易，掩蓋本來面目或許是為了避免不必要的麻煩。

胡小天微笑道：「秦姑娘來了，我正想去玄天館拜會你，想不到你先我一步就過來了。」

秦雨瞳道：「你從大雍翻山涉水而來，一路舟車勞頓，我理所應當登門拜會。」

胡小天向周圍正熱火朝天忙活著的下人們看了看道：「今天才收回府邸，到處都忙著收拾，亂七八糟。」

秦雨瞳淡然道：「看來我過來的不是時候。」

胡小天笑道：「那倒不是，不如我陪秦姑娘到處走走看看。」

秦雨瞳搖了搖頭道：「我來這裡只是有幾句話想問你。」

胡小天道：「秦姑娘請問。」

「聽說公主殿下死於斑斕門的毒手？」

胡小天點了點頭道：「不錯！」

秦雨瞳道：「你在大雍曾經殺死了三名北澤老怪的親傳弟子？」

胡小天笑道：「想不到消息傳得這麼快！」

秦雨瞳一雙明澈的美眸盯住胡小天，彷彿重新認識他一樣，輕聲道：「看來這段時間你的武功突飛猛進，竟然可以擊敗北澤老怪的三名弟子，還能將他們置於死地。」

胡小天道：「一個人運氣來的時候擋都擋不住，連我自己都不清楚為什麼可以將他們三人擊敗。」

秦雨瞳意味深長道：「送你的面具應該派上了用場。」她的話雖然不多，可是每句話都說到了關鍵之處。

胡小天甚至認為秦雨瞳已經猜到自己用偷龍換鳳的方法將龍曦月救了出去，只是這種事情她沒有證據，想必也不會追問。胡小天微笑道：「說起這件事，我此次回到康都還想跟秦姑娘學習一些易容之術。」

秦雨瞳道：「你有興趣？」

「何止有興趣，簡直是非常非常的有興趣！」胡小天臉上帶著奸笑。

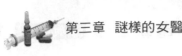

秦雨瞳道：「貪心不足！」

胡小天道：「秦姑娘不要以為我只是一心想占你的便宜，我教你一些人體結構的知識，咱們相互交換，兩不吃虧。」

秦雨瞳秀眉微顰：「沒興趣！」

胡小天道：「當真沒有興趣？」以他對秦雨瞳的瞭解，知道秦雨瞳在醫術上精益求精，求知欲極強，在他離開康都之前就曾經多次表示要跟他切磋醫術來著。

秦雨瞳岔開話題道：「你去雍都是否遇到了神農社的柳先生？」

胡小天向秦雨瞳深深一揖。

秦雨瞳見他突然向自己施了一個大禮，不禁莞爾：「何必如此大禮？」

胡小天道：「多虧秦姑娘指給我一條明路，我在雍都一籌莫展之時，幸虧柳先生給我幫助，還不是看在秦姑娘的面子上，小天當然要多謝秦姑娘對我的一片深情。」

秦雨瞳皺了皺眉頭，這廝說話就是這個樣子，一片深情，好像形容的並不恰當吧。

胡小天此地無銀三百兩地解釋道：「秦姑娘不必誤會，我說的是友情，並不是其他的意思。」

秦雨瞳道：「沒有誤會，我和你之間連友情都算不上。」

胡小天呵呵笑了起來，雖然被秦雨瞳無情打臉，可這廝的心理素質足以承受這樣的打擊，厚顏無恥道：「剛才跟秦姑娘說的事情，還望你好好考慮。」

秦雨瞳道：「聽聞你在雍都為大雍太后做了重瞼術？」

胡小天點了點頭道：「小手術罷了，秦姑娘眼睛生得如此好看，又是與生俱來的雙眼皮，當然用不著做重瞼術。」

秦雨瞳道：「對你剛才提出的事情，我又有些興趣了。」

胡小天道：「秦姑娘想知道什麼只管問我，小天必知無不言言無不盡。」

秦雨瞳道：「我今天前來一是想問候一聲，二是想提醒你一件事。」她凝望胡小天的雙目道：「斑斕門的北澤老怪生性殘忍暴虐，但是對待他的門人卻是一個極端護短的人物，你殺了他的三名親傳弟子，這件事已經傳遍天下，北澤老怪絕不會放過你。」

胡小天道：「他只要敢來找我，我就送他去見他的那三名短命弟子。」

秦雨瞳道：「斑斕門和五仙教一樣，之所以能夠在武林中擁有這麼大的名氣，絕不是因為他們的武功如何高超，而是因為他們下毒的手法高超，五仙教在用毒方面還有所抉擇，可是斑斕門做事根本沒有任何的底線，為了達到目的，他們可以採用任何的手段。」

其實秦雨瞳絕不是第一個提醒他的人，在斑斕門的事情上，胡小天其實是為夕顏背了黑鍋，可這件事卻不能跟任何人說起，只能說是救出龍曦月所付出的必然代價了。

胡小天微笑望著秦雨瞳道：「謝謝秦姑娘的關心。」

秦雨瞳道：「你若是遇到什麼不測，一身匪夷所思的醫術也就從此失傳，對整個醫界也稱得上不小的損失。」

胡小天這才知道人家關心的是醫術，真是有些哭笑不得。

秦雨瞳道：「你臨行前的那番話還算不算？」

「什麼話？」

「你說要將自己的醫術心得全都寫出來，以後廣為傳播？」

胡小天道：「當然算數，不過我最近只怕沒有時間，陛下封我為御前侍衛副統領，只怕這兩天忙完家裡的事情馬上就會繁忙起來。不過我會抽時間整理一下自己醫術的心得，全都交給秦姑娘保管。」

秦雨瞳道：「我只怕擔當不起這樣的重托。」

「除了秦姑娘，我實在想不出還有誰值得我這樣信任。」

秦雨瞳道：「我實在是想不明白，既然你醫術如此高強，為何不親自做這種事情，治病救人造福蒼生，難道意義還比不過你混跡官途？」

胡小天道：「上醫醫國，其次及人，難道你看不出我志向遠大，想要拯救天下蒼生嗎？」

秦雨瞳道：「志向理想也只是心裡想想罷了，大康的積弊冰凍三尺非一日之寒，你以為僅憑你個人的能力就可以將之改變？」她停頓了一下又道：「說句話你可能不愛聽，從你身上我並沒有看出以拯救天下蒼生為己任的高義，你更像是一個準備渾水摸魚的投機商人。」

胡小天呵呵笑了起來，他喜歡秦雨瞳對自己的這個評價，在這樣混亂的時代，當一個渾水摸魚的投機商人才能夠生存下去。

秦雨瞳道：「你笑什麼？有什麼好笑？」

胡小天道：「當初你前往西川真正的目的是什麼？是不是想救周王？」

秦雨瞳道：「胡小天，大康的局勢遠比你想像中更加複雜，不要以為你在皇宮中混跡了一段時間，就有了在夾縫中求生存的能力，大康社稷之所以沒有崩塌，是因為有人還不想她現在就亡，你是個聰明人，好不容易才有了擺脫麻煩的機會，為何不珍惜現在的機會，重新選擇自己的人生，何必捲入爾虞我詐的朝堂之爭。」

胡小天微笑道：「秦姑娘似乎對眼前的局勢看得很清楚呢。」

秦雨瞳道：「當局者迷旁觀者清！我對權利沒有任何的興趣，所以我比那些心中充滿貪欲的人要看得清楚一些。」她口中這個充滿貪欲的人顯然是指的胡小天。

胡小天道：「我發現秦姑娘一點都沒變。」

秦雨瞳皺了皺眉頭，不解他這句話是什麼意思。

胡小天道：「依然孤芳自賞，依然目空一切，好像所有人都糊裡糊塗，唯獨你一個人清醒，你以旁觀者自居，卻有沒有想過其實你也在局中，說什麼治病救人拯救蒼生，在我看來無非是自欺欺人的話，覆巢之下安有完卵？如果大康社稷崩塌，身為大康子民你難道可以獨善其身？」胡小天搖了搖頭道：「我看你做不到！就算你逃得掉，你的家人呢？」

秦雨瞳怒道：「我沒有家人！」素來冷靜的她竟然被胡小天這番咄咄逼人的話語激怒，她馬上就意識到自己的失態，深深吸了一口氣，紛亂的內心瞬間又恢復到心如止水的境界。

胡小天發現自己每次面對秦雨瞳的時候總會忍不住想刺激她，想要揉碎她的清高撕裂她的驕傲，甚至連這廝自己都感覺到自己有些過份。

秦雨瞳的雙眸已經恢復了剛才的古井不波，靜靜望著胡小天道：「說完了！我可以走了？」

胡小天道：「秦姑娘今日登門還沒有來得及喝一口茶呢。」

「改天吧，我還有事。」她轉身就走，走了幾步又停下腳步道：「這個給你！」一藏在袖中一個小巧的布包扔給了胡小天。

胡小天一把接過，望著秦雨瞳的身影消失在大門外，方才展開那個布包，裡面居然是兩張人皮面具，胡小天又驚又喜，秦雨瞳雖然為人孤傲清冷，可是對他的心思揣摩得卻是很透，知道自己需要什麼，馬上就送來了這些東西。

胡小天樂呵呵回到博軒樓，霍勝男始終都在樓上觀望著他在樓下的舉動，看到胡小天回來，不禁笑道：「看來你在京城的人緣不錯，剛剛回來就有那麼多人登門恭賀，有沒有收到什麼禮物？」

胡小天將其中一張人皮面具交給她，笑道：「這下你可以隨處逛逛了，不必擔心暴露身分。」

霍勝男道：「謝了，對了，明天我打算離開康都。」

胡小天道：「暫時別急，我現在剛剛回來，朝廷雖然封了我一個御前侍衛副統領的官，可是徒有其名並無實權，身邊連幫忙的都沒有，而且剛才我接到消息，最近很可能斑斕門的會過來找我尋仇。」

霍勝男聽到斑斕門三個字頓時心中一驚：「你是說北澤老怪？」

胡小天點了點頭道：「據說這老怪睚眥必報，生性護短，他三個徒弟全都死在了我的手裡，肯定不會善罷甘休。」

霍勝男道：「來得正好，我正要找他問個清楚，到底是何人雇傭他們刺殺安平公主。」大雍朝廷將所有罪責全都推到了她的身上，說什麼她因嫉生恨，勾結斑斕門謀害安平公主，這件事霍勝男一直耿耿於懷。

胡小天聞言心中暗喜，看來想要留住霍勝男唯有利用這種方法，他雙手扶著憑欄俯瞰這座重新回歸自己懷抱的宅院，忽然道：「問你件事。」

「嗯！說！」

「你對七皇子薛道銘究竟有沒有暗戀之情？」

霍勝男聞言被他氣得俏臉緋紅，咬牙切齒道：「你敢再說一遍！」

胡小天道：「又不是我說的，是大雍朝廷公開這麼說。」

霍勝男道：「你明明知道他們栽贓陷害於我，還說這種話氣我。」

胡小天笑道：「常言道，空穴來風，未必無因。」

「你……」霍勝男美眸圓睜，就快跟胡小天翻臉的樣子。

胡小天話鋒卻突然一轉：「我當然知道你不是這種人，你喜歡的其實另有其人。」

霍勝男的臉紅得越發厲害，啐道：「再敢胡說八道，我以後再也不理你了。」

胡小天道：「如果傳言屬實，我說不定會因嫉生恨，跑到雍都把薛道銘給幹掉！」

霍勝男焉能聽不出這廝的言外之意，嬌軀扭轉過去，裝出沒聽懂他說話的樣子，眺望著周圍的景致。

此時聽到樓梯上傳來沉重的腳步聲，卻是梁大壯走了上來，手中拿著一份剛剛找出來的家產名冊，送到胡小天的面前：「少爺，我剛剛初步對照了一下，東西少了好多，刑部已經派人將過去查抄的東西送來了，我們正在逐一清點，不過已經能夠斷定，很多東西都被當初查抄的官員貪墨掉了。」

胡小天點了點頭將那本名冊收好，他向霍勝男道：「飛鴻，跟我出去一趟。」

霍勝男現在有了一個全新的身分黃飛鴻，胡小天已經不是霍元甲，她依然是黃飛鴻。

大康現任戶部尚書徐正英最近的日子並不好過，自從老皇帝重新登基，他就惶恐不可終日，後來聽說所有官員的官職暫時都不會有任何變動，方才放下心來，可沒多久就傳來胡小天出使歸來的消息，非但沒有因為安平公主之死受到責罰，反而被重用，封為御前侍衛副統領，連胡家昔日被封的宅院也重新還給了他們。

自從得到這個消息徐正英越發感到不安了，當初他想要擒拿胡小天將之獻給朝廷邀功請賞在先，然後又負責查抄胡家的家產，那時候徐正英並沒有料到胡家還有翻身的一天，沒想到這一天居然這麼快就已經到來。想起胡不為昔日的精明和手段，徐正英就有些不寒而慄。

可越是害怕什麼，什麼越是會到來，徐正英在書房正想著心思的時候，總管匆忙過來通報，說新任御前侍衛副統領胡小天來了。

徐正英嚇得打了個哆嗦，連手中毛筆都掉在了紙上，顫聲道：「來了多少人？」

「兩個！」

聽說胡小天只帶了一名隨從過來，徐正英這才放下心來，心中暗忖，胡小天雖然不好對付，但他現在畢竟是朝廷命官，就得受制於朝廷，在天子腳下料想他不敢做得太過分。而且他們來了兩個，自己府上家人護院加起來要有上百人之多，就算胡小天真敢鬧事也討不到好去。

徐正英讓人將胡小天二人先請到客廳，自己也沒敢多做耽擱，稍事整理就趕了過去。

胡小天和霍勝男都坐在客廳內，徐府的僕人已經為他們上了茶，胡小天意態悠閒地品著香茗。

徐正英透過進入客廳的珠簾觀察了胡小天一會兒，發現這小子並沒有他預想中殺氣騰騰，這才稍稍放下心來，掀開珠簾走了進去，呵呵笑道：「我就覺得今天格外特別，清晨起來就聽到喜鵲在枝頭嬉鬧，料想會有貴客登門，想不到居然是胡統領。」

胡小天微笑抬起頭來，目光盯住徐正英，笑容中帶著一股森森的冷意，看得徐正英有些不自在了，笑容生硬地來到胡小天面前拱了拱手。

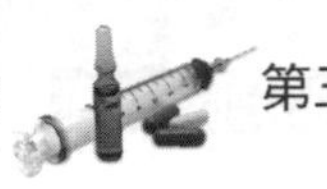

胡小天也沒有起身還禮，輕聲道：「坐！」

徐正英心頭著實有些鬱悶，這廝反客為主，這裡明明是我家，應該是我來發話才對，不過徐正英畢竟是在官場混跡多年的老油子，當然不會因為一件小事就向胡小天甩臉子，坐下之後，仍然笑瞇瞇道：「聽說陛下將胡統領家昔日的宅院賜還，徐某本想前去恭賀，順便再和胡大人見見面敘敘舊。」

胡小天微笑道：「徐大人有心了，你對我們胡家的好處，我們胡家上下沒齒難忘！」

徐正英內心一沉，胡小天果然沒有忘記昔日被他出賣的仇恨，今日登門就是為了尋仇來著，不由得暗自警惕。

胡小天將茶盞放下，將手中的兩本名冊交給霍勝男，霍勝男將兩本名冊送了過去。

徐正英接過名冊，粗略看了一下，已經明白了胡小天前來的本意。他將名冊放在桌面上，輕聲歎了口氣道：「胡統領是不是想問我這兩本名冊上登記在冊的東西為何會相差這麼多？」

胡小天微笑點頭道：「跟徐大人說話的確省卻了很多的力氣。」

徐正英道：「實不相瞞，當時朝廷下旨查抄胡府的時候，我的確參與其中，不過我是代表戶部清點胡家的財物，胡府的每樣東西都是詳細登錄過的，不會有中飽私囊的事情發生，不過帶頭查抄胡家的卻是三皇子殿下，當時名單須得由他先過目。」徐正英的確沒拿胡家的東西，雖然當時胡家已經倒台，但是徐正英也不敢急於落井下石，當時負責逮捕這幫舊臣的乃是三皇子龍廷鎮，龍廷鎮在查抄家產的過程中欺上瞞下，背地裡貪墨了不少的財富。本來徐正英是不敢說的，可現在三皇子龍廷鎮已經死了，朝廷已經變天，眼看著胡不為這幫昔日老皇帝身邊的寵臣就要重新得勢。

胡小天今日前來亮出兩本名冊，其用意不言自明，根本是想找自己討要胡家在抄家過程中被貪墨的財產，徐正英別說是沒貪墨他家的東西，就是幹過也不敢承認，所以才將所有的事情一五一十地交代出來。

胡小天聽他將所有的事情都推到了龍廷鎮的身上，不禁冷笑道：「死無對證，徐大人果然高明！」

徐正英顫聲道：「胡統領，徐某所說的一切屬實，當時雖然參與奉旨查抄，徐某卻只是負責清點登記，具體的事情全都是三皇子在拿主意。」

胡小天道：「龍廷鎮已經死了，死無對證，一個死人自然也無需承擔什麼責任，就算是這件事出了問題，也只能讓活著的人來承擔。」他這番話說得已經再明白不過，我不找死人要賬，就找你。

徐正英道：「胡統領，徐某承認當年確有對不住您的地方，可當時徐某也是形勢所迫被逼無奈。」他向胡小天深深一揖，以他的身分地位向胡小天道歉已經是做足誠意了。

胡小天視而不見，輕聲道：「我這個人向來是不記仇的，要追究你的責任也是皇上的事情，可我們胡家的東西在你手上過了一遍，就少了這麼多，我卻不能不聞不問。」

徐正英滿頭大汗道：「胡統領想怎麼辦？」

胡小天陰險笑道：「徐大人是個明白人，非要我講得那麼明白，殺人償命，欠債還錢原本就是天經地義的道理，我也是念在你曾經是我爹的老部下的份上，畢竟也是有過一段舊情的，事情若是鬧大了，讓陛下知道，恐怕大家都不好看。」

徐正英咬了咬牙道：「胡統領不妨說個辦法。」

胡小天冷哼了一聲，到現在還不拿出一點點誠意，看來也是個一毛不拔的鐵公雞，胡小天環視了一下客廳道：「看起來徐大人過得也算不錯。」

徐正英其實早就明白了他的意思，暗罵這廝無賴，你家的東西當初又不是我昧的，現在居然找我討要，可形勢逼人，他若是不出點血，只怕送不走這個瘟神，胡小天現在深受永陽公主寵幸，若是他慫恿永陽公主在老皇帝面前說自己幾句壞話，別說官位，只怕連性命也保不住了，更何況自己這個戶部尚書應該是幹不長了。

想到這裡，徐正英狠了狠心道：「雖然這件事是三皇子所為，可是徐某也要承擔一些責任，徐某這輩子兩袖清風，多年來俸祿也積攢下一些，胡統領你看五……」他本想說五千兩銀子。

胡小天卻搶先道：「五萬兩黃金？你當是打發叫花子嗎？我爹一輩子辛辛苦苦攢下的雖然不多，可是我老娘的娘家卻是金陵徐家，每年給我的壓歲錢也不止這個數，十萬兩黃金，就這樣吧。」

徐正英聽他獅子大開口，一張口就來了一個讓他瞠目結舌的數字，苦笑道：「胡統領，徐某就算將我一家人都賣掉也沒有那麼多。」徐正英的家產倒也豐厚，要說十萬兩黃金他也勉強拿得出，可誰也不想一輩子好不容易積攢下來的財富平白無故地送人。

胡小天道：「徐大人有幾個女兒啊？」

徐正英一聽打心底發寒，這廝不但想要錢還想要人？居然打起了我女兒的主意，徐正英道：「三個，都嫁人了！」

胡小天呵呵笑道：「少婦啊！漂不漂亮啊？」

徐正英差點沒把一口老血給噴出來，這廝什麼意思？

胡小天又道：「有沒有孩子啊？」

徐正英道：「有……徐某有五個外孫了。」

胡小天笑道：「五個外孫啊，真是讓人羨慕，若是我有那麼多可愛的孩子，就

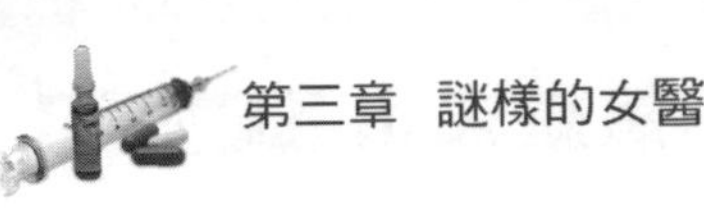

算別人用多少錢我都不願意換的。」

霍勝男一旁聽著，心中暗暗想笑，胡小天還真是卑鄙，先是拿人家的女兒恐嚇，現在又用人家的外孫恐嚇，雖然沒有說明，可是威脅的意思已經充分表達了出來。

徐正英向霍勝男看了一眼，意思是讓她先出去，霍勝男知道他有話背著自己想說，起身走出客廳。

徐正英向胡小天探了探身，伸出三根指頭，壓低聲音：「三萬兩……」說出這句話的時候感覺自己的內心就在滴血。

胡小天嘿嘿笑道：「徐大人是看不起我，還是看不起您自己？」心中卻喜出望外，三萬兩啊，今天真是中了大彩了，想不到稀裡糊塗宰到了一隻肥羊。

徐正英苦著臉道：「真拿不出那麼多。」

胡小天道：「當初參與查抄我們胡家的官員好像不止你一個吧？」

徐正英道：「是啊，還有不少其他人！」

胡小天道：「名單給我！」

徐正英倒是表現得非常配合，直接將當時這件事的幾個主要負責人全都寫了下來。

胡小天將名單收好了，徐正英又道：「胡統領你看，三萬……」

胡小天道：「那就先拿三萬。」

徐正英沒想到他突然這麼好說話，心中大慰，趕緊讓帳房去拿了一張大康四海錢莊通兌的銀票給他。

胡小天接過那張銀票，翻來覆去看了看。

徐正英道：「三萬兩黃金，四海錢莊通兌，這可是徐某的全部身家了。」

胡小天呵呵笑道：「這三萬是首期，剩下的七萬兩你一年還清，每超過一月我記你一分的利息。」

徐正英一聽這廝居然還打算要，急得臉紅脖子粗：「胡統領，不是說好了……」

胡小天道：「你們抄家之後我們家就少了十萬兩黃金，你現在給我三萬，什麼意思？難不成多出的部分我就自認倒楣？」

徐正英欲哭無淚：「胡統領，我是一文錢都沒往家裡拿啊！」

胡小天道：「冤有頭債有主，三皇子人死了，我上哪兒找他要賬去？這十萬兩黃金你看著辦。」

「可參與抄家的也不是我一個人！」

胡小天揚了揚手中的名單道：「你放心，但凡參與這件事的我一個都不會放過，什麼時候把這筆錢給補齊了，什麼時候算完，本來我也沒說一定要你徐大人一個人將十萬兩黃金全都給我補齊了，可是你太沒誠意，三萬兩黃金，你執掌錢法堂和寶泉局多年，這兩處地方就是大康造幣之所，我爹當初放權給你，這些年你從中到底撈取了多少好處，你自己心中明白。」

徐正英道：「那些全都是公款啊！」

胡小天嘿嘿笑道：「是不是公款查了才知道，你去我們胡家抄家一來一回就不見了十萬兩黃金，焉知你負責造幣多年，大康究竟少了多少錢幣？」

徐正英大驚失色：「胡統領千萬不能亂說話。」

胡小天道：「我本來是不想亂說，可是徐大人非得逼著我說，這番話若是傳到永陽王的耳朵裡，你以為她是相信你還是相信我？」是時候抬出七七震震這隻老狐狸了。說話的時候故意撩起外袍，五彩蟠龍金牌暴露出來，陽光剛巧從外面透入，正照在金牌之上，金牌的反光刺得徐正英幾乎睜不開眼。

徐正英被胡小天這一嚇，心中的防線終於開始瓦解崩潰，暗忖還是花錢消災，這小子得了好處，至少一段時間不會再找自己的麻煩，徐正英道：「我再拿兩萬，只有這麼多了！」

胡小天又得了兩萬兩黃金，頓時變得眉開眼笑，笑瞇瞇將銀票收好了，向徐正英道：「徐大人也是個明白人，過去的事情就過去了，大家以後還是朋友，逢年過節我還會來你府上問候。」

徐正英心想你最好這輩子都別來，恭送他道：「自然應當徐某過府去拜會才對，怎敢讓胡統領受累。」

胡小天笑道：「不累不累！」當然不累，只是來徐正英府上晃了一圈，五萬兩黃金到手，實在是太划算了。

離開徐府的大門，霍勝男看到他眉開眼笑的樣子就知道這次一定收穫頗豐，輕聲道：「如何？敲詐了多少？」

胡小天將兩張銀票在霍勝男面前抖了抖，得意洋洋道：「五萬兩黃金，哈哈，這下徐正英要心疼的幾天睡不著覺了。」

霍勝男道：「你不適合做官，真應該去做強盜，敲詐勒索是把好手。」

「別忘了，你是我幫兇。」

胡小天回到府上，將梁大壯叫了過來，把手頭的名單交給了梁大壯，讓他這兩天不要幹別的事情，帶著霍勝男一起，逐門逐戶去拜會，找這名單上曾經參與過抄家的官員討要胡家缺失的銀兩，根據官階大小來要，這名單上最大的是四品，四品官就要一萬兩黃金，五品八千，六品五千。

徐正英在名單上一共列了八名參與抄家的官員，這些官員當時抄的也不是胡府一家，當時被皇帝抄家的官員不少，計有三十多人，可見在抄家過程中被貪墨了多少東西，當然這些財富最終應該被三皇子龍廷鎮據為己有，可偷牛的死了，只能找

這幫拔桷的算帳。

名單上的官員大都和徐正英一樣，因為此次的朝堂變化而惶恐不安，胡家人現在登門討債，且有憑有據。胡不為雖然沒有正式平反昭雪，也沒有官復原職，可是胡小天現在卻是永陽王身邊的紅人，風頭正勁，誰也不敢在這時候招惹於他，所有人都抱著破財免災的心理。胡小天開始的時候也沒想到可以收穫這麼多，可最後一算經由霍勝男和梁大壯登門討來的共計有三萬兩黃金，十萬兩白銀，還有不少的古董寶物，看來大康雖然國窮，但是藏富於官，這些官員一個個都富得流油。

本來永陽王給了胡小天兩天的休息時間，可只過去了一天，就差人將他召了過去，這次並不是在皇宮見他，而是在神策府會面。

胡小天來到神策府的時候，看到永陽王的車隊已經在外面等著了，那幫負責保護永陽王安全太監的頭目乃是李岩。

胡小天和李岩早在過去就打過不少交道，李岩曾經是姬飛花的左膀右臂，姬飛花此次倒台，他卻毫髮無損，證明了一個問題，一直以來李岩只是埋伏在姬飛花身邊的一枚棋子。在李岩眼中，胡小天和自己一樣。兩人都是為了剷除姬飛花而選擇接近目標，忍辱負重，也同樣是這次朝廷政變的功臣。

李岩向胡小天抱拳道：「參見統領大人！」他雖然因為剷除姬飛花有功，榮升為內官監少監，可是比起胡小天的升遷速度仍然要甘拜下風。眼看著這個昔日司苑局的小太監一步步爬上高位，李岩從心底感到羨慕，可有些事情是羨慕不來的，往往起到決定作用的不僅僅是人的能力，運氣也占了很大一部分。

胡小天從心底看不起李岩這種人，可表面上仍然是春風一片：「李公公好！公主殿下到了嗎？」

李岩道：「在裡面等著呢。」

胡小天點了點頭，舉步走入神策府，來到大門前四名守衛在門前的侍衛慌忙向他鞠躬行禮，這幾人全都是大內侍衛，也屬於胡小天的直接管轄。胡小天微笑道：「辛苦了！」抬頭望去，發現神策府的匾額處已經被人摘去，空蕩蕩地平添出幾分落寞。這才想起老皇帝上位之後，洪北漠重新組建天機局，順便將神策府給取締了。

走入神策府的廣場內，卻見校場中心演武台上一個人形單影隻地站在那裡，正是永陽王七七。

胡小天揚聲道：「屬下胡小天參見王爺！」

七七特許他不必行跪拜之禮，這廝當然不會殷勤到非要給這個小姑娘下跪，沿著台階走到演舞台上，來到七七身邊抱了抱拳，深鞠一躬。

七七道：「家裡收拾的怎麼樣了？」

「多謝王爺關心，幸虧您提前讓人通知了昔日的那幫家人，不然小天一個人還真應付不來，目前正在收拾整理，估計再有個三天就差不多了。」

七七道：「收拾好了就將胡大人從水井兒胡同接回去吧。」

胡小天道：「其實我現在就想請他回去，可是他說皇上還沒有恩准，他不能擅自回去。」

七七道：「那就由得他了，等我見到陛下再奏明這件事。」

胡小天恭敬道：「多謝王爺體恤屬下父子。」

七七道：「你別一口一個王爺的，聽著很不入耳，反正這裡也沒有其他人，我叫你胡小天，你……還是叫我公主吧。」

胡小天笑道：「遵命！」

七七道：「最近這兩天都幹了什麼？」

胡小天道：「小天在家裡忙著收拾，說起來也只是剛剛待了一天，順便做了一些小事。」

「什麼小事？」

胡小天從懷裡掏出幾張銀票，共計五萬兩銀子，雙手呈給七七。

七七並沒有去接，目光在上面掃了一眼道：「好多銀子。」

胡小天心中暗笑，這小丫頭沒見過錢，區區五萬兩銀子都感到驚奇了，若是我將這兩天勒索來的金銀全都拿到你眼前，怕不是把你嚇得暈過去。這就是胡小天的高明之處，他知道自己四處討債的事情應該紙包不住火，不過他認為沒有人敢說自己敲詐了多少，這些錢大都是黑錢，自己登門討債一來理直氣壯，二來也屬於黑吃黑，讓這幫混帳有苦說不出。至於這五萬兩銀票，是胡小天揣在懷中準備應付七七的。

胡小天道：「這些銀子是這樣得來的。」他將自己得到銀子的經過說了一遍，經過雖然沒錯，但是在具體數目上隱瞞了不少，自己辛苦敲詐得來的財富，總不能白白便宜了七七，大康國庫空虛，整個國家都處於極度缺錢的狀態，焉知這小妮子不會見錢眼開，萬一來個黑吃黑，自己豈不是竹籃打水一場空。

七七對這些銀子並不感興趣，冷冷道：「大康落到今日之境況和這幫損公肥私的官吏有著脫不開的干係，單憑著他們的俸祿，哪來的那麼多的家產。」

胡小天道：「殿下的意思是……」

七七道：「你是不是想我將他們全都殺了，好幫你出氣呢？」

胡小天道：「小天沒那麼想過。」

七七道：「小不忍則亂大謀，事有輕重緩急，當前局勢下以維穩為重，這些賬以後我自會跟他們清算。」

胡小天道：「公主果然深謀遠慮，運籌帷幄。」心中卻暗喜，他可不想七七現在就將這幫人給咔嚓了，從這次的事情能夠看出這幫官吏的身上有大筆油水可榨，抄家滅門，也未必查得出他們隱匿了多少財產，只有一點點的壓榨才可以攫取最大的利益。

七七道：「你不用給我灌迷魂湯，其實你也不想我現在就殺掉他們，不然你以後豈不是就斷了財路。」她對胡小天的本性認識的倒是清楚。

胡小天苦笑道：「公主真是冤枉我了，小天若是看重財富，這五萬兩銀子我就獨吞了，何必拿來獻給公主。」

七七道：「焉知你有沒有在其中做手腳？」

胡小天心驚肉跳：「公主殿下，小天對你可是赤膽忠心，滿腔熱誠，您這麼說話，我心裡實在是太委屈了。」

七七道：「你緊張什麼？我又不打算查你。」

「呃……」

七七道：「我叫你來也不是問這件事，而是想將這片地方交給你。」

胡小天道：「神策府？」

七七點了點頭。

胡小天苦笑道：「公主殿下，您又不是不知道，取締神策府是洪北漠提議，皇上拍板定案，事情才過去不久，您現在就要重建，豈不是等於和陛下唱對台戲，讓我負責，豈不是等於讓我和洪北漠公然對立？」

七七微笑道：「你不敢啊？」

「敢！為了公主殿下我什麼事情不敢做？」胡小天毅然決然道。

七七道：「又不是讓你去死，何必做出這副慷慨就義的模樣。」

胡小天道：「死都不怕，更何況是為公主做事！」

七七道：「雖然有這個計畫，但是也不是公開進行，這片地方對外說就是招賢納士的場所。」

胡小天心想你根本就是自欺欺人，以洪北漠的頭腦豈能被你給那麼容易騙過？更何況你做的事情分明是此地無銀三百兩，以為不說是神策府人家就不知道嗎？小丫頭片子畢竟欠缺經驗。

七七自說自話了一會兒發現胡小天毫無反應，不由得怒道：「你怎麼不說話？」

胡小天道：「公主說話的時候，我當然不方便打斷。」

「那，我現在說了這麼多，該你發表一下意見了。」

胡小天道：「公主殿下既然想招賢納士，又不想過早引起洪北漠的注意，那麼就沒必要那麼高調，更不需要選在神策府的舊址上。康都這麼大，想找到一塊地方合適招攬人才的地方還不容易。」

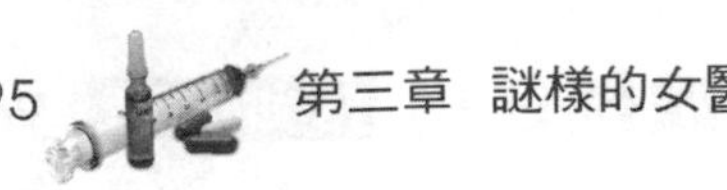

七七眨了眨眼睛：「有幾分道理啊。」

胡小天道：「其實招賢納士關鍵不是地方，而是資金，有道是重賞之下必有勇夫，只要肯花錢，肯定能夠招攬到不少的人才。」

七七道：「就知道你想勒索我。」

胡小天苦笑道：「殿下真是冤枉了我一片好心，我若是有那念頭還會主動將銀票送給您？」

七七道：「你心機那麼深，焉知你不是想拋磚引玉，五萬兩銀子當誘餌也有可能。」

胡小天道：「我可沒找您要銀子，有件事我想來想去還是跟公主說一聲，三皇子生前曾經負責朝廷抄家的事情，我所說的這些帳目都是那些官員在他的授意下所為。」

七七秀眉微顰：「你是說，他主導了這件事？」

胡小天點了點頭道：「普通官員應該也沒有那麼大的膽子，三皇子生前就在組建神策府，維繫這麼大一個機構運轉，想必也需要不少的銀子。按照我的初步估算，三皇子殿下應該在查抄官員的過程中，瞞報了大筆的財富，或許會有五十萬金之多。」

七七聽到這個數字雙眸不由得一亮，若是能夠得到這筆財富，那麼組建神策府自然不在話下了。她小聲道：「只是不知道他會將這些財富藏在哪裡？」

胡小天道：「這還不容易，想要藏起那麼多的金銀，單憑三皇子一個人是做不到的，肯定還有其他的手下幫忙，最可能的地點一是皇子殿下的府邸，二就是這座神策府，再找出過去為三皇子做事的那些人詢問，肯定能夠查出線索。」

七七聞言大悅：「胡小天，這件事就交給你去辦，他的府邸我可以向陛下開口求來自住。」

胡小天道：「公主殿下放心，這件事我一定幫你辦得妥妥當當。」

七七又道：「陛下因為我姑姑的事情非常傷心，見到姑姑的骨灰哭得幾度暈厥過去，他已經決定等我姑姑下葬之後，親自前往天龍寺誦經一月，超度她的亡靈，也一併超度新近逝去的親人。」

胡小天道：「有這樣仁德寬厚的陛下實乃百姓之福。」

七七道：「他提出要你負責他在天龍寺的警戒保護之職。」

胡小天聞言不由得大驚：「什麼？」雖然李雲聰此前就說過要讓他找機會陪同老皇帝一起前往天龍寺，可他並沒有想到龍宣恩居然會主動提出來，此事有些蹊蹺，老皇帝跟自己不熟，莫非有人在他面前進言要讓自己跟著過去？

七七察覺他的表情有異，輕聲道：「怎麼？你不願意？」

胡小天道：「身為御前侍衛副統領，守護皇上原本就是我的本份和責任，皇上

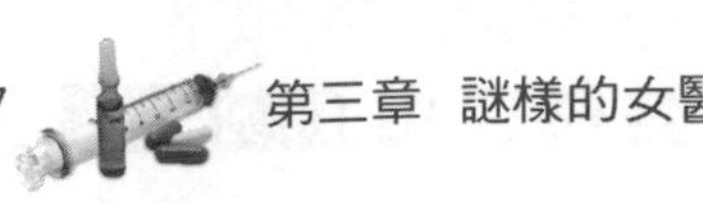

能想到我，足見對我的信任和看重，小天怎會不願意，只是感覺受寵若驚，所以才被驚到了，無法相信這種好事會落在我的頭上。」

七七呵呵笑道：「你這人從來都口是心非，你根本就不想去。」

胡小天道：「要說不想也是有一點的，如果陪著皇上去寺廟裡面待上整整一個月，吃齋念佛，連個異性朋友都見不到，想想也真是單調乏味。」

七七道：「我也不知道陛下為什麼會點你的名，不過他既然提出來了，我也不好有什麼異議，而且皇上這次前往天龍寺，我總覺得並不僅僅是為了誦經超度。」

胡小天道：「皇上對你如此信任，他還會有什麼事情瞞著你？」

七七道：「本來這件事也輪不到你，可是慕容展在圍殲姬飛花的時候受了傷，到現在仍然內傷未癒，保護皇上的責任自然落在了你的肩上，不過也不是馬上就過去，我姑姑骨灰下葬之日還沒有定下來，你這些日子還可以繼續瀟灑自在。」

胡小天道：「跟在公主身邊真是跟對人了，公主對我真是體恤關懷，小天終日都有如沐春風的感覺，良禽擇木而棲……」

七七冷冷看著他：「少跟我來這套，你是鳥我是木頭？以為我聽不出來你在罵我？」

胡小天道：「屬下斗膽進言，心眼兒太多也不是好事。」

七七道：「跟你這種人相處若是不多點心眼，只怕隨時都有被你出賣的可能。」

胡小天道：「公主若是這麼想，我也無話可說。」

七七道：「天龍寺一直都和皇室關係密切，你此次跟著過去，務必要保護好陛下的安全，一定要注意他和什麼人接觸。」

胡小天明白七七根本就是讓自己盯緊老皇帝，看看他在天龍寺玩什麼花樣，估計這小妮子對老皇帝並不信任，他低聲道：「公主的意思我完全明白，公主放心，屬下必然將這件事做得妥妥當當。」

七七滿意地點了點頭：「你剛剛說的事情就按照你的方法去做，總之招賢納士的事情我會給你全力支持，神策府這裡也交給你來看管。」

「是！」

七七轉過身去，忽然道：「要下雨了！」

胡小天抬起頭看到天空中豔陽高照，正想說怎麼可能，可忽然又想起自己將碧玉貔貅送給了七七，她肯定是由此而預知天氣，微笑道：「公主殿下也早些回去吧，千萬別淋了雨。」

七七道：「你也快走吧！」

兩人在門前分道揚鑣，胡小天剛走了沒多久，一場傾盆大雨就從天而降，這廝今天沒有坐車，單人匹馬前來赴約，他和小灰被淋了個透心涼，現在看來那碧玉貔

猻還是有很大的用處，五彩蟠龍金牌雖然看起來威風，也就是個象徵性的意義，一點實用價值都沒有。

回到胡府，胡小天將小灰交給了胡佛照顧，落湯雞一樣跑回了自己所住的院子裡。看到霍勝男和梁大壯也是剛剛回來，兩人也都淋得渾身濕透。梁大壯顧不上自己，忙著跑到胡小天面前獻殷勤：「少爺，您怎麼渾身都濕透了，我去讓人準備熱水給您沐浴，千萬不要受涼了。」

胡小天笑道：「我這身子骨可沒那麼金貴，你趕緊回去換衣服去吧。」

霍勝男走入了胡小天對面的房間，胡小天抬頭看了看外面的傾盆大雨，也快步走入自己的房間內，沒過多久，梁大壯帶著四名家丁送熱水過來。

胡小天在宮裡已經習慣了伺候人的日子，現在重新回歸過去養尊處優的日子居然感到有些不適應了，他讓梁大壯先給霍勝男送些熱水過去。要說在這個時代洗澡還真不容易，別的不說，單單是燒好熱水添滿浴桶就得花費不少的功夫。

折騰了小半個時辰，胡小天總算美美泡在浴桶之中了，腦子裡回想著剛才七七跟自己說的那番話，看來七七對老皇帝仍然充滿警惕之心，真是奇怪，他們兩人之間到底是什麼關係？當初老皇帝龍宣恩恨不能將七七處之而後快，怎麼突然就改變了態度，還和七七聯手除去了姬飛花，權德安這個老太監應該是忠於七七的，他應該清楚其中的內幕，只是他未必肯對自己說實話，皇室內部的關係實在是錯綜複雜，跟這幫人打交道需要提起一百個小心，稍有不慎就有覆舟之危。

一想起即將陪老皇帝前往天龍寺吃齋念佛，胡小天心中不由得有些鬱悶，外面傳來敲門聲，卻是梁大壯送乾淨的衣物過來。

胡小天讓他放下衣服出去，自己起身換好了衣服，梁大壯又帶人進來將他洗過的浴桶抬走倒掉。

開門的時候，胡小天剛好看到霍勝男從對面走上長廊，兩人隔著庭院彼此對望，雨水宛如珠簾將彼此的身影變得朦朧，胡小天笑了起來，他看到霍勝男也在微笑，只是笑容有些模糊。

霍勝男剛洗過頭，頭髮仍然未乾，披散在肩頭，臉上帶著那張面具，這段時間她已習慣了帶著假面生活。看到對面胡小天向梁大壯囑咐了幾句，沒多久就看到梁大壯帶著廚房的廚師拎著食盒送酒菜過來，胡小天讓人將酒菜擺到自己的房間內，然後讓其他人離去，將院門從裡面插上，雨雖然小了一些，可是夜色卻悄然到來。

胡小天向對面的霍勝男道：「飛鴻兄，不如移步過來，咱們喝上兩杯如何？」

霍勝男點了點頭，沿著風雨廊來到胡小天的房間內。

胡小天已經點燃了燈燭，桌上擺好了酒菜，他微笑道：「這裡沒有其他人，你可以將面具摘下來。」

霍勝男轉過身去，將臉上的面具摘下，心中不禁有些失落，難道自己這輩子都要這樣帶著面具生活？

胡小天拿起酒壺將桌上的酒杯斟滿，招呼道：「坐！」

霍勝男走過去的時候，腳下卻踩到了一樣東西，彎腰將之拾起，卻發現是一塊薄絹，心中不由得怦怦直跳，不會是胡小天從林金玉手中得到的什麼《射日真經》吧？偷偷借著燈光一看，居然真是那件東西，霍勝男心中又羞又怒，想不到胡小天居然將這不堪的東西一直都留在身邊，真是無恥到了極點，他該不是故意扔在地上讓自己發現？用心何其陰險。

胡小天並沒有注意霍勝男發現了什麼，其實那塊薄絹是他藏在身上的，剛才換衣服的時候不小心掉在了地上。看到霍勝男走向一旁的燭火，胡小天愕然道：「你不過來坐，去那裡幹什麼？」

霍勝男也不理他，揚起那薄絹就湊在了燭火之上，她要將這不堪入目的東西給燒了，讓胡小天以後再不能拿這樣東西來戲弄自己。

胡小天這才看清她在幹什麼，心中也是納悶之極，明明收好了，怎麼就落在了她的手裡？肯定是換衣服的時候不小心掉了，胡小天慌忙阻止道：「別燒，我還沒仔細看過呢。」要說這上面有不少姿勢還是很有創意的，有的難度係數絕對要比色戒裡面的迴紋針高多了。

霍勝男本以為這薄絹一點就著，可是她在火上點了半天卻無動於衷，非但薄絹沒有燃燒，反而在燭火的烘烤下部分已經改變了顏色。

胡小天快步來到她的身邊，本想從她的手中將薄絹奪下來，也看到這奇異的景象，不禁嘖嘖稱奇：「原來秘密就在這裡。」

胡小天將薄絹拿了過來，攤平放在桌上，剛才被燭火燒過的部分已經變成了紅色，上面竟然顯出一行小字。

霍勝男也大感好奇，美眸朝那薄絹望去，雖然有字跡顯現出來，可是原來上面的圖案仍在，看到那一幅幅男女歡好的圖形，霍勝男羞得有些無地自容，跺了跺腳道：「你自己看吧，我回去了。」

胡小天一把將她的手腕抓住：「別急著走，也許秘密就在其中。」

霍勝男雖然心中好奇，可是這薄絹上的圖形實在是太羞人，她掙脫開胡小天的手掌，不過也沒有離開，卻見胡小天拿著那薄絹展開來在燭火上來回烘烤，過了一會兒，整張薄絹上都顯露出字跡，胡小天道：「怪了，我一個字都不認識，全都是小蝌蚪！」

霍勝男本來沒打算看，聽到他這樣說不禁抬頭看了一眼，卻見那薄絹上的圖案經過燭火烘烤顯得比平時更加鮮明，上面的人物活靈活現，看得霍勝男臉紅心跳，那被燭火烘烤之後方才現出的字跡竟然是黑胡文字，難怪胡小天不認識。

霍勝男道：「這是黑胡文字。」

胡小天道：「寫的什麼？」

霍勝男暗自提醒自己沒什麼好怕，只不過是一幅圖，只要自己心無雜念，才不怕胡小天有什麼花花心腸？轉念一想他敢！自己也是一身武功怕他做什麼？這樣一想就坦然了許多，從胡小天手中拿過那幅圖，看了一會兒驚喜道：「果然是一套箭法修行的法門呢。」

胡小天聞言也是大喜過望，讓霍勝男翻譯給他聽。

霍勝男讓他取了筆墨紙硯，直接在紙上給他翻譯。

霍勝男寫了幾句，那薄絹上的字跡就開始變淡，隨即隱去不見，必須拿起重新在燭火上烘烤才能顯現出來，如此反反覆覆，足足寫了將近一個時辰，方才將上面記載的文字全都翻譯過來。

胡小天拿起霍勝男譯好的那張紙，從頭到尾看了一遍，全都是講解箭術的技巧和法門，以及如何以氣御箭的法子，應該就是傳說中的射日真經。

霍勝男道：「這箭法乃是兩人所創，他們是夫妻，男的是黑胡人，女的是漢人，黑胡人擅長騎射，漢人擅長內功，兩夫婦博採眾家之長，專研出了這套箭法。」

胡小天道：「就是射日真經了，這名字聽起來不雅啊。」

霍勝男俏臉緋紅，瞪了他一眼道：「是你自己腦子不對頭才對，射日真經的名字是得自於箭神后羿。」

胡小天哈哈一笑，后羿射日的故事他當然知道，只不過故意裝傻，插科打諢罷了。

霍勝男看到他一臉的壞笑也知道他存心逗自己，伸手去揪他的耳朵，卻被胡小天靈巧避過，一伸手反倒將霍勝男的手腕抓在手中，向懷中一帶，霍勝男腳下失去平衡，嚶的一聲撲入了胡小天的懷中。

正想掙脫出胡小天的懷抱，胡小天卻低聲道：「別動！」

霍勝男一顆心怦怦直跳，這廝想幹什麼？

胡小天以傳音入密向她耳邊道：「屋頂有人！」

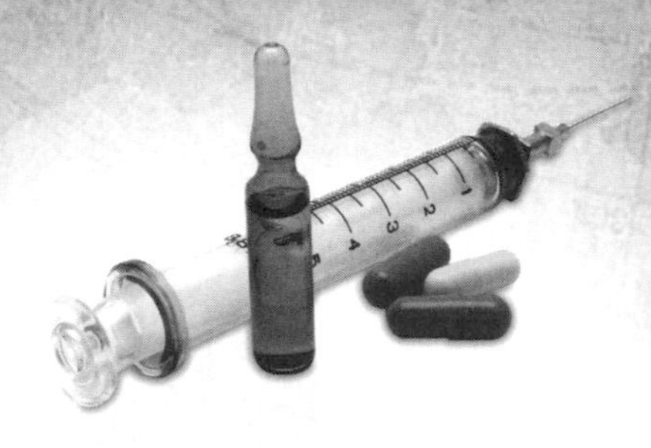

第四章

一親芳澤的曖昧

霍勝男想要將手縮回來，卻被胡小天緊緊抓住，
俏臉紅得越發厲害，螓首也低垂了下去，
胡小天面孔湊了過去，感覺時機成熟正想採摘櫻唇時，
霍勝男卻把頭低了下去，髮髻對準了胡小天。
胡小天若是一嘴下去啃到的是頭髮，真是哭笑不得了！

霍勝男正處於心慌意亂之時，更何況外面風雨正疾，她並沒有覺察到屋頂的變化。胡小天卻因為無相神功修為的精進，感知力已經攀升到一個嶄新的境界，雖然在房內和霍勝男打情罵俏，可是他仍然在第一時間內察覺到了屋頂的動靜，剛才應該是有人落在了屋頂，腳掌踩在瓦片的聲音雖然輕微，可是仍然沒有逃過胡小天的耳朵。

胡小天向霍勝男道：「我從正門吸引他的注意力，你從後窗悄悄溜出去，看看是什麼人這麼大的膽子。」

霍勝男點了點頭，她來到屏風後將人皮面具重新戴上，又從牆上摘下用來裝飾用的弓箭，然後向胡小天做了個手勢。

胡小天來到門前拉開了房門，這會兒功夫雨比剛才更大了一些。

胡小天向前陡然跨出一步，右腳在地上一頓，身軀彈射而起，雙手反向抓住屋簷，稍一用力，身軀倒飛而起，在大雨傾盆的夜色中凌空飛躍兩丈的高度，然後張開雙臂，宛如一隻大鳥一般向屋簷之上俯衝而去。

屋簷之上一名灰衣人躬身附在那裡，一動不動，看到胡小天的身影宛如天外飛龍一般出現在夜空之中，雙眉擰起，目光中寒光閃爍，他並沒有逃走的意思，緩緩從腰間抽出一柄三尺長度的彎刀，足尖在屋簷上一點，身軀宛如一頭獵豹猛然向胡小天迎擊而去，手中彎刀在黑夜中劃過一道淒豔的光影，徑直向胡小天攔腰斬去。

胡小天的出現只是為了吸引目標，本以為自己露面之後可以將這個藏在暗處的偷聽者嚇退，卻想不到對方不退反進，竟然向自己主動發起攻擊。胡小天從腰間抽出軟劍，右手微微一抖，軟劍刺穿風雨，發出嗤嗤的毒蛇吐信之聲，擰動著蜿蜒扭曲的角度和對方彎刀相碰，刀劍還沒直接相遇，無形的刀氣劍風已先行碰撞在一起，引發一連串氣爆之聲，雙方無形內力碰撞引發的氣爆讓漫天的落雨四散紛飛。

胡小天懸在半空中的身軀急速向院子裡落去。

灰衣人緊追不捨，右腳在屋簷上一踏，身體明顯收縮了一下，然後迅速舒展開來，完成了一個驚人的彈射動作，飛掠而下的速度成倍增加，雙手將彎刀高舉過頂，劈開迎面紛飛而至的風雨，寒光挾裹著罡風向胡小天的天靈蓋奔襲而去，大有要將胡小天從中劈成兩段的氣勢。

胡小天手中軟劍和對方只是稍稍一搭，旋即又向後撤退，以柔克剛，對敵之時要根據手中的武器來選擇作戰風格。胡小天並沒有一上來就和對方展開硬碰硬的對攻，他將對手引到地下，目的是給霍勝男創造足夠的時機。

霍勝男此時已經來到屋簷之上，拉開手中長弓，一支羽箭扣上弓弦，弓弦緊繃，雨水拍打著鏃尖，原本凌厲的寒芒也變得有些淒迷，覷定那灰衣人的後心，咻！羽箭追風逐電般射去。霍勝男對自己的這一箭充滿信心，攻其不備出其不意，而且有風雨聲的掩護，對方很難察覺到這次襲擊。

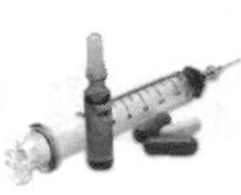

讓霍勝男意外的是，當羽箭距離那灰衣人的後心還有尺許距離之時，灰衣人的身影卻倏然消失在雨夜之中。

胡小天正對那名灰衣人，感覺眼前一晃，對方就已經失去了影蹤，來不及尋找對方的位置，卻看到霍勝男射出的那支羽箭已經直奔自己的胸口而來，胡小天慌忙以軟劍向羽箭拍去，軟劍擊中箭桿發出啪的一聲悶響，胡小天同時以左腳為軸順時針旋轉，羽箭貼著他的胸前飛了出去，鏃尖將他胸前的衣襟擦出一道長痕。

霍勝男被驚出了一身的冷汗，對她來說還從未發生過這樣的現象，非但錯失了目標，還險些射中了胡小天，若非胡小天反應及時，只怕自己這一箭要射在他心口了。

灰衣人的身影卻在此時鬼魅般出現在胡小天的身後，彎刀向胡小天的後心直刺。

胡小天的右臂不可思議地反向扭轉，帶著軟劍如同一條扭曲的蛇身，纏繞住彎刀，身體繼續旋轉，劍身的螺旋離心力將彎刀包裹住用力向外牽拉。

灰衣人顯然沒有料到胡小天的內力居然強勁如斯。

霍勝男這會兒功夫已經重新調整心態，覷準灰衣人的咽喉就是一箭，這一箭射得又疾又狠。而且這次她多了分謹慎，避免誤傷胡小天的可能。

灰衣人此時突然放開了彎刀，身軀再度奇蹟般從原地消失。霍勝男的這一箭自然落空，奪的一聲釘在廊柱之上，深入廊柱內足有兩寸，箭尾不住顫抖。

胡小天手中軟劍一抖，那柄被灰衣人棄去的彎刀向右側飛去，劃出一道弧線就要落入花叢之中，中途一隻手突然探身出來，卻是那灰衣人重新現身，一把將彎刀握住。

胡小天和霍勝男兩人都感到太不可思議，灰衣人的武功雖然厲害，但絕不可能是他們聯手之敵，可是這灰衣人的身法實在是太快，以胡小天的目力甚至都看不清他究竟是如何逃脫。

灰衣人抓住彎刀之後，再度向胡小天衝來，胡小天冷哼一聲，靈蛇九劍宛如長江大河一般向對方招呼了過去，可是對方在奔行到距離他還有一尺左右的地方身影再度消失。

胡小天刺了個空，轉身望去，卻看到灰衣人的身影已經出現在屋簷之上，竟然直奔霍勝男而去。

霍勝男接連向灰衣人施射，那灰衣人身軀在屋簷之上輾轉騰挪，施展得竟然是頂級的輕功步法幻影移形，霍勝男射箭的速度已經不慢，可是灰衣人身法變幻的速度更快，幾箭無一例外射在虛影之上，根本沒有傷及灰衣人分毫。

瞬息之間，灰衣人已經來到霍勝男面前，手中刀光一閃，向霍勝男的咽喉刺去。

霍勝男棄去長弓，藏在右手中的匕首向外一分，磕開灰衣人手中彎刀，然後向前跨出一步，拉近和灰衣人之間的距離，近身搏擊才能發揮匕首所長。

胡小天此時也已經重新來到屋簷之上，軟劍一抖再度攻向灰衣人的後心。

灰衣人身處在兩人夾擊之中，毫不驚慌，眼看對方的攻擊就要來到自己身上，他的身軀又奇蹟般消失。胡小天和霍勝男此時已經有了準備，及時收手，再看那灰衣人的身影出現在距離他們三丈左右的地方。

胡小天怒視那灰衣人道：「藏頭露尾的鼠輩，敢不敢跟我光明正大的打上一場？」

灰衣人點了點頭道：「背叛提督大人，賣主求榮的賊子，終有一天，我會割下你的首級。」說完這番話，他的身影再度消失，胡小天向周圍望去，再次看到灰衣人的身影時已經是在十丈以外的院牆處。

胡小天和霍勝男兩人都極目遠眺，直到再也看不到灰衣人的身影，兩人方才從屋頂躍下回到房間內。

因為灰衣人的出現，胡小天的內心不由得變得凝重起來，從灰衣人離去時說的那句話來看，此人應當是姬飛花的黨羽，現在朝廷對外宣揚，說自己當初偽裝太監潛入宮內就是為了搜集姬飛花的罪證，在剷除姬飛花的事情上立下汗馬功勞。胡小天雖然沒做過什麼對不起姬飛花的事情，可是這件事卻被大肆宣揚了出去，搞得他成了扳倒姬飛花的大功臣。雖然他因此而得到了朝廷的嘉獎和重用，但是福兮禍之所倚，麻煩果然因此而來。

重新回到房間內，霍勝男看到胡小天的胸膛染上了一些血跡，仔細一看，原來是自己剛才射向灰衣人的那一箭錯失目標反而將胡小天擦傷，心中不由得有些歉疚。

胡小天笑著安慰她道：「不妨事，只是擦破了一點皮，塗點金創藥就好了。」他找出金創藥，霍勝男主動拿了過去，幫他塗抹，胡小天脫去外袍，赤裸著上身。霍勝男用金創藥將他胸膛上半寸長的血口塗好，望著胡小天健碩的胸膛，俏臉不覺有些發熱。

胡小天道：「你始終盯著我這裡看，我豈不是很吃虧？」

霍勝男啐道：「當我樂意看你？」她轉身將金創藥放回原處，輕聲道：「那個人的身法很厲害，應該是幻影移形。」

「幻影移形？我聽說過，據說天下間掌握這種身法的人並不多。」

霍勝男道：「你怎麼招惹了一個這麼厲害的敵人，他在暗你在明，以後你一定要多加小心了。」

胡小天道：「可能是姬飛花的緣故，朝廷對外宣揚我是剷除姬飛花的大功臣，所以姬飛花的那幫餘黨都將我當成了大仇人，想殺了我為姬飛花報仇。」

霍勝男想不到胡小天和自己在這一點上倒是同病相憐，不過他的處境顯然要比自己好很多，聯想起自己的命運不由得歎了口氣。

胡小天站起身來到她的身後，輕聲道：「你不用為我擔心，就算我抓不住他，可是他想殺我也沒有那麼容易。」

霍勝男道：「我才沒為你擔心，你的死活和我無關……」話沒說完卻感覺到有股熱力逼近了自己，卻是胡小天已經來到距離她只有兩尺不到的地方，霍勝男轉過身去，凶巴巴地望著胡小天：「你想幹什麼？」

胡小天道：「沒想幹什麼？只是在想……」目光落在霍勝男的櫻唇之上。

霍勝男一伸手雙手抵在胡小天的胸膛之上：「滾開！」

胡小天苦笑道：「你居然襲胸！」

霍勝男道：「這是要跟你保持距離，有事說事，別離我那麼近。」

胡小天道：「皇上準備在安平公主下葬之後前往天龍寺齋戒誦經一月，點名讓我陪著過去。」

霍勝男眨了眨雙眸，聽說胡小天要走這麼久，心中居然生出一絲不捨。小聲道：「不如我跟你一起過去，也好有個照應。」

胡小天搖了搖頭道：「皇上身邊高手眾多，你跟著過去難免會暴露身分，我想你留在這裡，這兩天我打算將我爹接回來，有你在府中保護，我才能放心離去。」

霍勝男咬了咬櫻唇，小聲抗議道：「你把我當成你們家護院了？」

胡小天道：「親人才對！」

「誰信你？」

胡小天趁機抓住她的柔荑放在自己心口：「不信你摸摸，我的心是不是在蓬蓬跳，是不是在對你說實話？」

霍勝男想要將手縮回來，卻被胡小天緊緊抓住，俏臉紅的越發厲害，螓首也低垂了下去，胡小天的面孔一點點湊了過去，感覺時機成熟正想採摘櫻唇的時候，霍勝男卻把頭低了下去，髮髻對準了胡小天。

胡小天若是一嘴下去啃到的只能是頭髮，真是有些哭笑不得了，柔聲道：「勝男，我……」

霍勝男忽然一伸手將他的嘴巴堵住：「不許說，什麼都不許說，我答應你不走就是……」說完這番話，看都不敢看胡小天，慌慌張張奪門而出。這位昔日馳騁沙場曾經讓黑胡人聞風喪膽的巾幗英雄，在胡小天面前卻完全亂了方寸，胡小天追到門前望著霍勝男離去的倩影，唇角露出一絲會心的笑意。

禮部尚書吳敬善終於返回了康都，他是在得到胡小天被朝廷封賞的確切消息之後方才趕回來的。對吳敬善而言，他根本沒有想到過要和胡小天爭功，能夠安然度過此次危機就已萬幸，哪還敢有非分之想，更何況他們出使的這段時間，大康皇權更迭，老皇帝重新執掌大康權柄，更讓吳敬善惶恐不可終日，須知道他是在龍燁霖上位之後率先倒戈的那一批，六部尚書之中也是唯一保留官位的一個，雖然老皇帝已經公開宣佈對朝中官員此前做過的事情既往不咎，但是皇上的話又有幾分可信？

不過從老皇帝重新掌權以來的表現來看，他似乎沒有急於整頓朝中的官員結構，除了姬飛花之外，並沒有對任何官員進行問責，這讓吳敬善看到了一些希望，在得到胡小天被封為御前侍衛副統領之後，吳敬善終於下定決心返回康都。

吳敬善回到康都連家都沒顧得上回去，首先就前往胡府拜會了胡小天。

胡小天聽聞吳敬善歸來也是慌忙迎了出去，吳敬善比胡小天先離開雍都，返程的一路之上也沒有發生什麼波折，不過這並不意味著他的心裡好過，思想上的沉重壓力讓他在這段時間明顯憔悴了許多，整個人顯得異常衰老。

胡小天看到吳敬善佝僂的身影出現在自已面前，快步迎了過去，三步併做兩行，抱拳行禮道：「吳大人，你可真是想死我了！」

吳敬善也顯得非常激動，抓住胡小天的手臂：「胡老弟，老夫這段日子對你也是日思夜想。」

胡小天心中暗笑，一個老頭子對我這個小鮮肉說這種話也不嫌肉麻。跟隨吳敬善過來的還有閆飛趙崇武那些人，此趟出使，胡小天表現出的智勇雙全早已讓這幫漢子暗暗佩服，現在又聽說胡小天這個太監一直都是假扮，他是為了搜集姬飛花的證據方才忍辱負重潛入宮中，對他更是欽佩。

趙崇武和閆飛等人過去都是神策府的人，如今文博遠死了，背後組建神策府的三皇子也死了，皇上又取締了神策府，他們也就沒有了去處，心中已經做好了打算，從今以後就跟在胡小天身邊做事，以胡小天的頭腦和膽略，不愁跟隨他沒有出頭之日。

胡小天和這幫人打過招呼之後，讓梁大壯安排這群武士先去休息吃飯，自己則和吳敬善來到了他的書房。

吳敬善有滿肚子的話要和胡小天說，兩人坐下之後，胡府的家丁送上香茗，這兩天聽說胡府重歸故主，陸續回來的家丁丫鬟又有不少，雖然不比胡府鼎盛的時期，但是相去也已經不遠。

吳敬善端起茶盞喝了口茶道：「胡統領，不知尊父是否已經回到府上？」老傢伙不糊塗，剛才一口一個老弟，可是問起胡不為的時候還是稱呼官銜為妙，過去在朝中的時候，即便是胡不為也要稱他一聲敬善兄，現在他卻和胡不為的兒子稱兄道弟了，不過他對胡小天是真心佩服，此番出使讓他看到胡小天超人一等的勇氣和智慧，此子日後必非池中之物。

胡小天歎了口氣道：「家父那個人性情固執得很，我已經前去請他回來，可是他堅決不從，只說皇上沒有下旨，他就仍然住在水井兒胡同。」

吳敬善感歎道：「胡大人的確受了不少的委屈。」

胡小天道：「咱們這些做臣子的誰沒受過委屈？」

吳敬善深有同感地點了點頭，低聲道：「陛下對公主的事情怎麼說？」

胡小天道：「沒怎麼說，畢竟這件事情已經超出了咱們的職責範圍，當初朝廷給你我的命令是讓咱們將安平公主殿下平安送到雍都，到了大雍的地盤，發生什麼事情就由不得咱們掌控了，還好皇上通情達理，知道咱們已經盡力，也明白責任不在你我的身上，吳大人只管放心，陛下是不會追究咱們責任的。」

吳敬善雖然已經猜到，可總不及胡小天親口說出來更讓他踏實放心，他長舒了一口氣道：「不瞞胡老弟，自從離開雍都之後，我這顆心便始終忐忑不安，聽到公主被害的噩耗之後，我更是茶飯不思，甚至連以身殉職的想法都有了，可是我後來又想，就算是死也要死個明白，也要回來見陛下一面。」

胡小天道：「如今回來了，陛下也換了。」

吳敬善道：「就是不知陛下會不會怪我？」有胡小天的這番話墊底，他不再為安平公主的事情憂心，反倒又開始為自己做過的事情忐忑，畢竟當初他是舊臣之中最早擁立龍燁霖的那一批。

胡小天知道他害怕什麼，微笑道：「吳大人又何必多慮，陛下自從重新掌權之後，對朝廷的事情似乎並不上心，幾乎所有的事情都交給了永陽王代為處理。」

吳敬善道：「莫不是永陽公主？」

胡小天點了點頭道：「不瞞你說，我這次剛回來的時候也像你這般忐忑，於是我先去見了永陽王，還好她對我不錯。」胡小天的表情顯得有些得意，其實這件事並不至於讓他得意忘形，拿捏出這樣的表情只是為了給吳敬善看。他就是要傳給吳敬善一個信號，自己已經得到永陽王的重用。

吳敬善在官場混跡多年，焉能不明白胡小天的意思，他笑得越發謙恭：「胡老弟，永陽王那邊還望多多替我美言幾句。」

胡小天道：「這沒有任何問題，我和吳大人患難與共風雨同路，這番情義是別人比不了的。」

吳敬善點了點頭道：「經歷此事之後老夫心中早已萌生退意，此番若是皇上不降罪於我，老夫也打算告老還鄉，以後閑來寫詩作賦，安心度過餘生。」他所說的全都是真話，以他的年齡在仕途上不可能有什麼太大作為，而且他更清楚自己在此前皇權更迭之時做過的事情，擔心難免有一天老皇帝會秋後算帳，還是急流勇退為妙，或許能僥倖躲過一劫。

胡小天道：「吳大人雖有此心，可是未必能夠達成心願，我看現在還是不要輕易提出這些要求為妙，以免陛下多心，若是他以為吳大人不肯為他效力，豈不是麻

煩？」

吳敬善經胡小天提醒不由得驚出了一身的冷汗，自己簡直是白當了那麼多年的官，居然連這一層都沒有想到，不錯，老皇帝雖然現在不追究，不代表他肯將過去發生過的事情一筆勾消，之所以沒有急於動這批官員，一是為了穩定當前的局勢，二是這幫官員的確還有些剩餘價值。

胡小天道：「連文太師都好端端地在朝中輔政，吳大人又何須多慮。」

聽到文太師的名字，吳敬善心中不由得咯噔一下，皇上是一關，文承煥那裡又是一關，文博遠和他們一同出使卻死在了半道上，文承煥肯定不會善罷甘休，說不定會因此而遷怒到他們的身上，吳敬善低聲道：「老夫正在猶豫，應該如何向太師解釋文博遠的事情。」

胡小天道：「有件事您可能並不知道，我從大雍返回的時候，在武興郡停留期間，水師提督趙登雲竟然意圖謀害於我。」

吳敬善聞言大驚失色，怒道：「此人著實可惡？竟敢謀害忠良！」

胡小天道：「還好我提前識破了他的奸計，我和他往日無怨近日無仇，你猜他因何要害我？」

「為何？」

胡小天道：「他是受了文太師的委託要將我置於死地！因為文太師將他兒子的

死歸咎到了我的頭上。」說到這裡胡小天故意看了吳敬善一眼。文承煥既然能這麼對我，就能這麼對你，畢竟當時和文博遠一起出使的有他們兩人。

吳敬善道：「文太師這樣做就有些不通情理了。」

「仇恨一旦衝昏頭腦，還講什麼情理？」胡小天端起茶盞飲了一口又道：「害人之心不可有，防人之心不可無，咱們雖然沒做過對不起文太師的事情，可是難保他不把咱們當仇人看，吳大人還需多多提防。」

吳敬善點了點頭：「多謝老弟提醒。」

胡小天道：「雖然大康最近這幾年權力更迭頻繁，可越是如此，機會反倒越多，吳大人以為呢？」

吳敬善聽出胡小天在點撥自己，這小子如今傍上了永陽王，永陽王那個小丫頭想要在朝內站穩腳跟，恐怕單憑她自己還不能夠，想要服眾就必須要團結一部分朝中的老臣子，難道胡小天真正的用意是想讓自己投靠永陽王？吳敬善老奸巨猾，馬上就參悟到胡小天話中的含義，故意試探胡小天道：「胡老弟若是方便，可否為我安排和永陽王見上一面？」

胡小天暗讚這老傢伙頭腦夠用，點了點頭道：「只怕要等一段時間了，公主下葬之後，陛下讓我陪同他前往天龍寺齋戒誦經，最快也要一個月以後才能回來。」

吳敬善聽說他又有和老皇帝單獨相處的機會，心中暗暗羡慕，以胡小天投機鑽營的本事，在這段時間內巴結上老皇帝很有可能，若是成為老皇帝身邊的紅人，這廝以後的前途越發不可限量。

安平公主的葬禮並沒有大操大辦，甚至連胡小天都沒有得到任何消息，等他得悉這件事的時候，公主的骨灰已經下葬，就葬在她母妃的墓旁。

胡小天是被突然召入宮中的，此前毫無徵兆，來到養心殿的時候已經看到一幫大內侍衛準備整齊，最近很少公開露面的慕容展居然也在現場，他在那裡和齊大內低聲說著什麼。

胡小天過去跟兩人打了個招呼，他是副職理所當然要表現得更為主動一些，胡小天躬身行禮道：「統領大人好！」

慕容展轉身看了他一眼，嗯了一聲，居然沒有跟他說一句話，轉身就走。當著一眾的御前侍衛，慕容展這樣做等於公然表示對胡小天的不悅，弄得胡小天頗為尷尬。

那幫御前侍衛其實對胡小天多半都不服氣，認為這廝何德何能居然一步登天混上了副統領的職位，看到慕容展給胡小天冷臉，眾人心中暗暗稱快。

胡小天也沒將慕容展的冷遇放在心上，故意朗聲道：「恭送統領大人！」心中暗忖，如果你不是飛煙的老爹，我豈能饒你，算了，看在你閨女以後要伺候我一輩子的份上，不跟你一般計較。

齊大內對胡小天卻是滿臉堆笑，向胡小天拱了拱手道：「胡大人怎麼這時候才到？」

胡小天道：「我接到傳召片刻不停地過來了，你們早就接到消息了？怎麼也不派人通知我一聲？」

齊大內道：「胡大人，我們也不知道是什麼事情。」

胡小天將信將疑，心想你們這幫子侍衛全都拿我當成外人，剛才老子明明看到你跟慕容展交頭接耳，不知嘀咕什麼？現在居然跟我裝傻。

胡小天道：「我問過皇上就知道了。」

齊大內點了點頭道：「胡大人趕緊去！千萬不要耽擱了。」

胡小天知道從這幫傢伙嘴裡也套不出什麼消息，快步走向養心殿的大門，門前卻被一名老太監攔住，胡小天認出這老太監是曾經陪同龍宣恩在縹緲峰靈霄宮同甘共苦的王千，沒想到這老太監守得雲開見月明，居然也有重見天日的一天，看起來似乎比上次見他還要精神許多。

王千手中拿著拂塵搭在肩膀上，笑容可掬道：「胡大人吧？」

胡小天點了點頭道：「是我！王公公，此前咱們見過面的！」

王千笑道：「咱家記得！去年大年三十的時候，胡大人陪同安平公主殿下一起

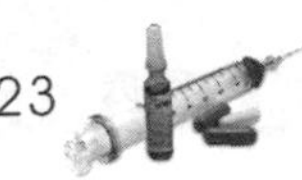

去探望皇上呢。」

胡小天道：「王公公果然好記性。」王千既然記得那麼清楚，應該也不會忘記當初自己衝入宮中從老皇帝手裡救出龍曦月的一幕，如果老皇帝也記得，那豈不是麻煩，想當初因為救人心切還把老傢伙推倒在地上呢，想起這件事胡小天不由得心底發虛。

王千道：「胡大人請隨我來，陛下在裡面等著你呢。」

胡小天跟隨王千走入養心殿，走入其中就聞到香煙繚繞的味道，一眾宮女太監分別站立兩旁，一言不發，顯得格外肅穆，胡小天低聲向王千道：「王公公可知道陛下召我過來為了什麼事情？」

王千笑道：「待會兒你就知道了。」

前方珠簾後有一個朦朧的身影，胡小天暗暗猜測那是不是皇上。王千向他使了個眼色，胡小天趕緊跪倒在地：「微臣胡小天拜見陛下，吾皇萬歲萬歲萬萬歲！」

珠簾後傳來一個蒼老而低沉的聲音：「免了，進來吧！」

兩名宮女用金鉤挑開珠簾，胡小天爬起來躬身走了進去，卻見老皇帝龍宣恩坐在那裡，前方供桌上擺著一隻香爐，裡面插著三支燃香，香煙繚繞。

龍宣恩深邃的目光在胡小天面上掃了一眼，目光定格在胡小天腰間的五彩蟠龍金牌之上，然後點了點頭道：「知不知道朕叫你來做什麼？」

胡小天恭敬道：「臣不知！」

龍宣恩道：「朕今晚就前往天龍寺，你陪朕過去。」

胡小天心中一驚，怎麼？這老皇帝消息捂得也太嚴實了，此前竟然沒有任何的風聲洩露出來，他不是說要在安平公主下葬之後才動身前往天龍寺，怎麼突然改變了主意？又或是已經不聲不響地將安平公主安葬了？胡小天心中縱有千般疑問也不敢輕易提出來。

龍宣恩道：「昨日朕已經將曦月的骨灰安葬了。」他的聲音充滿了落寞。

胡小天這才知道龍宣恩已經將骨灰下葬，安平公主畢竟也是一國公主，怎麼就這麼地給葬了？也沒有集合王公貴族出席？自己更是連聽說都沒聽說，看來龍宣恩是有意要低調處理這件事，此時胡小天才發現供桌上擺放著一張女子的繡像，那繡像和龍曦月應該有三分相似。

龍宣恩道：「朕這輩子最疼的就是曦月，若是依著朕的意思，絕不會將她嫁入虎狼之國。」

胡小天心中暗自冷笑，你倒是沒想把曦月嫁入大雍，你想將她嫁入沙迦，大雍好歹還是中原之地，那沙迦可是蠻荒之所，你比你那個廢物兒子更加狠心冷血。

龍宣恩道：「胡小天，朕問你，曦月臨死之前痛不痛苦？」

胡小天道：「公主遭遇刺殺，事發突然，不過公主臨終前並沒有承受太大的痛苦。」

龍宣恩點了點頭：「聽你這麼說，朕心裡還好受一些。」

胡小天道：「陛下準備何時出發？」

龍宣恩道：「酉時出發吧！」

胡小天道：「臣這就去準備！」

龍宣恩道：「沒什麼好準備的，應該準備的慕容統領已經安排妥當。」

胡小天總算清楚慕容展剛才為何出現在養心殿外，搞了半天這幫大內侍衛都已經準備好了，唯獨撇開了自己一個，胡小天不由得有些鬱悶，真把老子當成外人啊！

龍宣恩擺了擺手，示意胡小天退下。

胡小天跟著王千來到養心殿外，苦笑道：「王公公也去嗎？」

王千搖了搖頭道：「本來是想跟過去的，可陛下體恤老奴年邁，害怕我吃不得苦，所以就讓我留在宮裡，胡大人此去一定要照顧好陛下。」

胡小天心想還要我照顧？這老皇帝把自己給弄到天龍寺還不知是出於什麼目的，想起此前老爹跟自己說過的那番話，老皇帝現在正處於手頭最緊的時候，一心想坑金陵徐家，難道是要借著這件事給徐家一些壓力？如果徐家再不出點血，就讓自己永遠離不開天龍寺？

胡小天越想越是有這種可能，別看自己是御前侍衛副統領，可此次前往天龍寺負責保護老皇帝的百餘名侍衛，只怕沒有一個人對自己服氣，更不要說聽指揮了，搞不好老皇帝一聲令下，這幫侍衛就能衝上來把自己給砍了。

剛才入宮的時候來得匆忙，再加上不知道過來到底是什麼事情，根本沒有來得及跟家人交代。

胡小天向王千道：「王公公，距離酉時還有些時候，我想先回去跟家人說一聲，也免得他們牽掛。」

王千仍然笑瞇瞇道：「不必了，胡大人府上回頭咱家會派人去交代，此前之所以沒有提前告知胡大人來宮裡的事情，是因為皇上的行程必須要保密，除了陪同陛下前去天龍寺的這些人，其他人都不知道，消息也不能外傳，這也是為了陛下的安全考慮，胡大人覺得對不對？」

胡小天心中暗暗叫苦，臉上卻擠出笑容道：「應該的，應該的，還是王公公辦事周全。」

王千道：「胡大人也是年輕有為，不然陛下也不會選中你率隊負責他的安全，雖然是胡大人的榮幸，可胡大人也要清楚自己肩上需要承擔的責任，咱家就不用向胡大人強調了吧？」

胡小天聽出王千的話裡有威脅的意思，點了點頭道：「卑職明白！」

王千向胡小天行了一禮道：「咱家去伺候皇上了，胡大人自便！」

胡小天環視下方那幫站得筆直的御前侍衛，心中真是氣不打一處來，這麼重要的事情都不跟我說，還把我當成你們上司嗎？此時齊大內滿臉堆笑迎了過來：「副統領大人，陛下有沒有跟你說什麼事情？」

胡小天一臉冷笑望著齊大內，這廝居然還跟自己裝傻，也不點破，伸手搭在齊大內的肩膀上，將他拉到一邊道：「陛下準備動身前往天龍寺。」

齊大內故作驚奇道：「真的？」

「當然真的！」

齊大內道：「屬下這就去準備！」

胡小天道：「有什麼好準備的，我看你們這幫人缺少的不是武器，而是勇氣，願意為皇上去死的勇氣！」他向齊大內勾了勾手指，附在他耳邊道：「讓他們到牆邊站隊，我有話跟他們說。」

齊大內雖然心中不服，可胡小天畢竟是頂頭上司，只能將一幫侍衛全都召集到牆邊站好了。

胡小天倒背著雙手，邁著四方步來到隊伍前方，將他們的任務說了一遍，其實這幫侍衛都在胡小天之前知道了自己要保護皇上出行，所有人都瞞著胡小天一個罷了。

齊大內故意神神秘秘道：「聽說去天龍寺之後就得跟著陛下吃齋念佛，整整一個月都見不到肉嘍！」

胡小天點了點頭道：「頓頓吃素。」進了佛寺還想吃肉嗎？

隊伍中一名侍衛道：「大人，有沒有酒啊？」

胡小天搖了搖頭道：「你就更不用想了。」

一個胖乎乎的侍衛明顯是在裝傻充愣：「那……女人呢？」

眾人同時哄笑起來，胡小天伸出手在小子的腦門上摸了摸：「你沒發燒吧？」那胖侍衛也摸了摸自己的腦門：「在太陽下站久了，好像有些頭暈呢！」

胡小天道：「不是發燒是發騷。」這幫傻比居然敢消遣老子！他雙目炯炯環視眾人道：「醜話我跟你們說在前頭，皇上若是遇到什麼事情，我首當其衝就要承擔責任，所以必須要杜絕一切意外發生，一旦出事，上頭饒不了我，我就饒不了你們！」這番話說得殺氣凜凜，霸氣側露。

那幫侍衛聽得暗暗心驚，開始意識到這位新來的副統領好像也沒那麼容易對付。

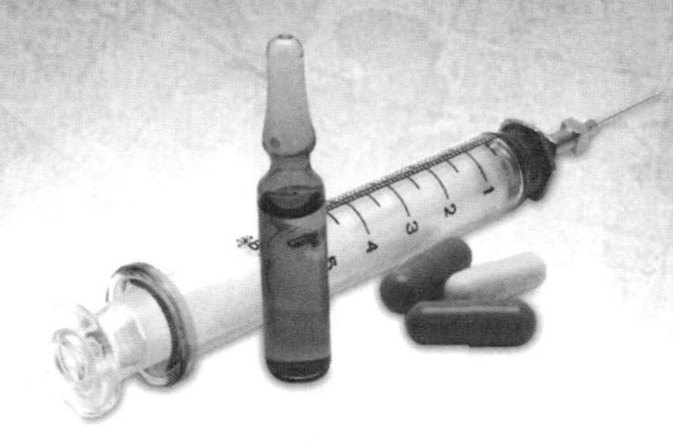

第五章

臥虎藏龍的天龍寺

刀光霍霍，手中剃刀上下翻飛，
不超過半分鐘，胡小天的滿頭烏髮已經被刮了乾淨。
伸出手摸了摸自己的後腦勺，光滑油潤一根雜髮都沒有剩下，
心中驚歎，天龍寺臥虎藏龍，連剃頭僧人都不是尋常人物。

當日酉時，一支隊伍悄然出了皇宮北門，和以往皇上出行的高調張揚大操大辦不同，這次顯得異常低調，連鑼鼓開道都免了，除了十二名負責伺候皇上起居的太監，就是一百名御前侍衛，五百名精挑細選的羽林軍。

天龍寺位於康都西北的路珈山，距離皇城的直線距離約有一百里，按照他們目前的行進速度，抵達天龍寺也要到午夜時分了，之所以選擇這個時間出發，也是皇上的意思。

雖然低調出城，可是這條道路已經被羽林軍事先清理過，道路兩旁五步一人十步一崗，可以說途中的安全絕無任何問題。

剛剛出城的時候胡小天還有些緊張，畢竟陪同老皇帝出來事關重大，若是有什麼閃失，自己多少顆腦袋都不夠砍，可是看到這條道路上連個行人都沒有，就明白從康都到天龍寺的這條路上已經全部封閉，不允許任何閒雜人等進入，沿途都有羽林軍負責守衛，別說殺手，就算是連一隻鳥兒都飛不進來。

胡小天騎在一匹黑馬之上，行進在百名侍衛隊伍的最前方。在他們前方還有二百名羽林軍負責開道，真正在皇上玉輦旁邊貼身防護的另有八名侍衛，這些侍衛並非來自於他們御前侍衛的陣營，乃是天機局所派。在如此周密的保護下，應該不會有任何的閃失。

胡小天很快就意識到了這一點，既然不能違抗命令，那就好好享受這次旅程，權當是一次遠足，欣賞一下古剎風光，權當是一次修心養性的歷練過程。

齊大內從後面趕上來跟上了胡小天的腳步，跟他並轡而行，笑瞇瞇道：「統領大人，皇上有沒有說咱們要去天龍寺什麼地方？」

胡小天道：「不就是天龍寺？沒跟我說具體的所在。」

齊大內道：「天龍寺一共分為三大部分，單單是大小佛殿就有一百零八間，更不用說僧眾們居住禪修之所，若是將所有房間加起來只怕有三千多間房子，兩萬多名僧人。」

胡小天雖然知道天龍寺乃是大康第一大寺，卻也沒做過太多瞭解，聽齊大內這麼一說方才知道規模如此龐大，眨了眨眼睛道：「哪三部分？」

齊大內道：「天龍寺依山勢而建，山下部分對香客開放，包括天王殿、羅漢堂、大雄寶殿，以及三十六間佛堂殿閣，鐘樓鼓樓也位於此，再往上行就到了佛足閣，從佛足閣往上乃是天龍寺禪院分部最廣的區域，這一帶乃是天龍寺僧人集中禮佛誦經的地方，外人是不得進入的，再往上行，走到菩提大道的盡頭，就是往生佛，繞過佛像就是後山，後山部分乃是天龍寺高僧的清修之所，即便是普通僧眾也不得入內。」

胡小天道：「聽起來好像很大啊！」

齊大內道：「現在天龍寺的規模比起當年焚毀之前已經小了許多，天龍寺東西還有兩座別院，東院乃是提供給俗家弟子禮佛念經之所，西院一處是普賢院，另外一處乃是整理謄寫佛門經卷的地方，天龍寺藏經閣也位於此，也屬於外人不可以涉足的禁區，只是不知道這次天龍寺會安排陛下在哪裡清修？」

胡小天道：「整個大康都是陛下的，別說一座小小的天龍寺，不是他們安排陛下，而是要看陛下的心情，陛下想選哪裡就選哪裡。」

齊大內嘿嘿笑了笑，心中對胡小天頗為不屑，認為這廝根本不懂佛門規矩，皇上雖然貴為一國之君，但是來到天龍寺也要尊重廟裡的清規戒律，不可能仍然像在宮裡一樣。

胡小天當然懂得這個道理，只是說給齊大內聽聽罷了。

此時一名太監出來傳令，卻是老皇帝發話讓眾人就地休息一會兒再走。

胡小天看到那名傳令的太監不由得心中一喜，居然是過去伺候過龍燁霖的尹箏，這廝當年還曾經向自己表過忠心，甘心當自己的小弟，卻想不到一段時間不見，居然搖身一變成為老皇帝的貼身太監，這廝還真是有些本事。

尹箏也看到了胡小天，朝他微微一笑，然後迅速又返回了玉輦旁，聽候老皇帝的差遣。

胡小天翻身下馬，趁著這會兒功夫舒展一下痠麻的筋骨，一幫侍衛士兵紛紛走到兩旁的林中方便。

齊大內將一個水囊遞給胡小天，胡小天喝了幾口水道：「咱們今晚能到天龍寺嗎？」

齊大內點了點頭道：「能到，皇上說過要在子時一刻進入天龍寺……」他無意中脫口而出，說完方才意識到自己說錯了話，本來他裝出對皇上的行程一無所知，現在等於自打嘴巴。

胡小天滿懷深意地望著齊大內，唇角掛著一絲冷笑。

齊大內好不尷尬，一張臉漲得通紅：「屬下也是……猜測……」這種時候怎麼解釋都是蒼白無力了。

胡小天拍了拍他的肩膀道：「認識你這麼久才知道你居然能掐會算，不如你再猜測一下，皇上準備住在哪裡？」

「這我可猜不到！」

胡小天已經完全明白，慕容展在這幫御前侍衛過來之前已經將他們此次前往天龍寺需要負責的任務詳細交代過，一國之君在天龍寺齋戒誦經一個月，不可能不提前做出詳細的排程計畫，慕容展必然知道，甚至連齊大內和這幫侍衛都知道，唯獨沒有人告訴自己。胡小天倒也沒有因此產生任何的失落感，只是越發感到奇怪了，從目前的狀況來看，老皇帝壓根用不著自己來保護，他把自己叫來同行的目的究竟是什麼？應該不會是心血來潮，難道果真被自己猜中？想要利用這一個月的時間給

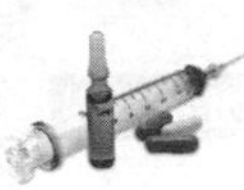

金陵徐家施壓，讓徐家服從他的要求？如果真要如此，為何不乾脆將自己父子兩人給抓起來？直接威脅徐家豈不是省卻了很多的麻煩？還是老皇帝想要掩蓋他的真實用意，給外界造成一種重用他們父子的假像？

胡小天向那群侍衛望去，發現其中有不少人目光都在看著自己，胡小天內心又是一沉，只怕這群侍衛真正的目的不是保護皇上，而是要盯住自己。慕容展啊慕容展，我就算喜歡你閨女也不算什麼大的過錯，你跟老皇帝聯合起來陰我，這樣好像不好吧。

齊大內道：「統領大人，咱們該上路了。」

胡小天點了點頭，臨行之前又問道：「你來之前慕容統領都交代了什麼？」

齊大內道：「讓卑職好好保護皇上。」

胡小天呵呵冷笑了一聲，翻身上馬，竟然撇開御前侍衛的隊伍，縱馬向隊伍最前方奔行而去。齊大內望著胡小天遠去的背影不由得有些錯愕，兩名侍衛來到他的身邊，低聲道：「要不要跟上去？」此前齊大內給他們兩人的任務就是要寸步不離地緊跟胡小天。

齊大內緩緩搖了搖頭，胡小天顯然發現了什麼，剛才自己一時不察又說錯了話，以胡小天的頭腦必然覺察到情況不對，他撇開己方隊伍，或許是發洩心中的不滿，或許是借機試探他們的動向，齊大內緩緩道：「統領大人的事情咱們可管不了。」

凌晨時分他們的隊伍已經抵達了珞珈山天龍寺，天龍寺五明橋前，方丈通元率領二十餘名僧眾已經在山門外等待，他身後的這二十餘人全都是天龍寺各大僧院的主持，平日裡能讓這些人全都聚集在一起的日子並不多，僧人雖然是方外之人，但是生存在俗世之中卻也難免要在現實面前選擇屈就，對於這位大康天子的來臨，這幫僧人心中多半是不情願的，齋戒誦經一月，就意味著他們這一個月的寧靜就要被外人打亂，雖然他們口口聲聲我佛面前眾生平等，可誰也不敢以平等之禮對待大康君主。

三百年前天龍寺被圍剿的慘劇仍然銘記於心，數百年的基業，無數的佛經瑰寶全都毀於一旦，那次就是得罪朝廷的結果，想要在大康生存延續，就必須要和朝廷相處融洽，在這一點上方丈通元做得還算不錯。

通元僅僅率領兩名僧人走過五明橋，龍宣恩的玉輦被人直接抬到了前方廣場，五百名羽林軍分列兩旁，一百名御前侍衛分成兩排護衛在玉輦旁邊。所有馬匹車輛全都被留在了廣場之外，走過五明橋就要拾階而上，為了表示對天龍寺的敬意，馬匹和五百名羽林軍全都在山下駐禁，不會隨同皇上一起上山。

玉輦在五明橋前緩緩落下，一名小太監來到玉輦前跪下，裡面有人掀開了珠簾，龍宣恩從車裡顫巍巍走了出來，踏在那小太監的背上，在兩名太監的攙扶下，腳終於落在了實處。龍宣恩抬起頭瞇起雙目看了看前方的天龍寺，月色如水，籠罩在這座規模宏大的廟宇群之上更顯得神秘莫測。

通元走過五明橋，兩名僧人駐足不前，他一個人迎向龍宣恩，從佇列之間緩步來到玉輦前方，雙手合什恭敬道：「天龍寺通元參見陛下！」

胡小天在一旁看著這位天龍寺的方丈，通元年約四旬，鬍鬚漆黑，國字面龐，相貌剛正，從面相上來看此人並沒有高僧應有的慈眉善目，反而帶著一種金剛羅漢般剛猛的威儀，讓人不敢輕易接近。

龍宣恩微笑道：「通元大師好！朕和你有日子沒見過面了。」

通元道：「看到陛下龍體安康，小僧不勝欣慰。」

龍宣恩道：「朕此前已經讓人過來跟你說過了，從今日起，朕要在這天龍寺內齋戒誦經一月，不知大師是否為朕安排妥當？」

通元道：「已經安排妥當，選定了西山普賢院作為陛下的清修之所。」

龍宣恩點了點頭道：「很好，朕這次要打擾你們的清淨了。」

通元道：「陛下親臨讓敝寺蓬蓽生輝，天龍寺上下早已翹首企盼。」

胡小天聽到這裡不禁有些想笑，都說出家人不打誑語，看來也不儘然，他敢保證通元這番話說的全都是違心之言，龍宣恩來到天龍寺擺出這麼大的陣仗，而且這個月他在天龍寺清修，普通的香客斷然是沒機會上山了，據說通往天龍寺的各大路口全都被羽林軍封閉，包括整個珞珈山周圍也都遍佈皇室的警戒兵馬。在這樣的狀況下，只怕天龍寺的和尚也不安心。

龍宣恩道：「通元大師千萬不要顧忌朕的身分，若是覺得朕有什麼地方給你們造成了不便只管直說，客隨主便，在這裡你們才是主人。」

通元恭敬道：「陛下深明大義，小僧替全寺僧眾謝過了。」

龍宣恩道：「其實你不說朕也知道，這五百羽林軍是不會隨同朕一起上山的，他們就駐紮在山下，平時沒什麼事情不會影響到你們僧眾的正常活動。」

通元雙手合什道：「多謝陛下！」

龍宣恩又道：「這一百名御前侍衛，要隨同朕一起上山，對於他們，朕也有考慮，畢竟身穿官府攜帶兵器出入佛門聖地有對佛祖不敬之嫌，也為了避免驚擾僧眾，朕準備讓他們全都剃去髮鬚，穿上僧袍，隨朕在山上齋戒一月，通元大師以為如何？」

通元聽龍宣恩這樣說當然求之不得，畢竟天龍寺乃是佛門淨地，寺內單單僧人就有兩萬多名，知道大康皇上前來天龍寺齋戒誦經的也只是很少的一部分，如果這一百名御前侍衛全都跟著過去，穿著官服帶著刀槍四處招搖，肯定會讓僧眾們惶恐不安，龍宣恩提出的這個辦法的確為寺院方面考慮，通元恭敬道：「多謝陛下體恤僧眾。」

胡小天耳朵最靈，聽到這裡已經暗叫晦氣，本以為跟過來是關一個月禁閉，卻想不到居然連頭髮都要剃掉，他姥姥的，這可不是現代社會，頭髮剃光了幾個星期就能恢復如初，好不容易才留出了一頭烏黑靚麗的長髮，皇上一聲令下，這得花多少工夫才能重新長出來。

齊大內也支楞著耳朵聽龍宣恩和通元的對話，不過他的聽力顯然比胡小天差上不少，聽得模模糊糊。

胡小天用胳膊肘搗了搗他，低聲道：「要當和尚了，你也不提前跟我說一聲。」

齊大內一頭霧水望著胡小天道：「統領大人？什麼要當和尚？卑職……真不知道啊！」

胡小天冷笑道：「你就跟我裝吧，皇上已經決定了，讓咱們這些人全都剃度出家！」

「啊？」齊大內大驚失色，他是真不知道。

胡小天也是故意危言聳聽，老皇帝只是說讓他們剃頭，可沒說要讓他們出家。

齊大內被嚇得不輕，這件事他根本沒聽說，如果皇上讓他們出家，金口玉言，以後只怕就要留在這天龍寺回不去了，此前慕容展也沒跟他說這件事，怎麼到了天龍寺居然變數這麼大？

龍宣恩已經在通元的陪同下進入天龍寺，之所以選擇在這個時候到來，一是龍宣恩找人算過，這個時間不至於冒犯佛祖，二也是為了儘量不引起天龍寺僧眾的注意。

胡小天帶著那百餘名御前侍衛也跟著走入了天龍寺，齊大內本來以為胡小天是故意跟他開玩笑，可沒多久他們就被領到了淨身壇，當然這種淨身和宮裡的淨身完全不同，一名小太監過來向胡小天傳達了皇帝的命令，讓他們這幫侍衛全都在淨身壇沐浴更衣，順便把頭髮鬍子全都給剃了。

胡小天轉達命令的時候就使了個壞，沒說只是讓他們剃頭沐浴，而是告訴這幫侍衛，皇上讓他們在天龍寺出家，把一幫侍衛弄得心驚肉跳，可是聖命不可違，一個個只有服從的份兒。

沒多久就看到兩名僧人帶著剃刀走了進來，這六人是負責為他們剃頭的。

胡小天知道被剃成光頭難以避免，索性第一個走了過去以身作則，心中琢磨著天龍寺派來的剃頭僧人還是少了一些，這上百號御前侍衛，才來了兩名僧人，豈不是要一直剃到天亮。

胡小天方才坐好，那僧人微笑道：「施主不要晃動，很快就好。」說話的時候已經揚起了剃刀，但見刀光霍霍，隨著他手中剃刀上下翻飛，胡小天的頭髮簌簌而落，能夠感覺到鋒利的剃刀貼著頭皮不停刮動，絕對不超過半分鐘，胡小天的滿頭

烏髮已經被刮了個乾乾淨淨，頂著一個禿瓢油亮。

「好了！」

胡小天聞言伸出手去摸了摸自己的後腦勺，感覺光滑油潤一根雜髮都沒有剩下，心中不由得暗暗驚歎，好快的刀，天龍寺果然臥虎藏龍，連這剃頭僧人都不是尋常人物。

看到胡小天突然就變成了一個禿頭和尚，那幫侍衛都忍不住笑了起來。

胡小天瞪了他們一眼道：「笑什麼笑？驚擾了皇上你們擔待得起嗎？趕緊的都把頭髮給我光了！」一幫侍衛排著整齊的佇列開始剃頭。

胡小天在熱水池中泡了個澡，然後換上一身灰色僧袍，活脫脫變成了一個英俊的小和尚，再看一旁齊大內也頂著禿頭，穿著僧袍走了過來，哭喪著臉向胡小天道：「統領大人，皇上該不是真要咱們剃度出家吧？」

胡小天白眼一翻：「統領大人還在皇城裡待著呢，我是副手。」

齊大內被胡小天噎得無言以對，知道已經得罪了這位上司，不過他也不怕，胡小天的副統領職位只不過是個擺設，在他們這幫侍衛中根本沒有任何的號召力，更談不上什麼影響力。

遠處一個小太監朝這邊走了過來，胡小天遠遠就看到是尹箏，主動迎了上去。

尹箏本以為胡小天是天龍寺的和尚，走到近前方才發現是他，忍不住笑了起來，發笑的時候捏了個蘭花指還將嘴巴掩住了半邊，若是個女人這動作叫嫵媚，可他偏偏是個太監，這動作就有些噁心了。

胡小天忍著噁心道：「尹公公，皇上有什麼吩咐？」

尹箏道：「我當是誰，原來是胡大人！」目光不由得在胡小天能夠反射出月光的腦門上多看了兩眼。

胡小天苦笑道：「你我兄弟還用得上這般稱呼？」

尹箏道：「我還以為大哥榮升之後忘了兄弟呢。」

胡小天道：「你我兄弟相識於微時，有道是苟富貴勿相忘，我什麼時候也忘不了你這位兄弟啊。」

尹箏的表情顯得有些感動，胡小天卻知道這廝絕不簡單，能夠在兩任皇上身邊都混成貼身伺候的太監，尹箏必有其不同尋常之處，絕非是單靠溜鬚拍馬就能夠做到的，這廝在宮中定有背景，自己這次稀裡糊塗地被弄到了天龍寺，對皇上的意圖知之甚少，想要得到內幕消息只能從尹箏這邊著手。

尹箏道：「有大哥這句話，小弟就算是為你赴湯蹈火也甘心情願。」

胡小天看了看周圍，發現遠處齊大內始終都在觀望，低聲向尹箏道：「此地並非敘舊之處，等以後有機會再說。」

尹箏點了點頭道：「陛下已經先行前往普賢院，你們將人分成三部分，二十人前往五觀堂，負責陛下的三餐膳食，五十人負責通往西山的各個路口的警戒，剩下三十人隨同陛下進入普賢院。」

胡小天連連點頭：「那我陪陛下過去。」

尹箏道：「陛下點了齊大內的名字。」

胡小天道：「我呢？」

尹箏道：「陛下讓你去負責五觀堂那邊的事情。」

五觀堂也稱之為齋堂，說白了就是寺廟裡面僧人吃飯的食堂，皇上雖然來到天龍寺齋戒，可並不意味著他要和這幫僧人同吃同住，此次專程從皇宮內帶來了兩名御廚負責這一個月皇上的飲食。至於其他的侍衛，他們可就沒有了這種口福，只能跟著天龍寺的僧眾一起吃大鍋菜，胡小天的待遇也是一樣。

他目前的任務就是帶著這二十名侍衛負責皇上的膳食，當然不是讓他們去做飯，做飯的有兩名御廚，他們負責全程監督膳食的安全。胡小天將這二十人分成了兩組，輪班值守，確保毫無疏漏。其實他們這邊是第一關，等食物送到老皇帝身邊還有第二關，層層把關，務求萬無一失。

天龍寺擁有兩萬多名僧人，齋堂也不可能只有一個，提供給他們的是西院的齋堂，過去這裡和藏經閣那邊公用，為了安全起見，現在兩邊互通的院門也已經鎖上，這座齋堂專門提供給他們使用，齋堂旁邊還有三間禪房，就提供給這些侍衛臨時居住。

雖然他們安頓下來已經就快二更天了，可為皇上準備早膳的事情現在就得開始進行，兩名皇宮此次也帶來了不少的菜品，熟悉廚房的環境之後，馬上就開始生火造飯。

沒有幫廚跟過來，所以這些燒火攥灶的活兒就得求助於這幫侍衛，胡小天調撥了四名侍衛給他們幫忙，還有六人就在旁邊值守，剩下的十個人先去休息。十個人三間禪房，胡小天當然不會放過以權謀私的機會，自己挑選了一間條件最好的霸佔了，其餘兩間留給他們。反正這幫侍衛也沒把他當成自己人看待，胡小天才懶得跟他們同甘共苦。

獨自一人回到房間內，雖然是條件最好的一間，可條件也是非常簡陋，除了一張床一桌一椅，再就是兩個蒲團，唯一的裝飾就是牆上掛著的一幅佛祖肖像。

推開格窗，剛好看到月亮高懸在夜空之中，月光如水，無聲無息從窗口灑落在地面上，胡小天轉過身去，看到一個佛影映在地上，愣了一下，馬上醒悟是自己的影子，下意識地摸了摸自己光禿禿的腦殼，臉上露出苦笑，本以為回到康都可以見到慕容飛煙，可以和葆葆再續前緣，還可以和龍曦月上演一齣喜相逢，可所有的事情全都被老皇帝給攪和了，毫無徵兆突如其來就出發來到天龍寺，非但如此，還把自己弄成了這番不倫不類的樣子，看來這個月都要在天龍寺中體驗生活了。

胡小天騰空一躍，雙腿在虛空中盤起，輕飄飄落在蒲團之上，雙手合什，煞有其事還真有幾分佛相。從康都一路奔波到這裡，多少也有些疲倦，想要儘快恢復狀態，還得依靠無相神功。雖然李雲聰不久前方才提醒過他，無相神功的修煉過程要面臨九劫，胡小天卻不以為然，李雲聰為人老謀深算，安知他是不是故意危言聳聽恐嚇自己，想想這老太監還真是狡詐，自己提出了兩個條件，他連一個都沒幫自己做到，明明答應要放葆葆出來，可是到今天為止胡小天都沒有見到葆葆。

想起李雲聰曾經說過天龍寺內有一位先天高手，姬飛花很可能拿走了《般若波羅蜜多心經》過來給他交換，以求對方為他療傷，如果李雲聰說的是真話，那麼姬飛花也有可能就在天龍寺內，不過胡小天認為這種可能性微乎其微，按照李雲聰所說，姬飛花在他和洪北漠、慕容展三人的聯手下重傷，姬飛花又如何在重傷的情況下逃出皇城，越過層層封鎖，來到天龍寺？

胡小天驅散心中的雜念，開始全新修煉無相神功，兩個周天過去，感覺體力前所未有的充沛。閑著也是閑著，不如想點法子折騰折騰這幫不聽話的手下。

拉開房門來到外面，看到幾名侍衛正在那裡幫忙劈柴，幾人也都是從康都奔波百里來到天龍寺，沒有撈到休息，還被胡小天安排在這裡值夜，一個個都是筋疲力盡苦不堪言，心中對這位副統領也是怨言頗多。

胡小天看他們幾人方才劈了那點劈柴，禁不住笑道：「一個個娘們似的，沒吃飯嗎？」

「統領大人，我們的確沒吃飯啊，還一路奔波，眼看天就要亮了，我們這一夜連眼睛都沒合上。」說話的是個胖乎乎的禿子，正是此前在皇宮中問胡小天天龍寺裡有沒有女人的那個，他叫左唐，是齊大內的小弟。御前侍衛之中關係也非常複雜，慕容展雖然是這些人的頭領，但是他性情冷酷，不易接近，平日裡有什麼事情大都交給齊大內去辦，所以齊大內在侍衛中的威信很高，雖然沒有正式的封號，可是別人也將他當成二號人物看待，現在突然來了個副統領，很多人都對胡小天不服。

左唐一斧子劈下去，竟然沒有將圓木劈開。

胡小天笑道：「空長一身肥肉，一點力氣都沒有。」

左唐頗不服氣：「胡大人，人又不是鐵打的，總有疲憊的時候。」

胡小天來到他面前一把將斧子拿了過去，揚起斧頭對著那根圓木，一斧劈了下去，圓木從中分為兩半。

左唐這才發現這位新來的統領大人力氣不小，而且看他使用斧子的架勢應該身懷武功。胡小天冷冷道：「自己沒用就別找理由，還有，都給我記住了，陛下讓咱們不得聲張自己的身分，以後在天龍寺內，全都叫我大師兄！」

「什麼？」一幫侍衛全都愣在那裡。

胡小天立起劈柴又是一斧劈了下去，倒不是他想幹活，揮舞斧頭的時候內力自然而然地灌注雙臂，劈砍圓木居然產生了一種酣暢淋漓的感覺。胡小天也沒有想到砍柴居然也能夠砍出快感來，乾脆將僧袍脫了，穿著一身內衣短衫就在那裡幹了起來，胡小天以身作則，那幫侍衛自然不敢偷懶，一個個愁眉苦臉地繼續劈柴，心中對這位副統領都是納悶不已，這貨明顯精力過剩啊。

等到四更的時候，院子裡的圓木已經被他們劈完，幾名侍衛又將劈柴碼好。

此時一名年輕僧人來到五觀堂，他是過去這裡的主管明生，雖然將五觀堂交給了朝廷這幫人，但是他每天還是要過來看看情況，有沒有什麼事情幫忙疏通。

聽明生介紹完他自己的身分，胡小天笑道：「明生師父，我們初來乍到，對寺裡面的規矩都不懂，還望明生師父指點。」

明生微笑道：「也沒什麼指點的，方丈讓小僧過來就是跟諸位施主……」說到這裡他看到這幫已經換成僧人打扮的侍衛，不禁有些想笑，除了頭上沒有戒疤，這些人看起來跟他們已經沒有任何分別。

胡小天道：「明生師父，平日裡你們怎麼做我們就怎麼做。」

明生道：「當真？」

胡小天道：「那是當然。」

明生道：「按照我們過去五觀堂的規矩，這時候就要去打水了。」

「打水？」

明生道：「後院有水桶，打來的水一部分供給五觀堂使用，還有一部分倒入菜地旁邊的蓄水池，過去這些都是我們五觀堂僧人需要做的事情，現在……」

胡小天笑道：「現在我們來了，當然就包在我們的身上。」

「當真？」

胡小天點了點頭，身後一幫疲憊不堪的侍衛聽到胡小天主動要求去打水，一個個頓時愁眉苦臉，暗罵這位副統領有病，沒事非得找事情做，他們是來保護皇上的，又不是來給天龍寺當雜役的。

胡小天根本就是要趁機整治一下這幫侍衛，一個個將我排斥在外，不聽老子的指揮，好啊，我一個個收拾你們，先征服你們的身體，再征服你們的意志，不消三天，保管你們這幫孫子對老子服服貼貼的。

左唐道：「大人……」接下來的話因為胡小天惡狠狠的目光而改變：「大師兄，天就要亮了，眼看就要換班了，挑水的事情是不是換成他們幾個？」其餘九名侍衛紛紛點頭。

胡小天道：「把他們叫起來接替值守之責，咱們去挑水。」

一幫侍衛叫苦不迭，在心裡把胡小天祖宗八代問候了一遍，可是人家畢竟是他們的頭領，官大一級壓死人，只能聽從他的命令。

明生和尚帶著他們來到後院，看到靠著牆邊擺放的那一只只大木桶，侍衛們頓時傻眼了，這水桶要比尋常水桶兩個大，而且沒有扁擔，更鬱悶的是，這桶的下面是尖的，也就是說非但要徒手拎著，中途還無法休息。

胡小天本以為天龍寺的水桶和靈音寺一樣都是鐵桶，看到眼前那些水桶，難度比想像中低了不少，不過儘管如此也夠這幫侍衛受的，明生和尚上前拎起兩隻水桶，胡小天跟上，走了兩步看到那幫侍衛仍然無動於衷，冷笑道：「誰要是不跟上來，回頭就治他抗旨不遵之罪。」

一幫侍衛心中這個鬱悶啊，皇上何時下旨讓他們挑水了？這廝根本是在假傳聖旨，可誰也沒那個膽子跟胡小天理論，一個個拎起水桶跟著胡小天去了。

胡小天對這種挑水的方式並不陌生，小時候就在電影中看到過，少林寺和尚都是這麼挑水的。

從五觀堂到水源地大概有二里多路，去的時候雖然輕鬆，可是回來的時候兩只大桶裝滿了山泉水，每只重量都要在百斤左右，這幫侍衛雖然體力不錯，可是走了一小段就有人感到體力不支。明生和尚走在最前方，他雙臂平伸，一手拎著一隻水桶，健步如飛，無論山路高低起伏，一對水桶始終保持平衡，裡面裝滿的山泉水不見一滴潑灑出來。

胡小天緊跟其後，開始的時候沒有掌握好平衡，潑灑了幾滴山泉水出來，可是很快他就掌握了其中的竅門，一樣的大步流星，健步如飛，他現在的內功已經在明生之上，這對水桶雖然很重，但是對胡小天而言根本不成為負擔。

那幫侍衛可沒他們這個本事，別說將雙臂平伸，單單是雙手拎著水桶已經累得不輕，要知道他們從昨晚離開皇城直到現在都沒有好好休息過，這一夜不但要負責值守，還要生活劈柴，整整折騰了一個晚上，天不亮又被胡小天逼著過來挑水，居然連根扁擔都沒有，水桶比起普通的還要大上一倍。這幫侍衛心中暗罵胡小天是個變態，根本不體恤他們的辛苦。

左唐一不留神腳下滑了一下，連人帶桶摔倒在地，桶裡的水倒了個乾乾淨淨。

胡小天停下腳步轉身看了看，看到左唐那狼狽的模樣非但沒有感到同情反而差點沒笑出聲來，他向明生和尚道：「明生師傅，你們遇到這種情況是如何處理的？」

明生道：「回去重新將桶添滿再挑回來。」

胡小天皮笑肉不笑地掃了那幫侍衛一眼道：「都給我聽好了，既然來到天龍寺，就要按照寺裡面的規矩去辦，誰要是中途將水倒掉，不符合標準的，回去重新再來，什麼時候合乎標準，什麼時候才算完成任務。」

那幫侍衛聽他這麼說，一個個恨不能衝上去將這廝給撕了，可礙於他的官職誰也不敢公然頂撞，只能咬牙承受。左唐從地上艱難爬了起來，拎著兩隻空桶重新折返山泉那邊取水，這一來一回又要耗去不少的氣力。

胡小天今天給這幫侍衛上了生動一課，什麼叫身體是革命的本錢，沒有身體就只有被人欺負的份兒。如果只讓別人幹自己不幹，那叫仗勢欺人，可現在胡小天以身作則，這幫侍衛縱然心中千般不滿，可也無話好說。

明生和胡小天最先來到蓄水池，將水倒了進去。看到胡小天臉不紅氣不喘，心中暗暗稱奇，難怪胡小天如此年輕就能夠成為這幫人的首領，看來確有過人之能，再看那幫侍衛，最近的一個距離蓄水池還有半里地，一個個身體已經透支，走幾步就將兩隻水桶戳在地上，因為底部是尖的，手臂還必須保持力量，有幾人因為沒控制好平衡，水桶傾倒在地上，不得不重新回去取水。

胡小天道：「明生師父，你們每天取水幾趟？」

「每人三趟！」

胡小天拎起水桶又朝山泉的方向走去，揚聲向眾人道：「都給我聽好了，每人三趟！」

天光完全放亮之時還有三名侍衛沒有完成取水的任務，這三人因為多次摔倒身上沾滿泥濘狼狽不堪，左唐乾脆一屁股坐在半道上，氣喘吁吁道：「我拎不動了，你就算殺了我我也拎不動了。」

對於左唐這種人胡小天也有辦法，你不是拎不動嗎？那就罰你一天不許吃飯，明天接著拎，什麼時候能夠完成任務什麼時候吃飯，這也不是他想出的陰招，而是天龍寺的規矩就是如此，一聽到一天不准吃飯，左唐的小宇宙果然被嚇出來了，二話不說拎著兩桶水送到了蓄水池。

看到昨晚值守的這幫侍衛受到如此折磨，另外一班不但美美睡了一覺而且還逃過辛苦勞作的侍衛心中暗暗慶幸，胡小天又豈能讓他們閑著，留下四人負責做飯，剩下六個也去感受一下挑水的辛苦。

來到廚房，看到兩名御廚已經給皇上準備好了早膳，聞到誘人的香味，胡小天也感覺到饑餓難忍，直接拿起一雙筷子把老皇帝的早膳逐一嘗了個遍。

兩名御廚看得目瞪口呆，禁不住提醒他道：「胡大人，這是為皇上準備的。」

「知道啊！」這會兒功夫胡小天已經將那籠素包子吃個乾乾淨淨，又一伸手把一碗不知什麼名目的羹湯端了起來，三口就喝了個乾淨，砸了砸嘴巴道：「味道不錯，應該沒有毒。」

兩名御廚被這廝弄得哭笑不得，你想吃就直說，還居然懷疑裡面有毒。

胡小天伸手又去拿另外一籠蒸餃，御廚嚇得趕緊用手護住：「胡大人，您再吃皇上就不夠了哇……」

胡小天惡狠狠瞪了他一眼：「怎麼說話這是？陛下讓我負責他的膳食安全，無

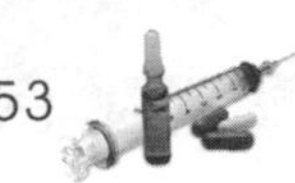

論你們做了什麼東西，我當然都要先嘗嘗有沒有毒，必須確保沒事才能送給皇上食用，你們當我想吃？」目光在皇上的早膳上掃了幾眼，我靠，單單是早點的花樣就有二三十樣，老皇帝能吃這麼多？媽滴個巴子，老東西來到這裡還要養尊處優，說什麼吃齋念佛，無論你吃的用的哪樣比宮中差？反倒是我們要跟著吃糠咽菜。

胡小天指了指那御廚護住的蒸餃道：「你心虛什麼？本來我不想嘗，現在我懷疑這籠蒸餃有問題，拿來，我嘗嘗！」

兩名御廚過去沒和胡小天這種僡懶人物打過交道，剛才看到胡小天折騰那幫侍衛他們還在幸災樂禍呢，沒想到一轉眼的功夫已經開始刁難他們。

其中一名叫黃羅生的御廚道：「胡大人，這件事若是傳到皇上的耳朵裡，只怕不好吧？」

胡小天不以為然地笑了笑道：「你好像在威脅我啊？」

「不敢！」

胡小天冷笑道：「我把皇上的安危看得比自己的性命更加重要，一腔熱血，滿懷忠誠，日月可鑒，我不怕人說！」這貨又將一盤金燦燦的南瓜餅給端了起來，說話間已經塞了兩個進去。

兩名御廚已經無可奈何了，黃羅生看到威脅不成，只能好好跟他商量：「胡大人，還望今天口下留情，以後我們每天多給胡大人做一份……」

胡小天道：「不是為我，我聲明啊，我也是本著對皇上負責的態度，只有我吃了沒事，才敢放心將這些食物送給皇上，你們想想，真要是出了什麼差錯，別說是你們，加上我和那幫兄弟多少顆腦袋都不夠砍。」

兩名御廚擦了擦額頭的汗，看到胡小天總算肯放過剩下的那些早點，慌忙將東西收好納入食盒，胡小天端著那盤南瓜餅，吃得滿嘴冒油，一邊吃一邊誇讚道：「這南瓜餅炸得真是好吃，外酥裡糯，香甜可口。」

兩名御廚清點了一下，這會兒功夫二十九籠點心被胡小天幹掉了不少，現做已經來不及了，面面相覷不知如何是好。

胡小天道：「你們就別管了，這事兒交給我來辦。」

他出門轉了一圈，一會兒就回來了，拎著一個籃子，裡面有幾種雜糧窩頭，直接在空下的蒸籠裡面擺上。

黃羅生顫聲道：「胡大人，這些您不嘗嘗？」

胡小天瞪了他一眼道：「你是讓我在皇上的早點上先咬一口嗎？」

胡小天帶著四名侍衛拎著食盒前往皇上的住處給他送飯，二十九籠點心，老皇帝要是全都吃完只怕要活活撐死了，胡小天暗罵老皇帝浪費糧食，等到了普賢院的門前，就被齊大內和一幫侍衛迎面攔住，齊大內滿臉堆笑道：「胡大人這麼早就來

了？」

胡小天道：「給皇上送飯，擔心他餓著。」

齊大內看了看那些食盒道：「交給我們吧！」

胡小天道：「那可不成，皇上的命令是讓我全程監護，不是我信不過你們，而是萬一這中途出了什麼事情，只怕說不清楚。」

齊大內呵呵笑道：「胡大人怎麼連自己人都放心不下？」

胡小天笑道：「不是我多疑，而是皇上的事情大意不得。」此時看到尹箏和另外一名小太監迎了出來。

尹箏笑道：「胡大人來了，東西交給我吧，皇上說了，若是胡大人來了就請他一起進去。」

胡小天使個眼色，手下人將食盒交給了尹箏他們，胡小天跟著一起進入了普賢院，發現這院子裡花木繁茂，兩旁修竹成行，走入其中如同走入一座雅致的園林，天龍寺也是看人下麵條，招待老皇帝的規格果然不同。

尹箏引領著胡小天來到一間禪房外，輕輕敲了敲房門，裡面有一名中年人拉開了房門，警惕地看了看胡小天。

胡小天只知道此人乃是天機局派來的高手，看到他既沒剃去頭髮也沒換上僧衣，心中不禁感歎，同人不同命，老皇帝根本沒有將他們這幫御前侍衛看在眼裡。

裡面傳來龍宣恩蒼老的聲音：「讓他進來吧。」

中年人這才讓開門前道路，胡小天跟著走了進去，看到龍宣恩盤膝坐在蒲團上，面前放了一隻木魚，應該是誦經之用。

胡小天正準備行跪拜之禮，龍宣恩卻道：「不必多禮，這裡不是宮中，在佛祖面前，沒有什麼君臣之分。」

既然老皇帝這麼說，胡小天也不必跟他客氣，本來也不想給他下跪，躬身候在一旁道：「陛下請用膳！」

這會兒功夫尹箏他們已經將早膳擺在桌上，龍宣恩看到滿滿一桌子的早點，頓時顯得有些不悅皺了皺眉頭道：「朕來天龍寺是為了誦經禮佛，又不是養尊處優？搞這樣的排場做什麼？」

他怒視胡小天道：「是不是你的主意？」

胡小天心中暗叫倒楣，干我屁事？全都是你的那幫手下拍馬屁，把早膳搞得如此隆重。他慌忙解釋道：「陛下，臣只是負責監督他們準備膳食，確保陛下的飲食安全，至於做什麼？做多少和臣沒有任何關係。」他推得乾乾淨淨。

龍宣恩道：「回去告訴他們，不要搞得那麼複雜，朕既然來到這裡，就沒想過還和宮裡一樣。」

尹箏一旁道：「陛下息怒，還是儘快用膳吧。」

龍宣恩來到桌旁坐下，目光在琳琅滿目的早點中搜尋了一下，最後定格在胡小天隨便塞入其中的玉米麵窩頭上，一伸手抓了起來，咬了一口，緊皺的眉頭舒展開來：「好吃！」

胡小天心中暗笑，就知道這老傢伙在宮裡錦衣玉食慣了，口味也養得刁鑽，反倒是粗糧更合乎他的胃口。

龍宣恩道：「你下去吧，記住跟他們說，從現在開始每天不要超過四樣菜，早點更要從簡。」

胡小天恭敬道：「是！臣這就回去吩咐他們。」倒退著準備離去的時候，龍宣恩又叫住他：「對了，過去朕有位老友曾經在天龍寺供養了一尊佛像，你幫我去打聽打聽那尊佛像如今在哪裡？」

胡小天道：「敢問陛下那位老友的名字？」

龍宣恩想了一會兒方才道：「他叫楚扶風！說起來認養佛像也是四十多年前的事情了，那時候朕還年輕，和他一起來到天龍寺。」他的目光顯得有些迷惘，陷入對往事的追憶之中。

胡小天道：「臣這就去辦。」腦子裡仔細搜索著楚扶風的名字，並沒有任何的概念，這個楚扶風應該不是什麼出名的人物。不過既然能夠和皇上成為朋友，此人應該不簡單。

龍宣恩又叮囑他千萬不要讓人知道是自己要打聽這件事。

胡小天辭別龍宣恩後離開了普賢院，齊大內仍然候在院門外，看到胡小天出來，他笑瞇瞇湊了上來：「胡大人，陛下心情如何？」

胡小天道：「好得很！」他不想跟齊大內多做交談，準備離開的時候，齊大內卻又緊跟上他的腳步，低聲道：「胡大人，其實兄弟們跟著陛下過來，這一個月拋妻棄子已經非常的辛苦。」

胡小天瞇起雙眼望著他道：「你什麼意思？我怎麼聽不明白？」

齊大內道：「咱們雖然剃了頭髮，穿了僧袍，可畢竟不是真正的僧人，胡大人還是不要太嚴格了，對待手下兄弟還是多多體恤一些。」

胡小天嘿嘿冷笑道：「我沒聽錯吧，你在教訓我啊？」

齊大內滿臉堆笑道：「胡大人，您不要誤會，屬下怎麼敢教訓您，只是給您一個建議，這也是為您考慮，您想想，若是對兄弟們過於苛刻，寒了兄弟們的心，萬一他們產生了對抗情緒，鬧到了皇上這裡，只怕胡大人臉上也不好看。」

胡小天道：「如此說來我倒是要謝謝你了。」

齊大內道：「不敢當，不敢當，統領大人畢竟初來乍到，對咱們內部的事情還不清楚。」

胡小天道：「所以你就帶著他們擰成一股繩跟我對著幹是不是？」

齊大內道：「胡大人為何這樣說，卑職可沒有那樣的心思。」

胡小天哈哈笑道：「有沒有這樣的心思咱們心裡都明白，這裡是佛門淨地，佛祖、菩薩、羅漢不知多少雙眼睛在盯著咱們，若是說謊話，怕是要遭天譴的。」他的話剛剛說完，天色就變得陰暗起來，卻是一片烏雲將剛剛升起的朝陽蓋住。

齊大內知道他在恐嚇自己，可心底仍然有些不安，擠出一絲笑容道：「胡大人多心了。」

胡小天道：「既然有人找你訴苦，你不妨幫我告訴他們，在天龍寺期間最好每人都給我恪守本分，若是敢做出什麼讓我不爽的事，嘿嘿，休怪我不講情面。」

回到五觀堂，兩名御廚已經開始準備中午飯，胡小天來到廚房內把皇上的意思向他們說了。兩名御廚聽說皇上要過粗茶淡飯的日子，自然求之不得，可每日都會有新鮮食材送來，皇上若是不吃，多餘的食材難道浪費？

胡小天早已為他們考慮周到：「皇上不吃，咱們這些做臣子的就只能替皇上分憂了，兩位大廚，以後咱們三個搭夥，你們吃什麼我就吃什麼。」

兩名御廚對望了一眼都是哭笑不得，這廝顯然是訛上他們了，看來這一個月不但要伺候皇上，還得伺候這位小爺。

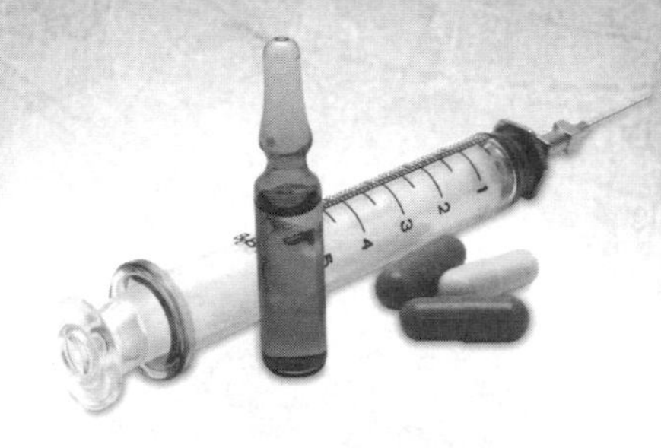

第六章

長生佛

胡小天明白再糾纏也是無用，只能老實繼續幹活，
照這樣下去，明天這個時候差不多能將佛像全都擦完，
天龍寺果然古怪，只怪自己好奇心太重，
因為老皇帝一句話就來找佛像，以至於陷入困境之中，
卻不知自己徹夜不歸，那幫侍衛會不會到處尋找自己？

明生和尚一直都在五觀堂內幫忙，一來是方丈的安排，二來是趁機跟兩位御廚學點廚藝，雖然只是旁觀，也已經大開眼界。

胡小天將明生和尚叫到外面，低聲道：「明生師傅，我想找您打聽一個事兒。」

天龍寺的僧人大都淳樸，明生也不例外，他恭敬道：「胡大人只管說。」

胡小天笑道：「我都這身打扮了，目的就是隱藏身分，你就叫我師弟，我稱你一聲師兄，其實也算不上大事，我過去有個親戚，曾經在天龍寺供養了一尊佛像，這次我來天龍寺之前，他就委託我要去佛像面前看一看，上柱香，受人之托忠人之事，所以才想起打聽打聽。」

明生和尚道：「此事不難，天龍寺中佛像萬千，雖然供養人數以萬計，可是每一尊佛像的供養者都會登記在冊，師弟若是想完成心願，需要查閱功德簿，小僧帶你過去就是。」

胡小天大喜過望，點了點頭道：「有勞師兄了。」

明生帶著胡小天來到天龍寺的功德堂，這裡是天龍寺存放功德簿的地方，有了明生和尚這位嚮導，辦起事來還是方便許多。那老和尚聽說胡小天要查的是四十多年前的供養佛像，臉上不由得露出為難之色，明生說了一番好話，總算那老和尚才點頭答應，帶著他們來到功德堂的西廳，指著前方的一排書架道：「四十年前的都在最上面了，如果知道具體年月還好查，可是你只說是四十多年以前，那只能從四十一年前查到四十九年前，這九年的功德簿你們必須要查個遍。」

胡小天本來也沒覺得麻煩，他以為佛像肯定是高高大大，老皇帝的朋友自然也不是普通人物，認養的佛像肯定極大，於是先從最大的佛像查起，可查遍了一丈以上的佛像，並無一個叫楚扶風的供養者在內，只能逐一往下查。

佛像從大到小分門別類，從一丈以上一直查到三尺佛像，都沒有找到楚扶風的名字，時間卻已經過去了整整兩個時辰，這還是明生和老和尚一起幫忙查閱的前提下，如果僅靠胡小天自己，就算查到天黑也查不完。

胡小天雖然平時嬉皮笑臉，可真正做起事來卻是有始有終，大有不查到此人決不甘休的勢頭，又花去了一個時辰將剩下的功德簿全部看完，裡面仍然沒有找到楚扶風的名字，甚至根本就沒有人姓楚。

胡小天合上最後一本功德簿，揉了揉酸澀的雙眼，心中暗忖這老皇帝是不是老糊塗了？記錯了過去的事情？還是他故意想個法子折騰自己？按理說老皇帝沒理由這麼無聊。

明生和老和尚也停下查閱，兩人也沒有發現。胡小天歉然道：「有勞大師了。」正準備離去時，那老和尚又道：「其實還有一些佛像並不在功德簿上的。」

胡小天和明生望著老和尚都流露出詫異之色，包括明生和尚都沒有聽說過這種事情。

老和尚道：「有些人會在兒女剛剛出生的時候來到寺裡供養長生佛，意在佛祖庇佑他們的兒女一世平安，這些長生佛的供養者並不在功勞簿的名錄上。」

胡小天驚喜道：「那長生佛在何處？」

老和尚道：「但凡長生佛的供養者都和天龍寺淵源頗深，其中有不少人有恩與天龍寺，也有天龍寺的俗家弟子，三十年，前任方丈廢止了這種事，從那以後就再也沒有人供養過長生佛，那些長生佛如今都安置在後山的裂雲谷。」

胡小天謝過老和尚，和明生兩人一起離開，來到外面胡小天道：「那裂雲谷在什麼地方？」

明生道：「在東院後面，靠近後山禁地。」

胡小天道：「裂雲谷不是禁地？」他知道後山乃是天龍寺禁地，別說外人，就算是本寺的僧眾也不得輕易踏足，所以才有此一問。

明生搖了搖頭道：「不是，不過那裡閒置多年，連本寺僧人也很少前往。」從胡小天的目光中已經看出他意欲前往，明生道：「雖然不是禁地，可這件事也需請示方丈，方丈若是允許，咱們才能前去。」

胡小天道：「明生師兄，這不過是一件小事，何必驚動方丈，而且這件事我也不想讓皇上知道，不瞞您說，那楚扶風乃是我本家爺爺，我臨來的時候他已經生命垂危了，還不知能不能撐到我回去的時候，他老人家只有這個希望，做孫兒的又豈能不滿足他的心願，出家人以慈悲為懷，還望明生師兄垂憐。」

明生心軟，再加上他對胡小天印象不錯，又聽他說得如此動情，信以為真，想了想，終於還是點了點頭道：「也罷！我帶你過去就是，只是你到了那裡千萬不可逗留太久，找到佛像上香之後馬上離開。」

胡小天聽到明生答應，連連點頭道：「明生師兄放心，你這樣幫我，兄弟我是絕不會給你增添麻煩的。」

明生聽他說話不由自主又帶出了市井氣，真是有些哭笑不得了。當下帶著胡小天向裂雲谷走去，兩人在功德堂耽擱了三個時辰，連午飯都沒顧得上吃，此時都有些餓了，明生讓胡小天稍等片刻，一會兒功夫就已經回還，還帶了幾個饅頭出來。兩人各吃了幾個饅頭，喝了些清水，權且當作午飯，稍事休息就向裂雲谷走去。

明生帶著胡小天繞過寺內主殿，儘量選一些少有人行的偏僻小道，畢竟胡小天不是寺裡面的人，若是遇到長老級的人物巡視，難免會有不必要的麻煩。兩人走了一個多時辰方才來到老和尚所說的裂雲谷。

說是裂雲谷，其實只是一個亂草叢生的山窪，過了午後這場雨始終沒有下來，天氣極為潮熱，負責看守裂雲谷的和尚也不知躲到哪裡涼快去了。

明生和胡小天兩人快步進入谷內，沿著曲曲折折的山路一路走下去，狹窄的道路兩旁堆積著不少的殘碑佛像，這些都是臨時放在這裡準備以後修復的。等到了這裡，胡小天方才知道單單是裂雲谷中缺胳膊少腿的佛像也要成百上千，如果一個個地找過，只怕沒有個三五天是搜查不過來的。他決定先去找老和尚口中的長生佛，看看哪裡有沒有楚扶風供養的佛像。

沿著山路一直來到谷底，山谷底部有一條三丈寬度的小河奔行，在山澗隔岸的岩壁上有不少的洞窟，遠遠望去密密麻麻，一個挨著一個，初步估計也有百尊之多。

明生指著那對面道：「那裡就是長生佛了。」

胡小天道：「去看看！」他快步來到小河邊，選擇河面最窄的地方一躍而過，明生卻沒有過去，留在原地，他可不敢做出冒犯佛像的事情。

胡小天已經鑽入一座洞窟內，研究周圍的字跡，雖然經年日久，可是每尊佛像之上都有供養者的名字，胡小天一個個搜尋了過去，才搜了十幾個，外面就開始下雨，他舉目望去，卻見明生仍然老老實實站在原地等著他，心中不由得暗自好笑，這和尚心腸不錯，只是做事稍嫌呆板，他向明生道：「明生師兄，你過來避雨！」他的聲音應該不小，可是明生仍然站在那裡一動不動，似乎根本沒有聽到他的話，毫無反應。

胡小天這才覺得有些不對頭，準備離開自己所處的洞窟去看個究竟，可是沒等他離開，就聽到身後傳來一個人的喘息之聲，似乎對方的呼吸就噴在自己的脖子上，胡小天此驚非同小可，猛然回過頭去，卻見身後除了那尊佛像再沒有一個人的影子，胡小天心裡有些發毛，驚聲道：「誰？」

身後響起一個如同回聲一樣的聲音道：「誰？」

胡小天猛然又是一轉，這次把吃奶的力氣都使出來了，轉身的速度奇快無比，可是身後仍然空空如也。身後有人在他脖子上輕輕吹了口氣，胡小天雞皮疙瘩都起來了，頃刻間額頭佈滿冷汗，他能確定，有人站在自己的背後，以他現在的武功勉勉強強也能算是一個高手了，更何況他還擁有躲狗十八步這樣精妙的步法，可這次根本連對方的影子都看不到，胡小天不信什麼鬼神，他深吸了一口氣，聽到身後那人也學著自己的樣子深吸了一口氣。

胡小天道：「別開玩笑，人嚇人嚇死人！」

「別開玩笑，人嚇人嚇死人！」

胡小天有生以來還從未遇到過這麼詭異的事情，被這個看不見的怪人嚇得腿都要軟了，腦子裡頓時將自己此次前來的任務忘了個一乾二淨，三十六計走為上，管他什麼人，總之自己招惹不起，胡小天腳底抹油，哧溜一聲就朝洞窟外面逃去，別的不敢說，他對自己的這套步法還是極有信心，當初可以躲過須彌天、可以躲過李長安這兩大高手的追蹤，遇到再厲害的對手也應該有逃走的機會。

胡小天逃得飛快，轉眼之間已經來到了小河旁邊，騰空一躍，試圖跨越小河逃到對岸，身軀飛躍到河面之上，可脖子上仍然感到有人的氣息一噴一噴，胡小天伸手向後抓去，竟然抓住了一根油膩膩的東西，拿到眼前一看竟然一根骨頭，胡小天嚇得慘叫一聲。

身後那人也學著他慘叫了一聲，聲音分明就在他耳邊響起，胡小天又驚又怕，感覺一口氣再也提不上來，竟然從半空中掉了下去，噗通一聲落在了小河之中。

胡小天四顧望去，除了呆立河岸的明生和尚，再沒有其他人在場。以他的水性落在小河之中如魚得水，拚命向下游游去，可忽然感覺河水迅速向兩旁分離，他的身體轉眼之間就已經落在河底的淤泥之中，兩旁河水仍在，唯獨他所處的地方河水盡數退去，胡小天身體陷入淤泥之中，比起此時的狼狽內心的震駭更是難以形容，對方神龍不見首尾，直到現在都沒看清對方的樣子，而此人竟然可以讓河水斷流，此等功力爍古絕今。

胡小天從淤泥中爬起來，雙手高舉道：「我投降，我投降！聽憑前輩處置。」心中忽然想起此前李雲聰告訴他的事情，天龍寺有一位先天境界的高手，想必讓自己給遇上了。

耳邊傳來一個怪異的聲音：「小混蛋，給我站著！」

「是！」胡小天這下老實了，一動不動站在原地。卻見明生突然一屁股坐在了地上，滿臉錯愕，看了看胡小天，竟然不敢說話，轉身就跑，因為跑得太過匆忙，竟接連跌了兩個跟頭，轉眼之間已經逃得無影無蹤。

胡小天老老實實站在河心，眼睛一刻都沒閑著，向兩旁來回瞄去，距離他左右約有一丈遠的地方各有一堵水牆，小河河流中斷，唯獨他這塊空空如也。

胡小天道：「前輩，晚輩因為對這裡的道路不熟，所以才迷失了道路，叨擾了您老人家的清淨，還望前輩見諒，念在我是初犯，就別跟我一般計較了。」

那古裡古怪的聲音道：「你的髒手摸了老衲的長生佛，老衲的壽元不知因此要折損多少，我若是輕易放過了你，連佛祖也不會答應。」

胡小天道：「佛祖慈悲為懷，當然不會在意這種小事，更不會跟我一個凡夫俗子一般計較。」

那聲音陡然變得嚴厲起來：「小混蛋，你是在挖苦我嗎？說我心胸狹窄是不是？」

胡小天道：「沒有……」但見那兩堵水牆向中間合攏過來，胡小天雖然水性絕佳，可是看到眼前如此不可思議的景象也是心生惶恐，下意識地用雙手抱住了腦袋。

兩堵水牆合二為一，小河流水重新恢復了正常，胡小天被兩股水流夾擊，如同被兩個大巴掌狠狠拍了一下，仰仗著卓絕的水性，重新浮出了水面，腦袋剛剛露出水面透氣，就感覺到下方一股強大的潛流噴湧而出，衝擊在他的屁股上，胡小天如同坐火箭一樣向上躥升，嚇得這廝慘叫道：「媽呀！」足足飛起了十幾丈，一股無形巨力又拍在他的後背，胡小天手足狂舞，朝著前方岩壁撞去，胡小天根本沒有任何反擊之力，以這樣的速度撞在岩壁上，就算不被撞成肉醬，也得骨斷筋折，胡小天慘叫道：「饒命……」

眼看就要撞擊在岩壁上，後心的那股推力突然消失，一隻手抓住了他的肩膀，將他的身形穩住，胡小天因重力作用直墜而下，撲通一聲摔倒在地上，屁股著地，似乎都被摔成四瓣了。

胡小天好不容易才從地上站起來，頭頂落下一物，卻是一隻木桶，裡面還有一塊破布，那個古怪的聲音道：「把你髒手摸過的佛像給我清洗乾淨，若是有一顆灰塵在上面，我就把你脫光了吊在山門之外。」

胡小天連話都不敢多說一句，對方的武力實在是強大到了匪夷所思的地步，到現在他連人家的面都沒有見到，全程被玩弄於鼓掌之中。胡小天拎著水桶打了一桶河水，老老實實從頭擦拭自己曾經摸過的佛像，他去過的洞窟總共有十幾個，可是想要一一擦完也得花去不少時間。胡小天花了足足兩個時辰，方才將自己摸過的佛像全都清洗乾淨，看看外面，夜幕已經降臨了。

胡小天揚聲道：「前輩，我清洗完了！」喊了兩聲無人回應，難道那神秘僧人已經離去？胡小天心中暗喜，自然顧不上再找什麼楚扶風的供養佛像，趁機離開才是正本，方才走出洞窟，就聽到那古怪的聲音再度響起：「一共一百一十六尊長生佛像，全都給我清洗乾淨，若是有一顆灰塵在上面，一樣饒不了你！」

胡小天聽到這神秘僧人的命令，雙腿一軟一屁股就坐在地上了，一百一十六尊！自己才清洗了十八尊，這就已經兩個時辰過去了，剩下還有九十八尊，從現在起不眠不休地幹，擦到天明也擦不完。

胡小天叫苦不迭道：「前輩，剩下的佛像我可連碰都沒有碰過。」

那神秘僧人呵呵笑道：「可你想過，你來到這裡不就是想一個個的摸個遍，就算沒碰，有這種想法已經褻瀆了佛像，必須給我清洗乾淨。」

胡小天道：「前輩，眼看天就要黑了，如果我不回去，肯定會引起其他人的注意，他們十有八九就會來這裡找我，你看……」

「誰會來這裡？你以為自己是多麼重要的一個角色？就算老衲把你留在這裡一輩子做苦工，也沒人會知道這件事。」

胡小天暗暗心驚，以對方的武力如果強迫自己，自己根本沒有反抗的機會，他笑道：「前輩忘了，剛剛那位明生師兄已經逃出去了，他知道我在這裡，回去後肯定會召集師兄弟們過來救我。」

「呵呵……呵呵……小混蛋，你居然威脅我，他知道又怎樣？我已經逼他對佛祖發誓，他若是敢將今天的事情透露出去半個字，就會墮入地獄永無輪迴超生之日。」

胡小天倒吸了一口冷氣，這和尚真是惡毒，出家人哪有讓人發這種毒誓的，咬了咬牙道：「前輩，誰也不是鐵打的，我從早晨到現在都沒有吃過一口飯呢，總不能餓著肚子幹活吧？」

「你身子骨還算硬朗，餓上三天也不會有事。」

胡小天明白再糾纏也是無用，只能老老實實繼續幹活，照這樣下去，明天這個時候差不多能將佛像全都擦完，天龍寺果然古怪，只怪自己好奇心太重，因為老皇帝一句話就來找佛像，以至於陷入困境之中，卻不知自己徹夜不歸，那幫侍衛會不會到處尋找自己？胡小天隨即就否定了這種可能，那幫侍衛因為自己故意整他們，肯定對自己恨之入骨，巴不得自己永遠也不要回去才好，說不定待會兒就有人向皇上稟報，說他因為不堪忍受天龍寺的清苦，所以擅離職守悄悄逃出寺院去了。

胡小天又擦洗了三尊佛像，天色已經完全黑了下來，因為沒有了光線，胡小天剛好有了偷懶的理由，正準備開口呼喊那神秘僧人的時候，卻發現正在擦洗的那座佛像背後有一個風字，幸虧胡小天目力驚人可以夜間視物，他用抹布將字跡周圍擦了擦，雖然字跡模糊依稀可以辨認出扶風兩個字，至於上面是不是楚他也無法斷定，畢竟這行字並非是鐫刻上去，而是用筆直接寫上，經年日久，墨蹟變淡多半字都已經變得模糊不清了。

胡小天心中暗喜，正所謂有心栽花花不開，無心插柳柳成蔭，想不到被他誤打誤撞居然真找到了楚扶風當年供養的長生佛。

胡小天圍著這尊長生佛又是看又是摸，實在沒有發現這尊佛像和其他人供養的佛像有何區別，難不成秘密都在長生佛的肚子裡？

耳邊忽然傳來那神秘老僧的聲音：「小混蛋！」

胡小天趕緊轉過身去，來到外面，雨依然在下，並不算大。放眼望去整個裂雲谷漆黑一片，寂靜非常，除了落雨聲就是小河淌水的聲音。頭頂似乎有光線透射出來，胡小天抬頭望去，卻見三層的洞窟中有火光映出。

神秘老僧道：「看什麼看？上來吧？」

胡小天看了看兩旁並沒有台階通往那洞窟，洞窟距離地面約有六丈高度，這樣的高度當然難不住他，胡小天施展金蛛八步，手足並用，沿著粗糙的岩壁攀援而上，很快就來到了洞窟前，雙手攀在洞窟邊緣，先將眼睛露出來向裡面看了看，卻沒有想到裡面極其寬闊，一個長髮齊腰的老僧手舉火把正在牆上畫著什麼。

胡小天小心翼翼爬了上去，慢慢走了過去，本想抱拳作揖，卻又想起現在自己這身打扮分明是個和尚，於是又雙手合什道：「阿彌陀佛，晚輩參見前輩。」

那長髮老僧緩緩轉過身來，讓胡小天詫異的是，他一雙眼眶深陷下去，其中竟然沒有眼珠，一張面孔也從鼻樑正中分成涇渭分明的兩半，左半邊臉形如骷髏一般皮包骨頭，右半邊面孔和正常人無異，只是缺了一隻眼睛。

胡小天從未見過形容如此醜陋之人，一時間被他的面容驚到了，嘴巴張得老大半天沒有說話。

那老僧陰測測道：「是不是老衲的長相太醜嚇到你了？」

胡小天道：「哪裡哪裡，前輩高大威猛，器宇不凡，玉樹臨風，晚輩在沒見到前輩之前就已經被您的絕世風采深深折服，如今得以見到真容，更感覺敬仰之情如長江之水滔滔不絕。」

老僧道：「畢竟是狗皇帝身邊的人，阿諛奉承毫無廉恥，說天大的謊話也不會臉紅。」

胡小天嘿嘿笑道：「前輩，我可說的全都是實話。」心中已經明白老者已經識破他的身分。聽老僧的言辭，似乎對皇帝毫無敬意，即便是天龍寺方丈也不敢如此輕妄，難道他的身分比起天龍寺方丈還要高上一籌？

老僧轉過身去，繼續在牆上描畫，胡小天借著火光向牆上望去，卻見岩壁之上畫著一個赤身裸體的羅漢，那羅漢長著人類的面孔卻擁有一副野獸的身軀。那老僧用手中的木炭在牆上描畫，雖然他沒有雙眼，卻似乎能夠明察秋毫，每一筆描畫都毫無錯漏。

望著眼前詭異的景象胡小天不由得毛骨悚然，這老僧既然是個瞎子，為何要拿著火炬？難道他能看到？不可能，一個人連眼睛都沒有又能看到什麼？難道他是為了讓自己看清楚自己？

胡小天不敢打擾他，一直耐心等到老僧畫完，老僧將手中的木炭扔在了地上，面孔朝著岩壁，似乎在欣賞自己的畫作：「如何？」

胡小天道：「不錯！」

老僧道：「你就算心裡以為不好，也不敢說實話。」

胡小天道：「敢問前輩法號？」

老僧道：「法號？罪孽之身豈有法號？」他重新轉過身來，手中火炬照亮他那張醜怪的面孔，讓胡小天看得觸目驚心。

老僧道：「看來老衲這張面孔嚇著你了，小混蛋，你為何要來到這裂雲谷？」

若是別人口口聲聲稱他為小混蛋，胡小天只怕早已揮拳相向，可是在這神秘老僧的面前他卻不敢有一絲一毫的脾氣，陪著小心道：「就是因為好奇，所以才和明生師兄進來看看。」

老僧道：「你一共擦洗了二十一尊佛像，在最後一尊佛像前停留的時間最長，而且反反覆覆觀察了多次，應該是在找什麼？你究竟在找什麼？」

胡小天道：「沒，沒找什麼？」

老僧道：「知不知道老衲因何會留在這裡？」

胡小天搖了搖頭。

老僧道：「皆因老衲犯了寺中的戒規。」

胡小天好奇道：「前輩究竟犯了什麼戒規？」

老僧道：「妄動葷腥！」

胡小天不以為然道：「我還以為是什麼大事，有道是酒肉穿腸過，佛祖心中留。前輩只要心中有佛，就算是天天吃肉也沒關係。」

老僧桀桀笑道：「此話深得我心，老衲也是這麼認為，不過我吃的卻是人肉！」

胡小天被他的這番話嚇得打了個激靈，怔怔望著老僧，卻見他醜怪的面龐中流露出陰冷殺機，猙獰可怖如同惡鬼現身，胡小天呵呵笑道：「前輩真會開玩笑……」

老僧道：「我的樣子像是開玩笑嗎？」他向前走了一步。

胡小天嚇得連連後退，以老僧展現出來的實力，他想要逃走根本沒有任何可能。胡小天腦子裡忽然靈光閃現：「前……前輩……您認不認識緣木大師？」

聽到緣木的名字，老僧居然停下了腳步：「你認識緣木？」

胡小天點了點頭道：「當然認識，緣木大師還曾經指點過我。」

「胡說八道，你怎麼可能認識他？」

「晚輩的確認識！」

「在什麼地方？」

「大雍灰熊谷靈音寺！」

「指點你什麼？」

「順其自然！」

老僧緩緩點了點頭道：「很好，很好，你居然沒有騙我！」他的手忽然向胡小天抓了過去，胡小天身軀一擰，以躲狗十八步想要躲過老僧的擒拿，可接連變換了三種步法，仍然手臂落在了老僧鳥爪一樣乾枯的手中。

老僧道：「順其自然？老衲就是因為這禿驢的這句話在天龍寺待了整整三十年，緣木果然點撥過你，那好，你就陪我三十年。」

胡小天聞言驚得魂飛魄散，自己真是聰明反被聰明誤，本想提起緣木大師討個人情，以期對方能夠放過自己，卻想不到這醜怪老僧乃是緣木的仇人，竟然要拿自己出氣來報緣木羈押他三十年的仇恨。

胡小天驚呼道：「前輩，您誤會了……」話沒說完，穴道已經被老僧封住，抓起他如同老鷹抓小雞一樣輕鬆，帶著胡小天從洞窟中飛掠而出，身形非但沒有因引力而下墜，反而筆直向上升騰而起。

夜風在胡小天耳邊刮得呼呼不停，落雨紛紛，雨滴打得他睜不開眼睛，不知這醜怪老僧要將他帶去何方？

就在胡小天惶恐萬分的時候，忽然聽到一個溫和的聲音道：「不悟，你因何要為難一個少年？」

不悟顯然是那醜怪老僧的法名，不悟和尚桀桀笑道：「緣空，你和緣木兩人困了我三十年，毀了我的一生，口口聲聲慈悲為懷，做的卻是這種比殺人還要殘忍的事情！」他帶著胡小天飛到山頂，穩穩落在石崖的邊緣。

前方不遠處的石台之上，一位老僧盤膝而坐，慈眉善目，白眉垂肩，他就是不悟口中的緣空和尚。

緣空平靜望著不悟道：「三十年了，你仍然不知道悔改？」

「我從未做錯，因何要悔改？」不悟扣住胡小天的咽喉，冷冷道：「我現在就要當著你的面殺掉這小子。」

胡小天叫苦不迭，自己怎麼會遇到這種倒楣事，這個不悟顯然是個惡僧，他要當著緣空的面殺死自己，目的十有八九就是要刺激緣空。

緣空道：「苦海無邊，回頭是岸，三十年的時間還不足以讓你醒悟嗎？」

不悟呵呵笑道：「醒悟？你也跟我一樣犯下大錯，你現在可曾悔悟？我生平做事但求無愧於心，又豈容他人指手畫腳？你們誰沒有做錯過？你們做錯了事情又有誰去懲罰你們？連自己都管不好自己，卻有何臉面去管別人的事情？」

緣空歎了口氣道：「難道你不怕……」

「有什麼好怕？緣空！這天龍寺上上下下能讓我忌憚的唯有緣木一人而已，就憑你，以為可以困得住我嗎？」不悟向前踏出一步，腳下山岩破開一條裂隙，扭曲著向緣空的面前蔓延，緣空坐禪的石台從中四分五裂，碎裂坍塌。

緣空依然盤膝坐在那裡，身下石台已經不復存在，他的整個身體竟然虛浮在半空之中。

不悟哈哈大笑：「虛空禪，好！想不到你居然修煉成了虛空禪！」

胡小天望著漂浮在空中的緣空，心中實在是震驚到了極點，說好的地心引力呢？

緣空道：「不悟，你放了這少年，貧僧絕不為難你。」

不悟冷哼一聲：「就憑你？」他並沒有向緣空發起攻擊，而是抓起胡小天向右側山林之中凌空飛去，胡小天張大嘴巴想要慘叫，可是卻苦於穴道被制，根本發不出任何聲息，他本以為自己的武功已經突飛猛進達到一流境界，可是在遇到真正的高手之時方才知道自己的淺薄，在不悟面前根本沒有反手之力。

緣空歎了口氣，身軀在空中緩緩升騰而起，約有十丈左右的時候突然俯衝而下，整個人如同射出的箭矢一樣追風逐電般向不悟追趕而去。不悟醜怪的臉上露出猙獰笑意，抓住胡小天魁梧的身軀根本毫不費力，兔起鶻落來到山頂的一座石碑前，那石碑約有三丈高度，上方刻著三個大字——往生碑。

在石碑旁有一個黑魆魆的井口，不悟站在井口邊緣冷冷望著緣空道：「緣空，你若真想救他就跟我來！」他抓住胡小天竟然向井中投去，然後也隨之跳入那口井中。

緣空的身軀緩緩落地，目光落在那塊石碑之上，表情變得複雜至極，望著那口井竟然沒有繼續追蹤下去。

胡小天被不悟從井口扔了下去，但覺耳旁風聲呼呼，這口井不知要有多深，更不知其中有沒有水？若是枯井恐怕要摔個粉身碎骨，如果有水也好不到哪裡去，他雖然水性上佳，可如今穴道被制，掉下去也只有淹死的份兒。

胡小天心想這次完了，稀裡糊塗摔死在不見天日的水井之中，只怕別人連他的屍骨都找不到，正在後悔不迭，不該來裂雲谷走一趟的時候，忽然感覺身上被人踢了一腳，身體又橫飛了出去，這一腳雖然踢得他好不疼痛，但是巧妙緩衝了他下墜的力量，下方白花花一片，胡小天仔細一看全都是白骨，想不到佛門淨地之中竟然藏有如此一個殺氣衝天的所在，井底極其寬闊，整個井的形狀如同一個圓錐，越往上越小。

不悟宛如一片枯葉般落在地面上，他雙目已盲，無論黑暗還是白晝對他而言根本沒有任何的分別，從胡小天的身邊走過，面朝井口大吼道：「緣空！你口口聲聲救人一命勝造七級浮屠，為何不敢下來救人？」

他的聲音在井底久久迴盪，過了許久仍然無人應聲。

胡小天心中忐忑不安，卻不知這惡僧究竟要如何對待自己？難道當真要把自己吃掉？

不悟來到胡小天身邊一把將他拎起，向前方繼續走去，胡小天方才知道這井下居然佈滿乾坤，還有這麼多條曲曲折折的地道。沿著曲折的地道走了約有一里多路的樣子，胡小天雖然可以黑夜視物，卻在這如同老鼠窟窿一樣的地洞裡轉得暈頭轉向，不悟將他帶到一個洞穴之中，然後把胡小天扔在地上，向洞裡一個背身坐在那裡的身影道：「果然被你說中了，有人去尋找楚扶風供養的往生佛，我將他帶來了，現在到了你兌現承諾的時候了。」

胡小天心中暗奇，聽不悟的這番話，似乎他在和某人達成了某項交易。

背身坐在地洞中的人輕聲道：「我將《無間訣》的第二篇現在就傳授給你！」

胡小天聽到此人的聲音如同被霹靂擊中，雖然只是看到一個背影，可是他能夠斷定，對方定然是姬飛花無疑。內心怦怦直跳，難怪老皇帝讓自己去找楚扶風供養的佛像，難道他早已知道楚扶風和姬飛花之間的關係？姬飛花也已經料到有人會來尋找那尊長生佛，所以才讓不悟守株待兔，可以想像，無論是誰過來尋找佛像都會被不悟抓到這裡。

姬飛花開始背誦一段奧澀難懂的經文，不悟聽得極其認真，反反覆覆聽了三遍，這才一聲不吭地離開了地洞。

胡小天躺在地上恨不能大聲呼喚姬飛花，讓他知道自己的存在，可他又想到一個極其嚴重的問題，現在天下人都認為是他背叛了姬飛花，若是被姬飛花發現抓來的是自己，會不會殺之而後快？

姬飛花緩緩站起身來，手中現出一顆夜明珠照亮了昏暗的地洞，他身穿黑色僧袍，頭戴黑色僧帽，肌膚如玉，雖然神情憔悴，但是一雙朗目仍然炯炯有神，不怒自威，借著夜明珠的光芒俯視不悟抓來的那人，當他看清此人的容貌之時雙目不由得瞪得滾圓，以姬飛花的智慧也絕沒有想到這個倒楣蛋居然是胡小天。

胡小天望著依然高高在上的姬飛花，不知為何心底卻沒有感到太多的恐懼，居然安定了下來。如果註定要死，死在姬飛花手中也要好過那個醜陋的僧人不悟。

姬飛花靜靜凝望著胡小天，目光中沒有殺機沒有憤怒，平淡如水，冷靜的沒有一絲一毫的波瀾，輕聲道：「居然是你！」他伸出手去在胡小天的身上戳了一下，胡小天感覺胸口一鬆，穴道立時解開。

姬飛花卻轉過身去，連續咳嗽了兩聲。

胡小天活動了一下手腳，確定可以活動自如方才從地上爬了起來，恭敬道：「提督大人！」

姬飛花因為咳嗽，臉上泛起些許的血色，搖了搖頭道：「這裡沒有什麼提督大人，你怎麼會來到這裡？」問完之後他又道：「我明白了，一定是太上皇讓你來找長生佛。」

胡小天點了點頭：「小天從大雍回來方才知道提督大人的事情。」

姬飛花淡然道：「你不必急著向我解釋，我也沒有怪罪你的意思，大勢如此，連我都已經落到如今的地步，你又能做什麼？」他說完重新回到剛才的位置盤膝坐下。

胡小天小心翼翼向前走了兩步，低聲道：「提督大人受了傷嗎？」

姬飛花雙目緊閉，輕聲道：「你是不是打算趁機將我拿下，好向龍宣恩邀功？」

胡小天道：「提督大人對小天恩重如山，小天絕不會那樣做。」

姬飛花道：「識時務者為俊傑，你若是殺了我，龍宣恩一定會重用你。」

胡小天道：「提督大人大可不必擔心，其實小天心中始終都牽掛著提督大人，聽說提督大人的噩耗之後，小天著實傷心了不少的日子，至今都不相信提督大人已經遇害，蒼天有眼，果然是吉人自有天相。」胡小天不由自主又把過去溜鬚拍馬的本領拿了出來。

姬飛花道：「你用不著討好我，成者為王敗者為寇，我落到如今這種地步，你不落井下石已經很難得了。」

胡小天歎了口氣，在姬飛花的對面坐下，靜靜望著姬飛花，一時間不知應該對他說些什麼。

姬飛花似乎感應到了胡小天的目光，緩緩睜開雙眸，望著胡小天的雙目道：「你心中有什麼疑問？」

胡小天道：「皇上讓我幫他找一尊他朋友供養的佛像，所以我才來到裂雲谷。」

姬飛花淡然笑道：「我問你有何疑問，你卻告訴我這些，我對這些並不關心。」

胡小天道：「誰是楚扶風？他真是皇上的朋友嗎？」

姬飛花道：「楚扶風不僅僅是龍宣恩的朋友，還是他的結拜大哥，龍宣恩當年之所以能夠登上帝位，全靠他的兩位結拜兄弟，大哥就是楚扶風了，還有一位結拜兄弟叫虛凌空。」

胡小天道：「這兩個人我都沒有聽說過啊！」

姬飛花道：「皇族之中親情最為淡薄，更不要說什麼友情，你或許不知道楚扶風，但是你一定知道天機局。」

胡小天點了點頭，天機局是大康勢力最大的間諜機構，他又豈能不知，這次老皇帝之所以復辟成功，也是依靠天機局洪北漠的幫助，可以說姬飛花就是敗在了天機局的手下。

姬飛花道：「開創天機局的人就是楚扶風！楚扶風學究天人，地理星象、機關術數無所不精，正是他開創天機局，為龍宣恩登上帝位立下了汗馬功勞，可是在龍宣恩上位之後，卻擔心楚扶風功高蓋主，懷疑他意圖篡權，設下圈套，聯合楚扶風的弟子將之害死。」

胡小天倒吸了一口冷氣，其實這樣的結果他已經想到，身居皇位的這些人為了維護自身的統治不惜做出任何卑鄙無恥的事情，鳥盡弓藏兔死狗烹的故事他聽說過的實在太多。

姬飛花道：「你今日去找的那尊長生佛，乃是楚扶風為他的兒子出生之時祈福所立，龍宣恩當時的確陪同楚扶風一起前來，也親眼目睹了楚扶風為他的兒子立長生佛的情景，甚至連楚扶風兒子的名字都是龍宣恩所起。」

胡小天道：「他叫什麼？」

姬飛花輕聲道：「楚源海！」

胡小天心中一驚，楚源海！豈不是自己老爹的前任戶部尚書？十九年前因為貪

腐案被朝廷滿門抄斬的那一個。

姬飛花道：「楚扶風雖然遇害，可是龍宣恩在這件事上做得極其隱秘，並沒有人知道是他下手，他對楚扶風的後人也是頗為照顧，當時並沒有趕盡殺絕。楚源海少年成名，後來效力於大康朝廷，官至大康戶部尚書，十九年前卻因為貪腐案而被抄家滅族滿門抄斬。」

胡小天道：「他究竟知不知道父親被龍宣恩所害？」

姬飛花道：「開始並不知道，龍宣恩對待他開始也沒有殺心，可是後來有人將楚扶風的秘密透露給了楚源海，楚源海得悉自己效忠的君主竟然是不共戴天的殺父仇人，你猜他會怎麼做？」

胡小天道：「他一定會報復。」楚源海身為大康戶部尚書，最直接的報復方法或許就是摧毀大康的經濟，可能正是他的用意被龍宣恩覺察到，所以才招來了殺身之禍。

姬飛花道：「仇恨是一把雙刃劍，傷害別人的同時也會刺傷自己，如果楚源海不知道龍宣恩是他的殺父仇人，也許他會平安一生。」他緩緩站起身來，向前方走了兩步，留給胡小天一個依然桀驁的背影：「龍宣恩還有一位結拜兄弟叫虛凌空，楚扶風去世之後，他便承擔了照顧楚源海的責任，他雖然懷疑大哥的死和龍宣恩有關，可是他始終都沒有找到確切的證據，他和楚扶風不同，虛凌空武功卓絕，但是他視功名如浮雲，雖然也曾經幫助過龍宣恩，但是他始終和朝廷保持著相當的距離。加上他手裡應該握有龍宣恩的把柄，龍宣恩對這位結拜兄弟始終頗為忌憚，楚扶風去世之後，他沒敢對楚家人下手就是這個緣故。」

胡小天道：「可是虛凌空終究沒有救得了楚源海。」

姬飛花道：「當初楚源海進入仕途之時，虛凌空曾經百般阻止，但是楚源海一心想要考取功名報效國家，並沒有將他的話放在心上。」

胡小天道：「如此說來這個虛凌空倒是一個明白人。」

姬飛花道：「此人神龍見首不見尾，楚源海被害之時他並不在大康，否則也不會任由這件事情發生。」

胡小天道：「那虛凌空是不是還活在這個世界上？」

姬飛花搖了搖頭，想了想道：「若是這世上能有一個人知道，那麼那個人就是你的外婆！」

胡小天錯愕萬分道：「為何會是我的外婆？」他說完其實心中就已經明白了幾分，難道這個虛凌空就是自己早已失蹤的外公不成？虛！徐！天啊！這世上的事情該不會那麼巧吧？

姬飛花轉過身來，輕聲道：「你現在明白了吧？」

胡小天喃喃道：「你是說虛凌空是……是我……外公？」

姬飛花道：「若非如此，當年楚源海又怎麼會成為你外婆收養的義子？十九年前楚源海貪腐案發之時牽連甚廣，為何單單沒有牽連到金陵徐家？」

胡小天怎麼都不會想到這件事跟自家有著這麼密切的關聯，難怪老皇帝會對徐家如此忌憚，原來他有把柄落在自己外公的手上。可是姬飛花怎會對這些事如此清楚，難道……

胡小天望著姬飛花古井不波的面容，腦海中忽然現出一線清明，難道姬飛花是楚家的後人？所以他才會如此仇恨龍氏，不惜淨身入宮顛覆大康江山，禍害龍氏子孫，將整個大康攪得天翻地覆？而他又早就知道楚家和徐家的關係，所以才會對自己手下留情，搞了半天，全都是念在外公當年對楚家有恩的前提下。

想透了其中的道理，胡小天更感覺這段恩仇匪夷所思，望著面前的姬飛花，內心中竟然升起一種同情，換成是自己如果處在姬飛花的位置上，也一定不會放下這段恩仇，必然要將龍氏一族斬盡殺絕方解心頭之恨，只是姬飛花的復仇卻連累了大康的百姓蒼生，這樣的做法是不是又太過偏激？

姬飛花看到胡小天震駭莫名的樣子，輕聲道：「你不相信？」

胡小天道：「相信，你原來是姓楚！」

姬飛花沒有承認也沒有否認，淡然道：「人往往在即將成功之時容易麻痹大意，我也一樣犯了大錯。」

胡小天道：「那洪北漠竟然如此厲害？」

姬飛花道：「洪北漠其實就是楚扶風當年的小徒弟，正是他出賣了楚扶風，還和龍宣恩一起設計害死了自己的師父，他和龍宣恩各取所需，龍宣恩從此可以穩坐王位高枕無憂，洪北漠得到了楚扶風的畢生心血，不得不承認他也是一個天縱奇才，非但在無人指導的前提下參悟了楚扶風的畢生心血，還在楚扶風的基礎上更進一步，現在的他已經超過了楚扶風當年的成就。」

胡小天安慰姬飛花道：「就是這樣一個人，當初不是一樣敗在了你的手裡？」

姬飛花道：「當時我也一度這樣認為，可是後來我方才發現，洪北漠在我聯手龍燁霖政變之時並沒有付出全力，他最大限度地保存了天機門的實力。」

胡小天頗為不解，洪北漠既然一心保皇，為何又要做出如此矛盾的事情？

姬飛花道：「龍宣恩向來多疑，在他晚年的時候尤為如此，他對洪北漠也產生了很大的疑心，君臣之間生出罅隙，若非如此又怎能讓我抓住機會。洪北漠雖然當時敗走，但是他在宮內的勢力始終沒有清除乾淨，凌玉殿的林菀和葆葆就是他埋伏在宮中的棋子，林菀的事情早已被我發覺，她以出賣洪北漠來換取我對她的信任。」

胡小天道：「這樣的人又怎能信任？」

姬飛花淡然笑道：「當初你還不是一樣？假借著出賣權德安來接近我，你以為

我看不出你的目的？」

胡小天不禁汗顏，他辯白道：「我和林菀不同，我當時是為了生存下去，不然又怎會屈從於權德安。」

姬飛花道：「其實這世上的每個人都在掙扎求生，誰都不會例外。」

胡小天道：「提督大人打算怎麼辦？」

姬飛花搖了搖頭道：「我已經不是什麼提督大人，你也不是我的下屬，以後你就叫我大哥就是。」

胡小天道：「姬大哥！」嘴上雖然叫得熱切，可心中卻對這個大哥並不認同，感覺有些怪怪的。

姬飛花道：「剛才抓你前來的僧人也是當年縱橫一世的頑凶人物，因為修煉武功走火入魔，所以才不得不被禁足在天龍寺。每隔半年，他都需要天龍寺的高僧以內力幫助他梳理錯亂的經脈，才能夠得以延續性命，所以他雖然窮凶極惡，卻也必須要老老實實待在這裡。」

胡小天點了點頭道：「我剛剛聽說你教給他無間訣？」

姬飛花道：「若非用武學秘笈跟他交換，他又豈肯為我做事。」

胡小天道：「你傷得重不重？」其實這話等於沒問一樣，如果姬飛花受傷不重，他早已離開，又何必冒險留在天龍寺。不過也不好說，或許姬飛花認為越是危險的地方越是安全呢？

姬飛花道：「我沒有料到慕容展會背叛我，一切的源頭在於他，龍宣恩偽裝成丁萬青的樣子從我眼皮底下逃走，而洪北漠偽裝成龍宣恩的樣子，李雲聰化身為王千，連同慕容展三人對我發動襲擊。」

胡小天雖然沒有親眼目睹當時的場面，可是單從姬飛花輕描淡寫的敘述中已經能夠想像到當時那場生死搏殺的驚心動魄，三大高手圍殲姬飛花一個，卻仍然沒有將他置於死地，姬飛花最終還是活著逃出了皇宮，可見若是單打獨鬥，那三人絕沒有取勝的機會。洪北漠和慕容展的武功他都沒有見識過，可是李雲聰的驚人功力他卻有所領教。

胡小天震撼之餘又想到了一個問題，洪北漠在靈霄宮中偽裝成老皇帝的樣子，那麼現在天龍寺的這個老皇帝究竟是龍宣恩還是洪北漠？想起龍宣恩身邊的八名侍衛全都來自於天機局，胡小天內心變得沉重了起來。

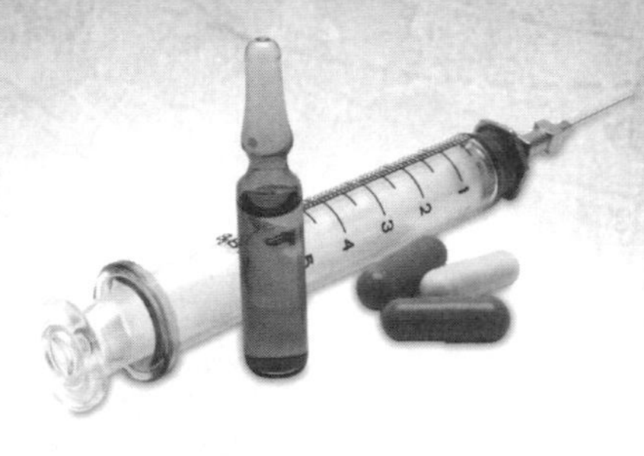

第七章

如夢初醒

胡小天從沒有懷疑過安平公主，龍曦月如此單純善良
怎麼可能瞞著他做出這麼大的事情？
胡小天道：「不可能，當時龍宣恩差點殺死了安平公主，
如果不是我及時衝進去，
恐怕他已經將自己的親生女兒活活掐死了。」

姬飛花看出他表情有異，輕聲道：「你在想什麼？」

胡小天並沒有隱瞞，低聲將自己的懷疑告訴了姬飛花。

姬飛花道：「很有可能，只是他為何要讓你陪同前來天龍寺？」

胡小天道：「我也是莫名其妙，我和老皇帝沒打過多少交道。」他和洪北漠更是素昧平生，這兩人因何會算計到自己的頭上。

姬飛花道：「龍宣恩做事老謀深算，他不可能平白無故就讓你陪他過來。」沉吟片刻方才低聲道：「想要走出今日之困局，他必須要依靠金陵徐家的幫助，莫非他帶你前來天龍寺，真正的用意卻是在給徐家信號？」

胡小天沒說話，心中卻也是一般想法，在姬飛花告訴了他這件陳年往事之後，他忽然明白在楚家、徐家和皇家之間原來有著斬不斷理還亂的複雜關係。

姬飛花道：「龍宣恩終於還是要向金陵徐家下手了。」

胡小天道：「他對外宣稱向徐家借糧，其目的是要徐家將這條海外商路提供給他。」

姬飛花呵呵笑道：「徐老太太未必肯答應。」

胡小天微微一怔，姬飛花怎會說得如此肯定？忽然想起他此前曾經讓母親返回金陵，還委託她給外婆捎了一封信過去，難道他也曾經考慮過這方面的事情？

姬飛花道：「我雖然想滅掉龍氏，但是我從未想過要亡掉大康，就算沒有龍燁霖篡位，大康的江山也免不了日薄西山的下場，龍宣恩醉心於長生之道，根本無心朝政，任用奸佞，聽信讒言，他把持朝政數十年已經將祖宗家業揮霍一空，社稷岌岌可危，在這種時候他就會變得孤注一擲，也就不會再有任何的顧忌。」

胡小天道：「你是說他已經鐵了心要向徐家下手？」

姬飛花道：「徐老太太是個極其要強之人，她能夠領著一幫孤兒寡母創下如此大的家業，其過人之能可見一斑，楚源海貪腐案後她和大康朝廷分道揚鑣，龍宣恩雖然覬覦徐氏的家產，可是卻礙於虛凌空仍然活在這個世上，始終不敢向徐氏下手。」

胡小天道：「你讓我娘回去送信又是為了什麼？」

姬飛花道：「覬覦徐家財富的不僅僅是龍宣恩，還有龍燁霖，大康饑荒四起，哀鴻遍野，國庫空虛，想要從這種困境中解脫，唯有依靠金陵徐氏，而徐老太太自始至終都沒有過任何的表示，甚至連胡氏被抄家之時，她都未曾站出來為你們家說一句話。」

胡小天心中暗歎，自己的這位外婆還真是夠狠心，明哲保身，為了避免牽連到徐家，甚至連親生女兒女婿都不聞不問了。

姬飛花道：「很多臣子已經提出要出手對付你的母親以此來對徐氏施壓，我曾經答應過你，要照顧好你的父母，可是一個人的精力終究有限，我擔心會有意外，

於是提前讓吳忍興將胡夫人送往金陵徐氏，順便幫我帶一封信給徐老太太。」

胡小天對姬飛花信中的內容頗為好奇，低聲問道：「你在信中寫了什麼？」

姬飛花沒有回答，輕聲道：「大康想要的不僅僅是徐家的財富，更重要的是徐家通往海外的商路，徐老太太當然明白這一點，她若是答應了朝廷的要求，必然會得罪很多的敵人，比如大雍、比如西川李氏，在他們的眼中，大康已經成為待宰的羔羊。」

胡小天道：「只是大康若是完了，徐氏豈不是也完了？」

姬飛花道：「看來你並不瞭解徐家的事情，徐氏在大康無非是有一座宅子而已，徐老太太高瞻遠矚，早已將生意的中心轉向海外，徐家的財產也分佈於列國，就算朝廷下令將徐氏抄家，也只能得到徐氏財產的一小部分，而徐家真正的財富並不是金銀田產，而是這些年來經營下來的商路和關係。即便是朝廷將徐氏在大康所有的財產都拿走，徐氏只要有一人在，短時間內就能夠恢復昔日的輝煌，這才是徐家的厲害之處。」

胡小天雖然知道自己的這位外婆厲害，卻從沒有想到她竟然那麼厲害。不過從這兩年胡家的經歷來看，外婆對他們的生死也並不是太過重視。她既然能夠將金陵徐氏帶到如今的境地，其胸襟和眼光必然超出眾人，也許她已經料定朝廷不敢輕易將胡氏一門斬盡殺絕，也許她根本不願為了胡氏而將整個金陵徐家捲入這場風波之中。

此時胡小天的肚子發出咕嚕一聲，卻是他從中午墊了兩個饅頭直到現在都沒有進食，加上下午又被不悟逼著做了那麼久的苦工，早就已經餓了，胡小天有些尷尬道：「不好意思，肚子餓得打鼓了。」

姬飛花不禁莞爾，輕聲道：「我這裡還有一些食物。」他起身走到角落，從壁龕中拿出一個布袋，裡面放著饅頭，還有一個盛水的葫蘆。

胡小天在身上擦了擦手，接過一個饅頭大口大口吃了起來，吃了兩口又喝了口山泉水，看到姬飛花坐在一旁看著自己，有些不好意思道：「姬大哥，你怎麼不吃？」

「我不餓！」

胡小天幾口就將那個饅頭下肚，並沒有吃第二個，這布袋中總共只有兩個饅頭，他若是都吃完了，姬飛花豈不是要餓肚子。

姬飛花猜到他的想法，將第二個饅頭又遞給他道：「你吃吧，我真不餓。」

胡小天道：「我也不餓了，這些饅頭和水都是那惡僧給你送來的？」

姬飛花點了點頭。

「你過去就認識他？」

姬飛花搖了搖頭道：「我也是來到這裡才遇到他，提出用武功心法換取他為我

做事。」

「無間訣？」

姬飛花微笑道：「你看來知道不少事情。」

胡小天抿了抿嘴唇，過了一會兒方才道：「你有什麼事情讓我幫忙做嗎？」

姬飛花搖了搖頭道：「我的事情你幫不了我，任何人也幫不上忙，你只當沒有遇到我，只當我已經死了，你回去之後，一定要記住龍宣恩絕非善類，洪北漠更是狼子野心，以目前大康的狀況來看，他們想要復興大康的唯一希望都放在金陵徐家的身上，所以……」明澈的雙眸盯住胡小天的雙目：「你若是有機會，走得越遠越好，留在大康只能成為他們的籌碼。」

胡小天心中一陣感動，姬飛花真的很關心自己，即便是他已經落到這種地步，首先想到的卻仍然是自己的安全，想想自己此前對他隱瞞過許多事情，不由得心生慚愧，他下定決心道：「其實過去我也有事情瞞著你。」

姬飛花淡然道：「在那種環境下，你不信任我也是正常，過去的事情就讓他過去，不必再提。」

胡小天道：「我早就知道李雲聰是老皇帝的人。」

姬飛花愣了一下，微微皺起眉頭，旋即又露出一絲淡然的笑意：「他一定脅迫你幫他做事。」

胡小天道：「你還記不記得司苑局下面的密道，其中有一條就是通往藏書閣的，我無意中發現了這個秘密，又被李雲聰撞破，他本來想殺我，可事後卻又改變了主意，非但沒有殺我滅口，反而交給我內功心法，幫助我化解權德安強行注入我體內的十年內力。以此作為交換條件，讓我幫他前往縹緲山打探老皇帝的情況。」

姬飛花眯起雙目：「你應該是在去年臘月三十陪同安平公主龍曦月一起上的縹緲山靈霄宮。」

胡小天點了點頭道：「是！」

姬飛花道：「前往靈霄宮檢查甚嚴，慕容展為人精明，你究竟是如何瞞過他的檢查？」

胡小天明白姬飛花所指的是自己假扮太監的事情，他有些不好意思地笑了笑道：「權德安在送我入宮之時就教了我一手提陰縮陽的功夫，我一直沒有練成，可當時形勢所迫，我擔心露餡，嘗試了一下，居然就成功了。」

姬飛花點了點頭道：「慕容展背叛我應該是在那天以後的事情，我一直都沒有想通，慕容展為何會背叛我，龍宣恩又是如何與外界取得聯繫，看來問題一開始就出在你們的身上。」

胡小天道：「可是當時我並沒有給老皇帝捎口信。」

姬飛花道：「你沒有，並不代表別人沒有。」

胡小天聞言愣在那裡，他從沒有懷疑過安平公主，龍曦月如此單純善良怎麼可能瞞著他做出這麼大的事情？胡小天搖了搖頭道：「不可能，當時龍宣恩差一點殺死了安平公主，如果不是我及時衝進去，恐怕他已經將自己的親生女兒活活掐死了。」

姬飛花道：「那條地道連通什麼地方？你能夠查出來，難道李雲聰會查不出來？有能力策反慕容展而又能瞞過我眼睛的只有一個，那就是龍宣恩，他表面上在靈霄宮裝瘋賣傻，可一直都在等待著機會，安平公主前往探望的那一次必然給他傳遞了宮外的資訊。然後就是七七，我始終都在提防那幫皇子皇孫作亂，卻想不到終究還是百密一疏。」

說七七會利用探視的機會和老皇帝取得聯繫，相互勾結胡小天相信，可是說龍曦月也會這樣做，他仍然無法相信這個事實，可內心深處又明白，龍曦月的確有這樣做的理由，龍宣恩畢竟是她的親生父親，眼看親生父親身陷囹圄，為人子女者又怎能無動於衷？可是她如果當初真的那樣做過，為何不告訴自己真相？難道她對自己從未真正信任過？

胡小天忽然有種就要窒息的感覺，他用力吸了一口氣，李雲聰早已知道地洞的秘密，他又怎能不知道其中一條通往安平公主所在的紫蘭宮？如果真如姬飛花所說，那次龍曦月前往縹緲山靈霄宮探望龍宣恩是為了向他通風報訊，那麼自己的存在又是為了什麼？他不敢想下去。

姬飛花意味深長地看了他一眼道：「李雲聰教給你的武功是不是無間訣？」

胡小天搖了搖頭道：「不是！他說是《無相神功》的入門心法。」

姬飛花皺了皺眉頭道：「我就說，無間訣只能是太監修煉。」言外之意就是你不是太監，當然無法修煉無間訣。

胡小天道：「他告訴我《無相神功》最早乃是天龍寺的鎮寺之寶，後來朝廷圍剿天龍寺的時候，將藏經閣的諸多佛經典籍全都收繳，不少送到了宮內收藏。有位宦官無意中發現了這本《無相神功》，於是拿來修煉，很快就發現這功法雖然神奇，但是並不適合太監修煉，於是他在《無相神功》的基礎上創出了無間訣。」

姬飛花點了點頭道：「確有其事，我所修煉的武功就是無間訣。」

胡小天道：「他還告訴我，修煉無相神功需要歷經九次劫難。」

姬飛花道：「九次劫難？我怎麼沒有聽說過！」

胡小天聽姬飛花這麼一說，方才放心下來，看來李雲聰只是故意危言聳聽，恐嚇自己。

姬飛花道：「把手給我！」

胡小天將右手伸了過去，姬飛花以左手抵住他的右手，兩人掌心相貼，他的肌膚冰冷，可是掌心卻非常柔軟，如果不是知道他乃是宦官之身，胡小天甚至懷疑自己觸到的是一個女子的手掌。

姬飛花道：「我受了重傷不能妄動真力，你將內息透過來一些。」

胡小天按照他的吩咐將一縷內力透入他的經脈之中，姬飛花的表情卻不由得一變，挪開手掌，皺了皺眉頭道：「這絕不是無相神功！」

胡小天感覺自己腦袋如同被一連串的悶雷連續擊中，都有點暈頭轉向了，自己練了這麼久的內功心法，一直都以為是無相神功，可姬飛花卻一口斷定自己練的不是無相神功？那自己修煉的究竟是什麼？過去他從未懷疑過，現在回頭想想，李雲聰的確沒理由將一門被武林中人視為至寶的絕世神功隨隨便便就傳給了自己。

姬飛花道：「短時間內，你的內力修為竟然達到這樣的境地，即便是無相神功也不可能。天龍寺的無相神功最為注重內功基礎，從孩童時候修煉最佳，講究天人合一，你的內力雖然渾厚但是並不精純，其中混合了好幾種不同的內力，你跟我說實話，除了權德安輸入你體內的十年功力，你還有沒有吸取過他人的內力？」

胡小天道：「吸過一個叫黑屍的怪人，是他先想吸取我的內力，感覺我的內力被他就快吸乾淨的時候，突然又倒流回來，不但是原本屬於我的那一份，還順便將他身體的內力全都吸取過來，我也不想，可是自己又根本控制不住。」

姬飛花道：「這就對了，你所修煉的乃是虛空大法！」

胡小天愕然道：「虛空大法？」

姬飛花點了點頭道：「天下間最為霸道邪惡的武功，和無相神功一正一邪，因為這門武功以吸取對手的內力在短時間內可以提升武功所以為正派人士所不容。你或許想不到，創出這門武功的也是佛門中人，同樣出身於天龍寺，他叫善卷，為了提升功力屠殺了不少的同門，後來判出天龍寺成為讓人聞風喪膽的大魔頭，此人的武功在巔峰時期當得起天下第一。」

胡小天心中暗忖，這虛空大法倒也不錯。

姬飛花道：「善卷以為他已經可以自如掌控這門武功，可以吸取別人的內力化為己用，可是隨著他吸取內力越來越多，最後被這些來自不同武林高手的內力反噬，走火入魔而死，死狀極其猙獰，受盡非人的折磨和痛苦，這也是他的報應。」

胡小天心底已經開始害怕了，姬飛花所說的在醫學上就是排異反應。

姬飛花道：「善卷死後，他留下的虛空大法被天龍寺高僧獲得，本想毀去，可是臨到焚毀的時候，卻又猶豫起來，於是將這門武功封存在藏經閣內，後來朝廷發兵剿滅天龍寺，虛空大法就不知所蹤，數十年前又有人以鯨吞大法出道，同樣是吸取別人的內力補充自身內力，可鯨吞大法的威力卻遠不如虛空大法，鯨吞大法只能對付普通武者，遇到有一定武功修為的人就難以奏效，而虛空大法有螞蟻吞大象的威力，即便是面對武功高於自己數倍的對手，只要找到機會，一樣可以將他的內力全都吸納過來。」

胡小天此時已經信了個八成，自己當初把黑屍的內力全都吸過來就是這個原因，單就武功修為而論，黑屍要強過自己數倍，他所修煉的或許就是鯨吞大法。胡小天低聲道：「這邪門武功對身體會不會有害？」

姬飛花道：「當然有害！只要修煉虛空大法，最終無一例外都會走火入魔，經脈爆裂而死。」

胡小天倒吸了一口冷氣：「我剛剛修煉不久，應該有救吧？」

姬飛花道：「不過你體內原本就有異種真氣，修煉虛空大法對你來說也沒有什麼太大的壞處，早晚都會走火入魔，異種真氣和你體內的真氣相互衝突，無非是早晚的問題。」

胡小天道：「你這麼厲害，一定知道化解的辦法。」

姬飛花道：「辦法不是沒有，最簡單的辦法就是修煉無間訣，無間訣對修煉者的要求卻非常嚴格，男兒之身斷然是無法修煉的。」

胡小天苦笑道：「我就是走火入魔，死了也不願當太監。」說完這番話卻又意識到誤傷了姬飛花，歉然道：「你千萬別介意，我沒有其他的意思。」

姬飛花道：「有什麼好介意的，做男人一定很好嗎？」

胡小天心想做男人做女人各有各的好處，可唯獨做太監那是大大的不好，因為擔心這句話會觸怒姬飛花，所以他並沒有說出來，想起李雲聰竟然變著花樣陰自己，胡小天心中恨意頓生。想起李雲聰委託自己前來的任務，胡小天低聲道：「你離開皇宮的時候有沒有去過藏經閣，帶走一本《般若波羅蜜多心經》？」

姬飛花道：「你說的可是太宗皇帝親自手抄的那一本？」

胡小天點了點頭道：「不錯，李雲聰懷疑你就藏身在天龍寺，還說那本書被你帶走，是想要拿來和天龍寺的一位先天高手交換，請他為你療傷。」

姬飛花淡然笑道：「我所受的內傷如果天下還有一人能夠醫治，那就是我自己，那本《般若波羅蜜多心經》並非尋常之物，他怎會隨便放在藏經閣內，我當時在三大高手的夾擊下受了那麼重的傷，首先考慮的是如何逃出皇宮，又怎顧得上一本佛經？」

胡小天道：「那本心經到底有何特殊之處，他會如此看重？」

姬飛花道：「我也聽說過這本佛經，據說當時太宗皇帝手抄佛經之時還在佛經中留下了不少的秘密，可這些都是傳言，過去了幾百年，佛經也輾轉經過不少人的手裡，為何至今都無人發現這個秘密？」他皺了皺眉頭道：「你為何會對這本心經感興趣？」

胡小天道：「一是李雲聰，還有一個原因是我在大雍灰熊谷靈音寺偶遇了天龍寺的緣木大師，他曾經幫過我，提出一個要求，讓我幫忙向大康朝廷求來這本心經歸還天龍寺。」

姬飛花道：「緣木大師不在天龍寺？」

胡小天道：「應該沒有回來吧。」

姬飛花道：「你的虛空大法想要除去隱患，緣木大師應該可以幫得上你。」

胡小天道：「緣木大師是不是李雲聰口中的先天高手？」

姬飛花搖了搖頭道：「他應該沒有達到先天境界，天龍寺內如果說真有先天高手，應該只有面壁三年的空見和尚了，你可以想像一個人不吃不喝可以面壁三年嗎？」

胡小天愕然道：「沒餓死？」

姬飛花道：「他是天龍寺輩分最高的和尚，緣木也要尊稱他一聲師叔。」

胡小天暗忖，這天龍寺還真是臥虎藏龍，難怪大康歷代皇帝對這裡都這麼重視。自己還是要想辦法找到那本心經才好，只要將心經交給緣木大師，他承了自己的人情，必然不好拒絕自己幫忙化解虛空大法的要求。

姬飛花道：「你還是儘快離開這裡，關於我的事情你不要對任何人說起。」

胡小天點了點頭道：「天龍寺並非久留之地，既然李雲聰懷疑你藏身在這裡，說不定很快就會想辦法入寺搜查。」

姬飛花道：「你不用操心我的事情，還是想想如何化解金陵徐家的這場麻煩吧。」

胡小天想起一件事，將隨身攜帶的一瓶歸元丹遞給姬飛花道：「這裡是歸元丹，對你的內傷或許有些用處。」

姬飛花望著胡小天，目光流露出些許的感動，卻沒有伸手去接：「心領了，這丹藥對我的傷勢沒有任何用處，還是你留著以備不時之需吧。」

胡小天離去之時，姬飛花並未相送，只是淡然說了一句：「務必小心，若是遇到那惡僧，你就告訴他，膽敢傷你，就休想得到無間訣其他的部分。」

從往生井內離開也不是那麼容易，胡小天進來的時候是被惡僧不悟扔下來，現在離開卻要依靠自己攀爬上去，往生井下寬上窄，比起直上直下的攀爬又增加了不少的難度，胡小天手足並用，以金蛛八步貼著井壁向上爬行，這套權德安傳授給他的步法非常有用，適合翻牆越戶，如果在現代社會，胡小天絕對稱得上頂級攀岩高手。

一口氣爬到了井口邊緣，胡小天先是小心趴在井口處向外看了看，雨仍然在下，周圍黑漆漆一片，應該仍然是半夜時分，胡小天並不清楚自己到底身在哪裡？確信往生碑周圍沒有其他人，胡小天方才放心大膽地爬了上去，雖然他目力驚人，可是周圍連一盞燈火都看不到，他現在所處的位置應該是在一個山谷之中，不知有沒有離開裂雲谷。

天空中烏雲密佈，連一顆星都找不到，根本無法辨別方向，腳下荒草叢生也找不到道路，胡小天只能根據直覺認準高處走去，按照他的想法是先走上山頂然後就能夠看清周圍的情景。

因為擔心再次遇到惡僧不悟，胡小天不時回頭張望，走出約莫一里多路，終於抵達了山頂，舉目望去，依稀看到天龍寺就在自己的左前方，胡小天暗自鬆了口氣，無論如何總算是逃過了一劫。

雨這會兒比剛才大了許多，胡小天加快了腳步，前方一座石亭，胡小天本想進去避避雨，卻發現那石亭內有一個模糊的身影，內心不由得一沉，若是遇到不悟豈不是麻煩，他不敢再往前行，遠遠繞開了那座石亭，進入前方樹林，樹林之中林木繁茂，胡小天沒走多遠就迷失了方向，正在懊惱之時，卻聽到頭頂一個聲音道：「你不是天龍寺的僧人？」

胡小天被這突然響起的聲音嚇了一跳，抬頭望去，卻見一個白眉垂肩的老僧就出現在他的頭頂，正是緣空，他站在一根手指般粗細的樹枝梢頭，樹枝卻沒有因為他身體的重量而產生任何的彎曲，因為此前已經見識過緣空虛空漂浮的本領，所以看到眼前情景已經沒有太大的驚奇，從剛才緣空和不悟的對話中，胡小天知道這老僧的心腸應該不壞，慌忙恭敬合什行禮道：「大師，弟子剛才被那惡僧擄劫來到這裡，好不容易方才逃脫他的魔爪，可不巧又迷失了道路，還望大師指點迷津，給弟子一條生路。」

緣空仍然道：「你不是天龍寺的弟子！」

胡小天道：「不是！」

緣空道：「難怪你敢到這裡來，你不知道這後山乃是外人駐足的禁地嗎？」

胡小天道：「不是弟子想來，而是被那惡僧抓過來的。」

緣空道：「能夠從不悟的手下逃走，爬出往生井，應該有些本事，也有些造化，也罷，你跟我來吧！」他說完身軀從樹枝上飄飛而起，虛浮在半空中向林外移動。

胡小天慌忙跟上，生怕被甩開，錯失了脫困的機會。

走出樹林，外面乃是一片碑林，耳邊已經響起淙淙流水之聲，看來距離河流已經不遠。

緣空指著前方道：「這裡下去就是裂雲谷了，到了裂雲谷沿著谷中道路就能夠走回去。」

胡小天正要稱謝，卻聽到一個陰測測的聲音道：「緣空，你違背寺規，私自放人，對得起諸般神佛嗎？」

惡僧不悟鬼魅般出現在他們右側十丈左右的地方。

胡小天被嚇了一跳，眼看就要脫困，這惡僧又突然冒出來了。

緣空道：「他只是被你抓過來的，算不上闖入禁地。」

不悟道：「寺規寫得清清楚楚，若是有人擅闖禁地，殺無赦！」說完這番話，他乾枯的右掌向前方虛劈，聲勢不見如何浩大，可是一股排山倒海的掌力已經無聲無息向胡小天席捲而去。

緣空大袖一拂，胡小天頓時立足不住，感覺被一股大力托起，身軀向外飛了出去。

不悟咬牙切齒道：「你護定了他！」不見身體如何動作，陡然就出現在緣空的面前，一拳向緣空的胸口擊去。

緣空不閃不避，這一拳擊中他之後，身體卻如同氣球一樣飄蕩開來，似乎全不著力，追趕到胡小天的身邊，抓起胡小天的手臂，在空中不停浮掠，落地之時已經來到了烈雲谷底。

不悟如影相隨，兩道身影在雨中留下道道殘影。

緣空將胡小天的身軀向小河對岸扔了過去：「去吧！」

胡小天騰雲駕霧般飛了出去，可是身軀越過小河之時，不悟一拳擊打在地面之上，奔流的河水突然升騰起來，在河面上形成一道足有三丈高度的水牆。胡小天撞在水牆之上，飛行的勢頭頓時中斷。

不悟大吼一聲，水牆向岸邊席捲而來，緣空看到胡小天又被水牆拍擊回來，想要前往營救。不悟卻趁著這時機重新殺到，右手五指凌空虛抓，一團水流被他掌心的吸力牽引而來，在虛空中凝結為一條長鏈，透明長鏈毒蛇一樣向緣空纏繞而去。

緣空口宣佛號：「阿……彌……陀……佛！」他的聲音如同一個個無形炸彈擊打在長鏈之上，那透明長鏈在纏繞到緣空的身體之前化成一蓬雨霧。

不悟聲東擊西，此時已經迫近胡小天的身邊，冷哼道：「我就是要當著你的面殺了他，要讓你內疚終生！」一把已經將胡小天的脖子捏住。胡小天靈機一動，忽然想起分手時姬飛花曾經交代過他的事情，以傳音入密向不悟道：「你若是殺了我，這輩子都休想學全《無間訣》。」

不悟聞言一怔。

緣空武功雖然不次於不悟，可是不悟生性歹毒，做事不擇手段，加上他根本不在乎胡小天的生死，緣空反倒落盡下風。

不悟獰笑道：「緣空，你不是常說救人一命勝造七級浮屠，又說我不入地獄誰入地獄，那好，讓我饒了這小子也可以，你在我面前自盡，我就饒了他的性命。」

緣空道：「你陰險毒辣毫無誠信，貧僧就算自盡你也不會兌現承諾。」

不悟哈哈笑道：「說得冠冕堂皇，還不是顧惜自己的性命，緣空！你這假仁假義的禿驢，為何不說來聽聽，你是如何修煉的虛空禪？如何有了現在的武功？為了那半部虛空大法，你害死了多少性命？」

胡小天聞言心中一驚，難道緣空修煉的也是虛空大法？聽不悟所說他修煉的只有半部，不知和李雲聰教給自己的又有什麼不同？

緣空臉上的表情變得異常難堪，不悟笑道：「為了練成虛空大法，你不惜害死了上任方丈，天下間知道你這個秘密的人全都被你殺死，唯獨我是例外，因為你殺不死我！你口口聲聲以佛門弟子自居，有沒有想過自己因何也會被困在這荒涼破敗的後山，甚至連裂雲谷的這條小河你都不敢跨越？」

緣空這位得道高僧竟然失去了鎮定，他的手足顫抖起來，雪白長眉下一雙眼睛突然變得血紅，充滿了殺機。

不悟雖然雙目已盲，卻已經察覺到緣空的變化，他獰笑道：「你本來就不是好人，何必裝成菩薩？我立下毒誓不會將你的事情散播出去，可是這少年沒有，呵呵，你不是想救他嗎？念在你我三十年鄰居的份上我成全你，人我現在就交給你，放或不放你自己決定。」

不悟將胡小天一把推到了緣空身邊，他這一手可謂是歹毒至極，雖然沒有親手殺死胡小天，卻將緣空最害怕別人知曉的秘密說了出來，緣空若是放任胡小天離去，這秘密就有被天下人知道的可能，緣空若是滅口，等於是他這幾十年的苦修全都白費。

不悟就站在那裡一動不動宛如石像一般。

胡小天看到緣空的表情心中不由得有些害怕，低聲道：「多謝大師救命之恩，我走了！」三十六計走為上策，多留一刻還不知會有什麼變數。胡小天快步向小河走去，只要逃出裂雲谷，就等於撿回了一條性命。

不悟陰測測提醒道：「看來用不了多久，天下人都會知道天龍寺前任方丈死在誰的手裡？天龍寺離奇失蹤的三十三名僧人又是斷送在誰的手裡，往生井內那麼多的死人骨頭又是來自哪裡？」

緣空的雙手劇烈顫抖，突然他緊緊握住了雙拳，手指關節發出爆竹般的脆響。不悟道：「滿手血腥，你犯下的罪孽比我更加深重，就算你修煉三生三世也抵消不了昔日的罪孽。」

胡小天沒命跑到河岸邊，騰空躍起。眼前虛影一晃，胡小天躲避不及，竟然撞在突然出現的那人身上，身體被彈了回去，重新跌落在河岸之上。他定睛望去，卻是緣空阻住了自己的去路，望著緣空血紅的雙目，胡小天心中大駭，他顫聲道：「大師，我什麼都沒聽到，這裡發生的任何事情我都不會向外透露半個字……」

不悟哈哈狂笑道：「你這一生被多少人背叛過，世人許下的諾言又有哪個可以相信？誰肯為你保守秘密？只有死人！只有死人！」

善惡就在一念之間，成佛入魔何嘗不是如此，天空中一道閃電劃過，照亮緣空的面孔，原本慈和的面龐已經扭曲，表情猙獰可怖。

一聲沉悶的炸雷讓胡小天打心底戰慄起來，他多希望這聲炸雷可以讓緣空清醒過來。

不悟道：「你我罪孽深重，花去了這幾十年還不是一樣終日沉浸在痛苦之中，我們的罪孽不會因為挽救了一條性命而得到解脫，同樣也不會因為多殺一條人命而加重。」

胡小天怒罵道：「不悟，我操你大爺！」這惡僧實在是歹毒陰險到了極點，雖然沒有親自動手殺他，手段卻比親自動手歹毒百倍，緣空若是為了保全秘密殺了胡小天，那麼他的罪孽豈不是又增加了幾分。

不悟哈哈大笑。

胡小天道：「大師，我對天發誓！」

緣空道：「這世上沒有人肯保守秘密……」血紅的雙目幾近瘋狂。

胡小天道：「大師！你千萬不可聽信那惡僧的挑唆。」心中已然明白緣空對自己已經興起了殺念，無論如何是不可能放走自己了。

緣空道：「佛祖！為何一定要為難弟子，為何一定要為難弟子？」此前的溫和慈祥再也不見，周身凜冽的殺機彌散開來，胡小天此時忽然手中寒光一閃，剛才討饒之時已抽出了暗藏的匕首，就算沒有分毫的勝算也要捨命一搏，好過坐以待斃。

胡小天用盡全力匕首狠狠刺向緣空的丹田，可是匕首撞在對方的身體之上卻如同撞擊在金石之上，根本無法入肉分毫。

緣空怒吼道：「這世上果然沒有一個可信之人！」他揚起手來啪的一掌拍在胡小天的天靈蓋上。

胡小天被拍得頭腦發懵魂飛魄散，心中暗想以緣空的功力，只怕自己要被這一掌拍得腦漿迸裂了，可若是腦漿迸裂又豈會有思考的能力？

緣空咬牙切齒道：「老衲慈悲為懷，本想給你一個痛快，可是你卻如此陰險，休怪老衲無情了！」

胡小天感覺頭頂似乎被破出了一個缺口，內力從體內源源不斷向那個缺口狂湧而去，這種感覺像極了當初黑屍吸取自己內力的時候，不過要遠比黑屍的那股吸引力更加強大，胡小天猜到這就是虛空大法。

不悟嘖嘖讚道：「此等手段比起我還要狠毒，哈哈這才是你的本性！」

緣空一雙血紅的雙目怒視不悟：「住口！老衲最該殺的那個人就是你！」

不悟發出一聲怪笑，身軀筆直向上升騰而起：「你雖然想殺我，可是我卻還不想殺你，若是你死了，以後還有誰陪我排遣寂寞呢？」他的身軀越升越高，很快就消失在夜色之中。

緣空並沒有想到胡小天體內擁有如此強大的內力，更讓他詫異的是，胡小天的內力極其駁雜，明顯不是來自同一個人，更不是他自身修煉而來，也就是說這少年的內功路數和自己相似，內力很可能是從外人身上吸取而來。

胡小天感覺體內的內力宛如洩洪一般奔騰而出，根本無法抑制，此時他連話都說不出來，只能望著緣空，流露出祈求的目光。

緣空雙目血紅，表情變得越來越瘋狂，唇角流露出驚喜之色，想不到這少年竟然是一個寶庫，若是將他體內的內力全都納為己用，自己的修為必然更上一個台階，或許因此而完成突破也未必可知。

胡小天感覺越來越虛弱，丹田氣海似乎出現了一個空洞，隨著內息的流逝，這空洞變得越來越大。照這樣下去，自己很快就會被緣空吸成一具乾屍，不悟並沒有說錯，這緣空果然不是什麼善類，口口聲聲大慈大悲，可是做出的事情比不悟還要惡毒，你想要滅口殺了我就是，為何還要吸乾我的內力？胡小天心中後悔不迭，早知如此還不如待在地洞裡陪著姬飛花，姬飛花大概也沒有想到這慈眉善目的老和尚才是需要防備的那個。

緣空抓住胡小天的右手，將一絲內力送入胡小天的經脈之中，他對胡小天修習的內力頗為好奇，所以想用內息來探察胡小天的丹田氣海，看看這廝究竟修煉的是什麼內功。

是人就會有好奇心，緣空也不例外，當年他在藏經閣無意中發現了半部《虛空大法》，雖然知道這功法邪惡，可是仍然抑制不住好奇心，決定翻閱一下，誰想一看竟然不能自拔，開始偷偷修煉，雖然缺少《虛空大法》的上半部，可是緣空也從後半部悟出了不少的心得，在缺少虛空大法內功基礎的前提下，利用佛門內力強行修煉下半部，竟然也有所成。

緣空現在仍然不敢確定胡小天體內的異種真氣是不是以虛空大法所得，些許的內力沿著胡小天的經脈注入他的丹田，來探察胡小天修煉的究竟是何種武功。一邊從胡小天體內源源不斷吸取內力，一邊還可以利用內息探察胡小天的丹田氣海，天下間能夠做到的唯有緣空一人而已。

胡小天清晰感覺到一股遊絲般的真力在自己的經脈中鑽行，很快抵達了丹田氣海，又在其中四處遊走。緣空的雙目流露出錯愕之色：「你修煉的是虛空大法？」

胡小天無法說話只能望著緣空。

緣空的臉上露出狂喜之色，他嗜武成癡，這些年來一直都想要練成虛空大法，憑藉本身渾厚扎實的內力基礎，在開始的階段勢如破竹進境神速，可是到了後來就遭遇了瓶頸，他的禪門正宗內功和這種魔功產生了衝突，修煉突然停滯不前，緣空陷入痛苦和矛盾之中，最終他邁出了讓他懊悔終生的一步，吸取了一個進入藏經閣行竊者的內力，困擾他許久的瓶頸終於打破，這讓他欣喜若狂，可是好景不長，沒過太久他又陷入瓶頸之中，緣空終於忍不住向同門下手。

一步錯，步步錯，緣空想到這裡臉上的表情流露出懊悔和痛苦，胡小天看到緣空的表情變化複雜，時而狀如瘋魔，時而面露慈悲，時而又追悔莫及，知道緣空此時內心中善惡必然在激烈的交戰，他多希望緣空能夠及時恢復良知，也唯有如此自己方能逃過一劫。

緣空道：「我可以留你一條性命，不過你要將《虛空大法》原原本本地說給我聽！」他的目光中充滿貪欲，胡小天看到他此時的眼神已經明白，緣空已經徹底被蒙蔽了心神，就算自己將虛空大法告訴他，他仍然不會放過自己的性命，胡小天眨了眨眼睛。

緣空知道他同意，臉上浮現出一絲欣喜，可就在此時忽然感覺流入自己體內的內息突然停滯，他首先想到的是已經將胡小天的內力吸乾，可是看到胡小天雙目仍然有神，並不像是功力完全被吸走的模樣，利用自身內息搜索胡小天的丹田氣海，發現他的氣海仍然蓄有不少的內力。

胡小天也感覺到內力突然停止外泄，還以為緣空決定就此放過自己，他恢復了說話的能力：「我將《虛空大法》全都給你，你需要向佛祖發誓，必須放我離去決不能傷害我的性命，否則天打雷劈，不得好死。」

緣空臉上的肌肉抽搐了一下，卻不肯發誓，貼在胡小天頭頂的掌心再度發力，試圖將胡小天體內的內力全都抽吸乾淨，卻想不到依然如故毫無反應。

胡小天見他不肯發誓，知道緣空絕不肯放過自己，他冷冷道：「你若不肯發誓，我就算死也不會將虛空大法的修煉口訣說給你聽。」

緣空道：「你先說來聽聽，我焉知你是不是騙我？」

胡小天隨口說了一句，正是虛空大法開篇的第一句話。

緣空聽到兩道白眉都激動地顫抖起來，他迫不及待地問道：「下面是什麼？」

胡小天道：「你先發誓再說！」

緣空道：「佛祖在上，弟子緣空對天起誓，若是小施主將功法原原本本告訴我聽，我就放他離去，如果違背此言，天打雷劈，不得好死。」

胡小天雖然聽到他發誓，可是對緣空的人品卻有極大的懷疑，看到他口中發誓，右手仍然落在自己頭頂：「你先放開我！」

緣空點了點頭，心中暗忖，已經吸走了他大半內力，若是繼續只怕會傷及他的性命，還是先將他放開，等到他把虛空大法全都說出來然後再將之滅口，右手雖然離開了胡小天的頭頂，可是左手卻仍然貼在胡小天的小腹之上。

胡小天道：「左手也離開。」

緣空嘗試著將內力抽出胡小天的丹田氣海，可是內力卻如同陷入了一個空洞之中，那空洞居然試圖將緣空透入其中的真力吸納進去。這在緣空修煉虛空大法以來還從未發生過這種事情，他稍稍加力，卻感覺到胡小天的丹田氣海似乎有股力量正在緩緩旋轉，緣空心中大奇，自己已經吸走了他大半內力，想不到他的丹田氣海仍然能夠產生吞噬真氣的力量，看來這小子對虛空大法已經參悟不少。

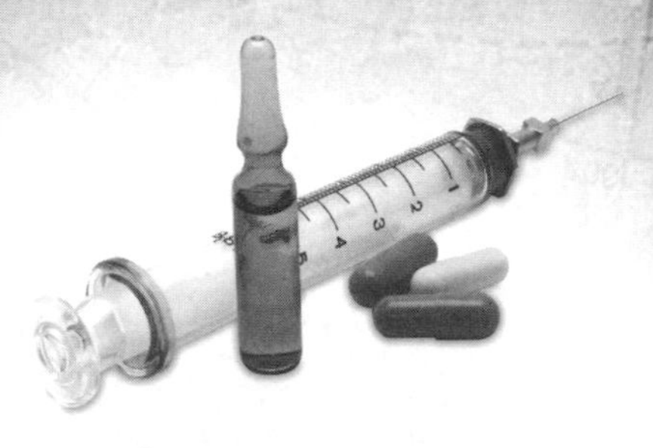

第八章

經脈逆轉

緣空心中更恨，若不是胡小天，他怎會成為一個廢人，
雙手揚起匕首向胡小天刺去，剛觸及胡小天的胸口，
突然一股強大的反震力，震得緣空飛出數丈撞在岩壁之上，
口中鮮血狂奔，他方才知道胡小天並沒有死。

以緣空的武學修為，已經可以通過對方丹田氣海內息運轉的途徑，逆推出對方的修煉法門，放過胡小天，這廝也未必肯對自己說實話，緣空嘗試將內力注入胡小天的丹田氣海，感覺在他的氣海之中猶如有一個逆行轉動的氣旋，隨著內力注入的增加，這氣旋的速度也是越來越快。

胡小天看到他仍然不願放開自己，大聲道：「你別忘了自己已經對佛祖發過誓！」

緣空道：「你先說給我聽，若是有絲毫欺瞞之處，我就震斷你的經脈，要了你的性命。」說話間注入胡小天丹田中的內力又增加了一些，胡小天被這股強大霸道的內力壓迫得說不出話來，為了化解這注入體內的異種真氣，丹田氣海中的氣旋旋轉得越發飛快，試圖將緣空的真力吸為己用。

緣空已經感知到胡小天丹田氣海調息運轉的秘密，多年來困擾在內心中的疑點豁然開解，他如同一個拿著誘餌的獵人，盡情戲弄著眼前的獵物，通過對方體內經脈的細微變化來推斷虛空大法的奧妙法門。

胡小天體內的氣息流轉完全是出於本能的反應，他在武功的修為遠不如緣空，但是仍然察覺了緣空的目的，這老和尚根本是在利用這種方式來探查自己的秘密。

緣空時而皺起眉頭，時而唇角露出笑意，整個人已經完全沉浸在對虛空大法的感悟之中，最後他整個人宛如入定，內息注入胡小天的經脈，隨著胡小天內息的流轉而奔行在他的全身經脈之中。

胡小天雖然不想運用虛空大法，但是緣空將內力注入他的丹田氣海之後，就激起了他的本能反應，根本由不得他的意識來掌控，胡小天知道壞了，緣空通過這種方式就可以知道自己運氣調息的方法，雖然自己嘴上沒說，可是身體的自然反應卻已經將他出賣。

緣空彷彿看到胡小天的丹田氣海中正有一團漩渦，正在瘋狂旋轉，自己注入的內力越多，漩渦旋轉得就越快，注入的內力越少，旋轉的速度也隨之減慢，隨著他注入胡小天丹田氣海逐漸增加，那漩渦因為高速旋轉中心出現了一個黑洞，這黑洞試圖將自己的內力吞噬進去。緣空心中暗喜原來如此，自己的丹田氣海中蘊含的內力不知要比胡小天強多少倍，若是以同樣的方法進行修煉，自己內力形成的漩渦吞噬力豈不是更加強大。

緣空越想越是得意，感覺胡小天丹田氣海漩渦的吸力正在不斷增大，他搖了搖頭，準備慢慢收回自己的內力，知道氣息流轉的秘密，再從胡小天口中逼問出虛空大法的口訣，那麼自己就可以完成突破。可是在撤回內力的時候，突然感覺到胡小天的丹田氣海竟然產生了一股奇怪的吸引力將他的內息困住，緣空大奇，想不到這小子還真是有些門道，於是加大了力量，可是他的力量增加一分，胡小天丹田的吸引力就增加一分，緣空本來以為自己可以輕易擺脫，不然他也不敢冒險利用內力去

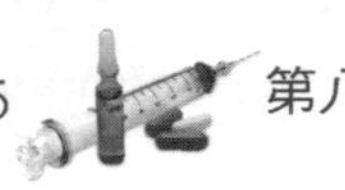

引誘胡小天的內息流轉。可現在突然發生的狀況讓緣空不由一驚，他從未想到過胡小天能夠給自己造成麻煩。

緣空揚起右掌本來準備一掌將胡小天拍死，可抬起手掌的那一刻卻又改變了念頭，雖然他參悟了虛空大法的法門，可是畢竟沒有得到全部的內容，胡小天若是死了，恐怕再也沒有得到全本《虛空大法》的機會。

正是這片刻的猶豫方才讓胡小天死裡逃生，緣空右掌重新落在胡小天的頭頂，一股強大的吸引力試圖從胡小天頭頂將他的內力吸入。可這次卻沒有奏效，非但如此，緣空竟然感覺自己的內力通過掌心飛瀉，兩人經脈相通，緣空的內力源源不斷匯入胡小天的經脈之中，緣空嚇得魂飛魄散，想要擺脫開胡小天的身體已經不能。

危急之中他想要抬腳去踢胡小天，胡小天居然先行識破了他的意圖，合身撲了上去，牢牢將緣空抱住。

緣空怒吼道：「放開我！」奮起全身內力想要將胡小天彈出去，此時天空中卻是一道閃電扭曲著從上而下劈落，正擊打在緣空的頭頂，藍色的電光遊走在兩人的周身。一個人的武功無論如何強悍也始終無法和大自然相抗衡，緣空被閃電擊中，閃電沿著他的身體傳到胡小天的身上。

兩人同時倒地，卻仍然抱在一起，閃電都沒有將他們劈開，緣空雙目瞪得滾圓，兩道長眉也被電光燒焦，感覺體內的內力迅速飛瀉。

胡小天周身都有電光閃爍跳躍，可是那電光卻又圍繞著他的身體緩緩旋轉起來，胡小天整個人已經進入了忘我之境，眼前彷彿看到一片波濤洶湧的大海，大海的上方電閃雷鳴，一個巨大的漩渦在海面生成，這漩渦不停轉動，擁有吞噬一切的力量，天空中的雲也被漩渦產生的巨大吸引力而吸引進去，海天之間因此而聯繫在一起，電光正在海天之間不停閃耀。

緣空爆發出一聲撕心裂肺的大吼，他帶著胡小天淩空飛起，飛掠到半空之中，又是一道閃電擊中了他的身體，藍色的電光包繞著他們兩人，兩人的身體直墜而下，落入下方的小河之中。

河面上形成了一個漩渦，那漩渦越轉越急，形成了一個兩丈左右的黑洞，緣空和胡小天的身體從水面下顯露出來。

此消彼長，胡小天丹田氣海中的漩渦因為源源不斷地吸取緣空的內力而變得前所未有的雄渾霸道。

緣空心中惶恐到了極點，先是內力被胡小天吸取，然後又連續遭遇閃電擊中，他忽然想起剛剛的誓言，莫非自己的作為當真觸怒了佛祖，所以才會遭到天打雷劈。緣空畢竟是佛門弟子，他相信生死輪迴，相信善惡有報，此時腦子裡忽然現出一絲清明，想起自己剛才的所為不由得懊悔到了極點，自己本是佛門弟子，為何想起要殺人滅口？竟然想做這種泯滅人性的事情，心中黯然，整個人瞬間失去了鬥

志，也許這就是自己的報應。

緣空準備放棄之時，卻發現內息外泄居然變得緩慢，他忽然意識到自己不該竭力對抗，越是對抗，那股吸引力越強，反倒是順其自然才有掙脫束縛的機會。

緣空穩定心神，關鍵時刻居然領悟了順其自然的真諦。

胡小天也感覺吸入內力的速度越來越慢，睜開雙目，卻見緣空的雙眼變得清明一片，顯然已經從開始的震驚之中冷靜了下來。緣空凝神靜氣，緩緩閉上雙眼，整個人陷入冥想的狀態之中，在他的丹田氣海內也形成了一個漩渦，一法通萬法通，雖然他沒有從胡小天那裡得到虛空大法的修煉口訣，但是通過剛才以內息探察已經明白了胡小天經脈在修煉中的調息運轉的過程。以彼之道還施彼身，緣空在生死存亡之際竟然完成了突破，胡小天雖然吸走了他不少功力，可是仍然只占緣空體內內力的一小部分，緣空此時丹田氣海形成空虛，內息如漩渦般旋轉。

現在胡小天和緣空兩人的經脈正處在聯通的狀態，任何一方的變化都可以影響到雙方，緣空的丹田同樣形成漩渦之後，兩股不同的力量開始嘗試爭奪雙方的內力，猶如拔河，內力更為雄渾的一方自然占優，胡小天感覺到剛剛被他吸取的內力又重新被緣空奪了回去。心中暗暗叫苦，功虧一簣，自己終究還是技不如人，剛剛扭轉一些局面，卻又被對方瞬間反轉。

緣空睜開雙目，目光充滿得色，終於重新掌控了局面，想起剛才的經歷還真是凶險，自己險些在陰溝中翻船，這次無論如何都不可輕敵，不可放過了這小子，緣空脫離險境之後，什麼善惡有報又瞬間被他扔到了九霄雲外，他要將胡小天的內力吸個乾乾淨淨，心中再不會有絲毫的慈悲之念。

胡小天此次內功飛瀉比起剛才更快，照這樣下去，用不了多久時間他就會內力枯竭而死。

原本逆時針轉動的氣旋，因為緣空的作用越轉越慢，先是停了下來，然後開始順時針旋轉，胡小天心中大駭，這是從未出現的狀況，內息居然逆轉，完了，難道自己就要死在緣空手中。

緣空因為內力源源不斷地回流而大感欣慰，想不到自己居然可以絕處逢生，哈哈，看來佛祖仍然庇佑著自己。可腹中卻突然感到跳動了一下，然後刺痛從丹田瞬間傳導到全身的經脈，緣空不知發生了什麼，丹田氣海中的漩渦卻似乎卡在了那裡。

胡小天丹田氣海中的漩渦開始順時針瘋狂旋轉起來，一個新的虛空黑洞在他的丹田中形成，停滯在雙方經脈中的內息開始重新流動，這次卻是流回了胡小天的體內。

緣空臉上充滿著震駭莫名的表情，他不知胡小天的經脈何以會逆行運轉，虛空大法遠遠比他領悟到的更加神奇。

緣空此時整個人如同泥塑一般，竟然喪失了反抗的能力，任由體內功力倒流到胡小天的丹田氣海之中。

緣空的內力何其渾厚充沛，胡小天首次吸取他內力的時候，緣空始終和他抗爭，而這次完全無法反抗，內力瘋狂擁入胡小天的經脈，洶湧無匹，無可阻擋，胡小天的體內經脈迅速擴張，丹田氣海因為瘋狂湧入的內息而急劇膨脹，為了抵消這強大內息的湧入，胡小天丹田內的氣旋只能瘋狂旋轉，轉速已經達到極致，高度旋轉所產生的熱量讓胡小天的丹田越發膨脹，小腹如刀絞般疼痛，又如一團火焰熊熊燃燒，要將他焚燒成灰，如同一個被打足氣的皮球就要爆炸開來。

緣空卻承受著另外一種難熬的痛苦，體內的功力被對方瘋狂汲取，雖然想要掙扎，可是他的身體已經不受自己的意識所控制。

這樣的狀態維繫了約有小半個時辰，胡小天仰天發出一聲大吼，身體周圍的河水炸裂開來，升騰起衝天水柱，緣空的身軀如同斷了線的風箏一樣飄飛出去，重重撞在石窟的岩壁之上，然後又摔落在地上。

胡小天宛如瘋魔一般不斷捶打著自己的腹部，以這樣的方式來減緩來自丹田的劇痛，雖然如此仍然無法抵消體內的痛楚，他忽然騰空自河心飛起，以身軀撞擊在岩壁之上，這種身心欲裂的痛苦比死更加難受，塵土飛揚，碎屑亂飛。

緣空口吐鮮血，坐在泥濘的地面上，雙目無神地望著胡小天瘋狂的舉動，花去他一生修煉的武功，在頃刻之間被胡小天吸得乾乾淨淨，沒有什麼可以形容他此刻的黯然和沮喪。可是胡小天的狀況也比他好不到哪裡去，他吸走的不僅僅是自己的畢生功力，還有他此前吸取別人的功力，緣空的武學修為雖然沒有突破先天之境，可是若是論到內力之強，天下無人可出其右，這麼多的內力連他都無法自如掌控，胡小天一個年輕人又如何承受。

緣空暗歎，暴殄天物，胡小天只怕是要經脈爆裂而死了。胡小天在完成了又一次撞擊岩壁之後，渾身浴血，直挺挺躺倒在地上，再也不見一絲聲息。

緣空哆哆嗦嗦站起身來，顫巍巍走向胡小天，此時的他已經完全淪為一個生命垂危的老人，連走路都變得如此艱難。

胡小天的臉上佈滿鮮血，形容可怖，緣空伸出手去探了探他的鼻息，發現胡小天早已聲息全無。這廝終究還是死了，緣空咬了咬牙，不甘心到了極點，他伸出手去，掌心貼在胡小天的頭頂，稍一運力，就感覺丹田處如同刀絞，丹田經脈已然支離破碎。別說胡小天已經死了，就算他仍然活著，緣空也沒有能力去吸取他的內力。

緣空認清了現實，他的精神支柱頓時完全垮塌，撲通一聲坐倒在胡小天的身邊，望著胡小天喃喃道：「你何其歹毒，做出此等損人不利己的壞事，你永世不得超生。」緣空本來就是一個極度自私之人，現在他的本性已經完全暴露出來。目光落在胡小天遺落的匕首上，他咬了咬牙，忽然抓起了匕首，想起自己之所以淪落到如今的地步全都是拜胡小天所賜，心中的仇恨一發而不可收，他揚起匕首向胡小天的胸口插去：「我要讓你死無全屍！」

緣空的內力已經被胡小天全部吸乾，這一刺也沒有使上力量，匕首堪堪刺破胡小天的皮膚。

緣空心中更恨，若不是胡小天，他怎會成為一個這樣的廢人，雙手揚起匕首全力向胡小天的心口再度刺去，這次的刺殺比起剛才力量大了許多，剛剛觸及胡小天的胸口，突然遭遇一股強大的反震之力，震得緣空飛出數丈再度撞在岩壁之上，口中鮮血狂奔，他方才知道胡小天並沒有死。

如果不是緣空的兩次刺殺胡小天也不可能這麼快醒來，遇到外來危險之時，體內功力自然而然應激而生。再度睜開雙目，感覺身體肌肉仍然有種由內而外的飽脹感覺，抬起雙手看到自己皮膚仍然好端端的，並沒有撕裂開來。內心中狂躁不安，有種迫切發洩的欲望。

緣空本來就已經被胡小天吸走了內力，剛才又被胡小天震飛，整個人已經奄奄一息，張著嘴巴望著胡小天露出一絲慘笑。

胡小天一步步走向他，雙目死死盯住緣空，殺氣凜凜，有若魔神再世，咬牙切齒道：「賊禿，竟敢害我！」大手有如鐵箍般將緣空的頸部抓住。

緣空面如死灰，想不到自己終究還是死在了虛空大法的手中。

此時不遠處傳來一陣誦經之聲。

胡小天皺了皺眉頭，向聲音傳出的地方望去，那聲音是從洞窟之中傳出，雖然誦經聲並不算大，可是每一個字卻清晰映入他的耳中，彷彿有人用一隻小錘不停砸在他的丹田氣海，體內一陣陣氣血翻騰，胡小天忽然放開了緣空，痛苦地捂住頭顱，慘叫一聲，直挺挺倒了下去。

緣空望著那洞窟的方向，顫聲道：「師叔……是你嗎？」

誦經聲突然停歇了下去。

緣空撲通一聲跪倒在地上，哀求道：「師叔救我……師叔……」他的話還沒有說完，身體就被一股無形的力量牽引，緩緩投向那洞窟之中。

胡小天再度醒來的時候，發現自己躺在一片鬆軟的草坡之上，陽光正好，暖洋洋照在他的身上，僧袍被扯爛多處，襤褸不堪，周圍沒有人，只有鳥兒不時鳴叫，胡小天聽到了水聲，這才感覺到喉頭乾得就要冒出煙來，搖搖晃晃站起身，循著水聲走去，沒走多遠就看到前方的小溪，胡小天整個人撲入小溪之中，捧起溪水大口大口的喝了起來。

等他焦渴的感覺減退下去，胡小天方才想起觀察周圍的環境，看到上游站著一

群人，那群人竟然是自己手下的侍衛，為首一人正是左唐。

那幫侍衛看到胡小天也是頗為驚奇，胡小天已經失蹤一天一夜了，正如胡小天所猜想的那樣，他們已經向皇上稟報，說胡小天受不了寺裡的清苦，所以逃了，雖然這個理由極其牽強，可是這群侍衛才不會放過抹黑詆毀胡小天的機會。

胡小天現在的樣子非常狼狽，身上佈滿傷痕不說，僧袍也破了不少的大洞，有很多地方都露出了肌膚。雖然平日裡不待見這幫侍衛，可是在經歷生死劫難之後，見到這幫傢伙胡小天居然也覺得順眼了許多，招了招手道：「都傻站著幹什麼？還不趕緊過來。」

無論怎樣自己都沒死，至於其他的事情都不重要。

六名侍衛一起走了過來，左唐笑瞇瞇道：「統領大人，您去哪裡了？我們到處在找你！」

胡小天歎了口氣道：「一言難盡，你把僧袍脫了給我穿，我這身衣服實在是沒辦法見人了。」

左唐笑道：「是！」悄然向一旁的同伴使了個眼色，站在胡小天身後的那名侍衛忽然揚起手掌狠狠砍在胡小天頸部右側，試圖一下將他擊暈。

胡小天愣了一下，沒想到這幫手下居然敢向自己出手，看到胡小天沒有倒下，兩名侍衛分從兩旁衝了過來，抓住胡小天的手臂。左唐道：「捆起來，竟然違背聖意，私自潛逃，押他到皇上面前治罪。」

胡小天感覺丹田氣海中一股暴戾之氣橫衝而出，內心變得憤怒而狂躁，充滿凜冽殺機的目光望著這幾名侍衛：「爾等大膽，竟敢以下犯上？」

左唐呵呵笑道：「什麼以下犯上？還真把自己當成一號人物，你不遵皇上的命令，擅離職守已經犯下大罪，我們也是奉旨抓你回去問罪。」兩名侍衛想要將胡小天的手臂反剪起來，卻移動不了他的手臂分毫。

胡小天感覺胸口的暴戾之氣再也無法壓制得住，猛然一抖手臂，那兩名侍衛被他震得橫飛出去，一人重重摔在小溪中，另外一人直接飛到了大樹之上。

左唐還沒有反應過來，已經被胡小天抓住手腳高舉而起，瞄準了前方巨岩，胡小天要將這廝活活摔死。

就在此時，忽然聽到一人口宣佛號：「阿彌陀佛！施主手下留情！」

胡小天森寒的目光循聲望去，卻見從前方下來了十多名和尚，為首一人乃是戒律院的執法長老通濟，通濟在天龍寺的地位僅次於方丈通元。

如果不是剛才的一幕恰巧被通濟看到，及時出聲阻止，只怕左唐已經被胡小天活活摔死在山岩之上了。雖然只是剎那之間，左唐卻在生死邊緣遊走了一圈，他真正領教到胡小天的厲害，在胡小天的面前，他根本沒有任何的反手之力，胡小天舉起他的時候，左唐已經知道吾命休矣，胡小天身上的殺機太盛，如果知道這廝的實

力如此深不可測，就算再借他一顆豹子膽，他也不敢招惹胡小天。

胡小天聽到這聲佛號，腦海中忽然想起自己在裂雲谷內因那陣誦經聲而暈倒在地的情景，昨晚發生的一切漸漸變得清晰明朗了起來。他強行壓住心頭的暴戾之氣，緩緩將左唐放在了地上。

左唐站在他面前，胖乎乎的臉上慘白如紙，再也找不到絲毫的血色。

胡小天冷酷如霜的面孔卻突然露出一絲笑意，在左唐看來，他笑得無比猙獰可怕。胡小天伸出手去，輕輕在左唐胖乎乎的臉上拍了兩下：「開個玩笑，千萬別介意。」

左唐想笑卻無論如何都笑不出來，整個人傻了一樣呆在原地。

另外三名侍衛慌忙救起另外兩名同伴，胡小天剛才的表現已讓他們膽戰心驚。

胡小天看都不看這六名手下，目光盯住走來的那幫僧人。

通濟來到他面前雙手合什道：「這位想必就是胡大人了，聽說胡大人突然失蹤，我們也在到處找您。」

胡小天道：「不好意思，有勞各位師傅了。」

通濟上下打量了胡小天一眼，並沒有多說什麼，緩步來到剛才被胡小天震飛到樹上的侍衛面前，那侍衛的左臂已經脫臼，正在那裡痛苦呻吟。通濟伸出手去在他肩頭輕輕一拍，那侍衛脫臼的關節頓時復位。胡小天暗讚，這和尚的復位手法不錯，就算不當和尚掛牌行醫，這輩子也能夠吃喝不愁。

通濟做完這件事之後，也沒有做過多停留，帶著戒律院的那幫僧人悄然離去。

胡小天冷冷望著這六名以下犯上的侍衛，充滿殺機的目光讓這六人不寒而慄，左唐顫聲道：「統領大人……我……我們也是奉命行事……陛下……」

胡小天陰測測笑道：「你什麼身分？陛下豈會隨隨便便見你？說！誰讓你們這麼做的？」

一旦感覺到對方可以輕易奪去自己的性命，就會從心底產生畏懼，左唐道：「我們雖然沒有機會見到陛下，可是齊大哥說的總不會錯。」這句話等於把齊大內給出賣了。

胡小天點了點頭，齊大哥，不就是齊大內，這幫侍衛之所以敢以下犯上，因為齊大內在背後從中教唆，而齊大內又因為慕容展給他撐腰，想起這件事，胡小天內心中殺意頓生，他忽然發現自己今日有些不同，殺性變得前所未有的強烈，剛才幾名侍衛雖然得罪自己，可也罪不至死，自己居然有將他們全都殺光的衝動，如果不是戒律院通濟恰巧經過這裡，只怕此時他們六人都已經伏屍當場了。

緣空和尚的畢生功力全都被自己吸納過來，縱然他無法運用自如，可是現在若是論到內力之強，天下間已經少有人能夠比肩。胡小天清醒意識到，自己心中的暴戾衝動或許也和吸納緣空的功力有關。

這會兒功夫，左唐已經將僧袍脫了下來，識時務者為俊傑，什麼也比不上自己的性命更加重要，他雙手呈給胡小天道：「統領大人，您先穿上。」

胡小天深深吸了一口氣，提醒自己務必要冷靜下來，將身上破破爛爛的僧袍扯下扔掉，然後穿上了左唐那件，低聲道：「這裡是什麼地方？」

「此地距離五觀堂不遠，統領大人難道忘了，是咱們打水的地方。」

胡小天哦了一聲道：「咱們先回去再說。」

六名侍衛看到胡小天的情緒平復下來，才稍稍放下心來，幾人陪著胡小天一起返回了五觀堂，等到胡小天返回了自己的房間，才有人悄悄去普賢院通報消息。

胡小天回到房間內，將房門從裡面插上，他首先要做的就是檢查自身的經脈，凝神靜氣，內息自丹田緩緩啟動，丹田氣海中宛如海浪般洶湧澎湃，前所未有的雄渾內息衝刷著自己的丹田，這陣陣的潮水就是不甘被他束縛的異種真氣，虛空大法修煉下去最終的結果必然是走火入魔，可是胡小天卻已經騎虎難下，吸納了那麼多的異種真氣，如果不及時運功將之壓制住，那麼他很快就將面臨被異種真氣反噬的危險，死得只會更早。

胡小天緊閉雙目，小心運行虛空大法，他的腦海之中彷彿看到了丹田氣海的幻像，雄渾的異種真力形成了浩瀚無邊洶湧澎湃的大海，烏雲密佈，濁浪滔天，瘋狂暴虐的海浪試圖掙脫出丹田氣海的空間。

以胡小天目前的經脈原本禁不起如此霸道的內力，只是他的內息先被緣空吸取，等於讓緣空過濾了一遍，然後他自己又吸回了一小部分，緣空發現後又將之吸了回去，如此一番往復，等於緣空已經利用虛空大法幫他去除了不少的反噬之力，幾番過濾之後方才被胡小天盡數吸納到了他的體內，從這一點上來說，正是緣空的存在方才救了胡小天一命。如果胡小天直接將緣空的內力吸入體內，一定會和此前黑屍的內力發生衝突，胡小天說不定當場就已經被異種真氣反噬，因走火入魔而死。

丹田氣海內巨浪翻騰，陰雲中閃電騰躍其中，在氣海的中心一個漩渦終於形成。暴虐的海浪被漩渦席捲其中，胡小天這次的調息過程居然變得順利起來，再沒有發生昨晚那種內息不受控制亂衝亂撞，向外膨脹的情景，一個周天完成之後，感覺氣海內平復了下去，澎湃海浪隨著漩渦化為青雲，又化為絲絲細雨滲入自己的周身經脈。隨之烏雲退散，紅日初升，一時間雲蒸霞蔚，整個丹田氣海變得明朗起來。

胡小天將內息再次運行周身經脈，感到毫無淤滯，非但疲倦和痛楚盡去，而且骨骼肌肉，身體的每一部分都充滿了勃勃生機和前所未有的力量。

睜開雙目，方才意識到自己的衣物全都被汗水濕透，胡小天找了身乾淨的僧袍換上，拉開房門走了出去，看到外面也是豔陽高照，沐浴在陽光下，感覺自己如同重獲新生一般，深深吸了一口雨後清新的空氣。

卻見手下侍衛都遠遠望著自己，一個個目光中流露出敬畏之色，都不敢走近自己，想必剛才自己出手已經將左唐等六人震懾住，那件事又通過他們的口中傳了出去。

此時門外響起腳步聲，胡小天輕易就判斷出來人一共有三個，果不其然，卻是齊大內率領兩名侍衛來到了五觀堂，他們是過來給皇上取午膳的。

齊大內趁著兩名侍衛去取午膳的機會，笑眯眯來到胡小天面前道：「統領大人回來了，這一天一夜您去了哪裡，讓我們真是擔心死了。」

胡小天笑道：「你不是好端端地活著。」

齊大內尷尬笑道：「統領大人說笑了。」他附在胡小天耳邊道：「皇上聽說你的事情了，雷霆震怒，要我們將你抓回來，我們也很為難。」

胡小天皺了皺眉頭，捂著鼻子道：「離我遠點，你口臭啊！」

齊大內怎麼都不會想到他會說這種話，當著那麼多人，表情尷尬之極，一群侍衛聽到強忍住笑，這位副統領也太不給人面子了。

兩名侍衛拿了食盒出來。

胡小天冷冷道：「誰讓你們來拿午膳的？」

兩名侍衛齊齊將目光投向齊大內。

胡小天道：「皇上有旨，皇上的所有膳食必須由我們親自送到普賢院，再由尹公公接手，你們負責的是皇上在普賢院的安全，這好像不是你們的職責所在。」

齊大內道：「統領大人，您不是失蹤了，所以……」

胡小天笑道：「你是不是巴不得我失蹤，甚至永遠消失最好？」

齊大內笑道：「胡大人千萬別這麼說，我對胡大人一直都是關心得很。」

胡小天道：「既然膳食由你們經手，那好，出了任何事情你們擔待。」

齊大內看到胡小天氣勢凌人的樣子，心中不免也激起了幾分怒氣，淡然道：「我們既然過來，自然擔得起這個責任，統領大人不必擔心。」他又道：「胡大人，皇上傳你現在就去見他！」這才是他此次前來的真正目的所在。

胡小天並沒把齊大內這號人物看在眼裡，不過齊大內自從離開皇城之後就三番兩次在背後陰自己，這絕不可忍，雖然真正的主使者是慕容展，可是想起這一個月青燈古佛的日子才剛開始，若是不給他點教訓，只怕其他那些侍衛也不會心服，胡小天心中突然萌生出要將齊大內悄然剷除的想法，剛剛產生這個想法他就意識到自己的殺心變得極重，吸取緣空內力的同時竟也讓他的性情發生了些許改變。

胡小天暗自提醒自己一定要控制心態，如果不能很好地控制這些異種真氣，就會成為這些外來真氣的俘虜，喪失理智甚至做出無法想像的瘋狂事情。

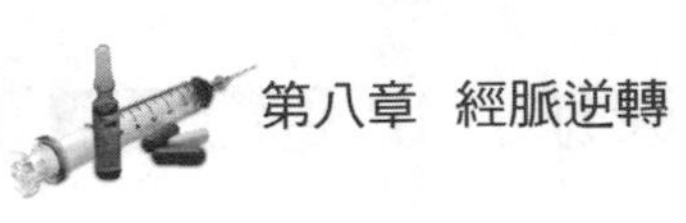

胡小天來到普賢院，尹箏看到他來了，不由得露出會心一笑，胡小天失蹤了一天一夜，讓他也有些擔心，尹箏對胡小天的前程極為看好，當然不想他就那麼莫名其妙的失蹤。

尹箏目光在齊大內帶來的兩個食盒上掃了一眼道：「陛下不想吃，你們先擱這兒吧。」然後又向胡小天招了招手道：「陛下在院子裡坐著呢，讓胡統領來了就去見他。」

胡小天跟著尹箏向後院走去，尹箏低聲道：「大哥這一天一夜都去了哪裡？小弟擔心不已。」

胡小天微笑道：「給皇上辦了點小事。」

尹箏這才知道他失蹤是為皇上辦事，於是也不再問，低聲提醒他道：「皇上今兒的心情好像不太好，你說話小心一些。」

胡小天點了點頭，心中暗暗慶幸，收了這位小弟還真是不錯，尹箏這小太監八面玲瓏，在兩任皇帝面前都混得如魚得水，轉念一想，姬飛花既然懷疑這次前來天龍寺的老皇帝是洪北漠所扮，那麼也就是說尹箏很可能是洪北漠的人，對這小子也必須要多加提防。

龍宣恩獨自一人坐在院子裡，手中握著一串紫檀佛珠，臉上的表情顯得有些迷惘，不知他在想些什麼。

胡小天來到他的身後，恭敬道：「微臣胡小天叩見陛下，吾皇萬歲萬萬歲！」

龍宣恩擺了擺手，尹箏識趣退了出去。龍宣恩這才緩緩轉過身來，深邃的雙目盯住胡小天的面孔，發現他的臉上新增了不少的傷痕，兩道花白的眉毛皺在一起道：「看起來你受了不少的辛苦。」

胡小天躬身答道：「為陛下做事，就算承受再大的辛苦再大的委屈，小天也不會說半個不字。」

龍宣恩唇角露出一絲意味深長的笑意：「怎麼？你是說朕給你委屈了？」

胡小天搖了搖頭道：「不是陛下，而是有人說臣受不了寺院的清苦所以逃之大吉，陛下因為小臣的事情雷霆震怒，還派人要將臣抓來問罪！」

龍宣恩面色一沉：「混帳！朕何時說過要拿你問罪？」

胡小天道：「陛下沒說，那就是有人假傳聖意。」

龍宣恩猜到胡小天是什麼用意，淡然道：「有什麼事情你只管先記下來，等回去之後朕再幫你出這口氣。」

「多謝皇上！」胡小天表面上感激萬分，心中卻暗罵，根本是故意敷衍我，目光悄悄打量龍宣恩，並沒有從他的臉上看出任何的破綻，如果眼前人當真是洪北漠，此人的易容術已經到了無懈可擊的地步。看來真是人外有人天外有天，自己當初從秦雨瞳手中得到幾張人皮面具就如獲至寶，卻不知真正精深的易容術乃是利用內力直接改變自己的面部輪廓，在他所認識的人中，唯有夕顏可以做到。

龍宣恩道：「朕讓你查的事情有沒有眉目？」

胡小天道：「托陛下的福，小天幸不辱命，在裂雲谷發現了那尊長生佛。」

龍宣恩目光一凜。

胡小天道：「只是沒等小臣靠近，就從裡面衝出一群兇神惡煞的僧人，他們揮舞著棍棒向我衝來，我慌不擇路，結果跑到山林中迷了路，不巧又下起了大雨，小臣在山林中苦苦捱了一夜，等到天亮時分方才辨明方向，找到回來的道路。」

龍宣恩道：「若是再讓你去一次，你能不能夠找到那尊長生佛？」

胡小天將腦袋搖得跟撥浪鼓似的：「小臣還是不去了，那幫和尚凶得很，若是被他們抓住，只怕臣連性命都要丟在這天龍寺了。」

龍宣恩道：「身為御前侍衛統領，你的膽子居然這麼小！還談什麼保護朕的安全？」

胡小天道：「非是臣膽小，而是那裂雲谷乃是天龍寺的禁地，臣昨天偷偷摸進去已經違反了他們的寺規，若是被他們查出是我所為，恐怕要將我趕出天龍寺了，陛下，不如您給我下一道旨意，這樣小天就能夠名正言順地去裂雲谷拜那尊長生佛，有了聖旨，就算他們方丈也不敢說個不字！」

龍宣恩怒道：「大膽，朕豈可以勢壓人！」

胡小天惶恐道：「陛下聖明，小臣妄自猜度聖意，冒犯天威，還望陛下恕罪。」心中暗罵，你想找那尊長生佛還不敢光明正大地去找，只敢做那些雞鳴狗盜的事情，根本就是既想當那啥，又想立牌坊，老皇帝可真是虛偽透頂。

龍宣恩並沒有當真生氣，站起身在院子裡踱了幾步，低聲道：「胡小天，朕還有一件事讓你去做。」

胡小天道：「陛下只管吩咐。」心中暗自忐忑，這老皇帝壓根就沒有什麼好事交給自己，這次不知又想怎麼坑害老子。

龍宣恩道：「你既然找到了那尊長生佛，就替朕前往長生佛身邊誦經焚香七日，以告慰朕這位老友的在天之靈。」

胡小天一聽還讓自己過去，不由得驚得滿頭冷汗，緣空雖然內力被自己吸光，可是還有不悟那個惡僧，除此以外還有一個單單念經就讓自己氣血翻騰暈倒過去的神秘老僧，搞不好就是那個面壁三年已經達到先天境界的空見和尚，這不是讓自己去送死嗎？胡小天道：「陛下，可臣若是去了，所有人都知道昨晚闖入裂雲谷的那個人是我了。」

龍宣恩道：「你不用害怕，朕會告知天龍寺的方丈，給你開一扇方便之門，他們沒有證據，就算是懷疑你也不好說什麼。」

胡小天心中暗罵，方便之門，方丈算個球，你根本就不知道那裂雲谷裡面都潛伏著一些怎樣的人物，就算是通元見到他們也都得稱呼一聲師叔。倒楣的是明明知道真相，卻不敢將之說出來。

龍宣恩道：「你害怕啊？」

胡小天道：「為了陛下，就算害怕也得去。」聖命難違，老皇帝都開口了，又豈容自己推辭？

龍宣恩道：「這次朕特許你帶幾名侍衛過去，這樣你就不用擔心自己的安全了。」

胡小天心想就憑那幾個老妖的修為，去多少還不是送死，不過轉念一想，既然自己必須要去，乾脆再多拉一個人墊背：「陛下，我看讓齊大內陪我過去就行。」

「准奏！」

齊大內聽說胡小天點了他的名，讓自己通往裂雲谷禮佛，差點沒把一口鋼牙咬碎，胡小天啊胡小天，你根本是坑我啊！明知是個坑也得往下跳，畢竟皇上已經點頭了。

不過既然皇帝答應為他們開方便之門，多少降低了一些難度。如果天龍寺的方丈通元點頭，這件事就變得名正言順。

胡小天也知道自己昨天偷偷前往裂雲谷的事情根本守不住秘密，畢竟當時同行的還有明生和尚，是明生給他引路方才找到了裂雲谷，只是自從他回來之後，就沒有見到明生和尚的影子，問過才知道，明生和尚被戒律院給帶走了，說是違背了寺規被罰面壁三個月。

胡小天心知肚明，明生被罰肯定和自己有關，面壁三個月，也就是說，自己離開天龍寺之前是無法跟他見面了。

老皇帝做事雷厲風行，當天下午天龍寺監院通淨就親自過來五觀堂引領他們前往裂雲谷。通淨身為通字輩僧人，乃是方丈通元的師兄，天龍寺八大執事之首，在天龍寺地位也非常尊崇。

其人又高又瘦長著一張苦瓜臉，帶著胡小天和齊大內兩人來到裂雲谷前，通淨向兩人介紹，裂雲谷的這條小河叫無塵溪，河岸兩旁石崖之上共有一千零八十一個大小洞窟。讓他們兩個外人進入裂雲谷已經是違背了寺院的規矩，這次是方丈看在皇上面上對他們網開一面，不過兩人在這裡禮佛誦經可以，但是一定要記住不可以進入任何洞窟之中。

齊大內來到裂雲谷內就覺得陰森可怖，想到要在這荒涼的谷內待上整整七日，內心中又是懊惱又是害怕，想到這一切全都是受胡小天所害，心中對他更是憎恨。

通淨又交代給他們一些注意的事情，每天會有僧人定時過來給他們送飯，想要

休息可以在小河以北的小間石屋內。

胡小天並沒有將通濟的這番話聽進去，仔細觀察著周圍的環境，不知今晚不悟還會不會過來？

通淨離開之後，胡小天帶著齊大內來到楚扶風供養的那座長生佛洞窟前，齊大內將香爐和貢品在洞窟外面擺了，胡小天從貢品中抓起一個桃子就吃，齊大內目瞪口呆地望著他：「這是貢品！若是讓皇上知道那還了得？」

胡小天道：「這裡只有你我，皇上知道了就是你告密！」

「呃……」齊大內一時無語。

「七天啊，我不是嚇唬你，我昨天九死一生才逃了出去，咱們在這裡七天七夜，想要活著回去的可能微乎其微，吃一頓少一頓，當個飽死鬼也比餓死鬼要強。」他抓起一顆桃子朝齊大內拋了過去。

齊大內伸手接過，低聲道：「你昨晚到底經歷了什麼？」

胡小天笑道：「反正你很快就會知道。」仰身躺倒在河邊沙地之上，打了個哈欠道：「我睡一會兒，你先誦經禮佛，等我醒了再替你。」

齊大內還想追問，可是胡小天已經打起了輕微的鼾聲，似乎已經睡著了，齊大內狠狠瞪了他一眼，心中暗罵胡小天卑鄙，你自己倒楣，拉我墊背做什麼？

胡小天雖然閉著眼睛卻似乎看到了齊大內在做什麼，懶洋洋道：「你要是敢背著我做小動作，我可饒不了你。」

齊大內心中一驚，這廝不是閉著眼睛嗎？怎麼會看到？

胡小天睡了約有一個時辰，睜開雙目的時候，太陽已經落山，整個山谷內都染上了一層金黃色，齊大內坐在洞窟前呆呆想著心事。

胡小天站起身來，首先望向昨晚遭遇不悟的洞窟，發現那裡並沒有動靜，昨天正是因為自己進入洞窟方才招來了不悟，聽剛才通淨的那番話，似乎他們不進洞窟就不會有事。既然如此，還是不要主動生事為妙。

此時谷口有和尚過來給他們送晚飯，胡小天慌忙迎了過去，接過食盒，打開一看全都是清湯寡水的素齋，這裡的伙食肯定比不上五觀堂，不過有得吃總好過沒有，胡小天也不招呼齊大內，先填飽了肚子。

齊大內自己走了回來，拿起屬於自己的那份大吃了起來，天色漸漸暗淡下，齊大內向胡小天道：「今晚咱們誰守著？」

胡小天道：「山高皇帝遠，你想守著是你的事情，反正我得好好休息。」他吃飽喝足走向那休息的石屋，發現其中居然沒有床，只有兩個蒲團，條件還真是艱苦。

齊大內跟著走了進來，倒不是因為他跟胡小天親近，而是他一個人在外面待著心裡發毛，總覺得這裂雲谷有種說不出的詭異，胡小天既然此前來過，一定對谷內的情況非常清楚，只是這廝根本不願告訴自己，總之離他近一些也好有個照應。

胡小天本以為不悟十有八九又會前來，可這一夜居然無風無浪地度過，別說不悟，甚至連鬼影子都沒一個，胡小天半夜也曾經醒來偷偷觀察不悟最早出現的洞窟，發現那洞窟並沒有任何動靜。

其實這一夜齊大內和胡小天都沒睡踏實，胡小天是擔心不悟隨時都可能會出現，齊大內卻是因為被胡小天嚇得心裡發毛，可一夜過去平安無事，齊大內就認為胡小天是在故意危言聳聽恐嚇自己。

一連六天都是如此，除了定時前來送飯的僧人，再沒有其他人前來裂雲谷。

齊大內還沒有忘記皇上的囑託，每天定時去長生佛的洞窟前上香，他也謹遵通淨和尚的叮囑，從未擅自進入任何洞窟之中，想起再熬一日就完成了皇上交給的任務，這苦差事終於到頭，齊大內的心情也變得輕鬆了許多。

這六個日夜他和胡小天之間也很少交流，胡小天除了睡覺就是打坐練功，也沒有什麼特別的舉動。

對胡小天而言，來裂雲谷並非壞事，這裡無人打擾，他和齊大內之間也沒有什麼共同語言，兼之鄙視齊大內的為人，更是懶得跟這廝說話，剛好可以全身心地投入到內力的修煉之中，他所面臨的最大問題就是將緣空和尚博大雄渾的內力控制住，胡小天也沒有奢望能夠將這些所有的異種真氣化為己用，他首先想到的是保命，只有控制住這些外來真氣，方才能夠逃過被異種真氣反噬的危險。

這六天裡胡小天全身心投入了修煉之中，利用虛空大法將體內如同汪洋大海般洶湧澎湃的內息螺旋分解，化為風雲，再散入體內的奇經八脈，雖然胡小天知道虛空大法修煉越深，以後所面臨的風險越大，但是對他來說眼前只有這個辦法，先化解當務之急再說，以後等遇到緣木大師，希望他能夠慈悲為懷，救治自己。

日出日落，齊大內等到夜色降臨方才回到他們休息的石屋，看到僧人已經將晚餐送來，胡小天卻不在房間內，正在好奇的時候，發現胡小天穿著一條褲衩，濕淋淋從無塵溪中爬了出來，手中還抓了一條兩尺多長的鯉魚。

胡小天笑道：「不壞不壞，今天就用你打打牙祭。」他將那尾鯉魚在河岸上直接剖腹去鱗，清洗乾淨。轉向齊大內道：「你傻站著幹什麼？還不幫忙找些樹枝生火烤魚。」

齊大內也有多日未見葷腥，雖然心中很想大快朵頤，可終究還是有些心虛，低聲道：「統領大人，這裡可是天龍寺。」

「天龍寺怎麼了？這裡只有你我兩人，若是傳出去就是你告的密！」

齊大內真是哭笑不得，心想反正他們兩人也不是什麼真和尚，轉身去附近尋了些枯枝，就地生起火來，等他將火生好，胡小天也將鯉魚清洗乾淨，用一根木棍穿起，遞給齊大內讓他幫忙烘烤。

齊大內烤魚倒是一把好手，沒多久就將那鯉魚烤得香氣四溢，那些僧人送飯過來的時候也帶來了一些粗鹽，這還是應胡小天的要求順便送過來的，齊大內看到胡小天往魚上撒鹽的時候方才明白，原來這廝早有蓄謀。

烤好鯉魚，胡小天一分為二，倒是沒虧待齊大內。當然這廝也是別有用心，殺生是我幹的，可妄動葷腥是咱們兩人都做了，違背寺規兩人全都有份。

兩人坐在火堆旁吃著烤魚，自從來到裂雲谷內還從未有過這樣和諧的時候。

齊大內道：「明晚就不用在這裂雲谷中守夜了。」

胡小天點了點頭道：「烤魚不錯，如果有酒就更好了。」

齊大內道：「等咱們回到京城，屬下請胡大人好好喝上一場。」

胡小天嘿嘿笑了起來，滿懷深意地望著齊大內，齊大內被他看得有些心裡發毛：「胡大人為何這樣看著我？」

胡小天道：「齊大內，你我也算是老相識了，我這個人的脾氣你也應該多少瞭解一些，誰要是對我好，我會加倍對他好，可誰要是想陰我……嘿嘿……」

齊大內惶恐道：「胡大人何出此言，想必是屬下有什麼事情讓大人誤會了。」

胡小天道：「是不是誤會咱們心裡都明白，當初我被召入宮中，你們明明都知道要來天龍寺，為什麼還要瞞著我？」

「呃……那是皇上不讓說。」

「就算皇上不讓你們說，可是來天龍寺之後，那幫侍衛對我陽奉陰違，背後跟我處處作對，我奉皇上的命令外出查探，你們卻放出風來，說我受不了天龍寺的清苦，所以逃離。」

齊大內道：「胡大人，天地良心，我絕沒有這樣說過，都是那些侍衛自己胡說八道。」

胡小天冷笑道：「大家都是明白人，明人不做暗事，我也知道你是受了慕容展的委託，所以才會處處針對我。」

齊大內苦笑道：「屬下怎敢針對大人。」額頭上已經冒出了冷汗。

胡小天道：「你最好沒有，不然我敢保證你沒命離開天龍寺。」

威脅！赤裸裸的威脅。

齊大內的心情頓時一落千丈，感覺這香噴噴的烤魚也突然變得難以下嚥了。

胡小天吃完烤魚，率先返回了石屋。

齊大內一個人在外面篝火旁坐了許久，方才默默返回了石屋，來到牆角躺下，猶豫了一下低聲道：「有人說大人回不去了。」

胡小天聞言一驚，齊大內口中的這個人難道是慕容展？除了他不會有別人，胡小天並沒有追問，齊大內此時的心情必然矛盾之極，如果自己追問下去，也未必能夠有什麼結果，必須讓他認識到自己的厲害，讓他相信自己擁有和慕容展抗衡的能力，他方才能夠將所知的一切全都告訴自己。

胡小天有些想不透慕容展的所為，他為何會如此仇視自己？按說自己沒有對不起他的地方，對慕容飛煙更是好得不得了，難道只是因為跟他女兒相好的緣故？又或是來到天龍寺的老皇帝真的是洪北漠所扮，慕容展早就知道此事的真相？可他為何又說我回不去了？是他想向我下手還是洪北漠想對我下手？我和洪北漠好像也無怨無仇啊！

胡小天馬上又推翻了這個想法，七七對自己的信任或許已經引起了洪北漠的警覺，難道他對自己起了殺心？假如當真如此，他讓自己跟來天龍寺就是一個圈套。

齊大內此時站起身來，拉開房門走了出去，卻是感覺內急想要出去方便。來到門外，卻看到一道黑影倏然隱沒在對面的洞窟之中，齊大內心中一驚，那洞窟分明就是他們日夜焚香陪護的那個，大聲喝道：「什麼人？」

胡小天被他這一嗓子也給驚醒了，慌忙衝出門外，齊大內也不敢貿然前往，指著那洞窟道：「有個人進去了！」

胡小天道：「你是不是眼花？」心中也感到有些不安，若是不悟前來，只怕有得麻煩了。

齊大內道：「真真切切，我不會看錯，咱們要不要去查看一下？」

「要去你自己去，我可不去！」胡小天才不願主動招惹麻煩。

齊大內當然也不敢孤身前往，可心中又有些擔心：「胡大人，若是他們對佛像不利……」一話沒說完，洞窟的方向發出噹一聲，似乎是重物敲擊石頭的聲音。

齊大內的臉色變了，胡小天也不禁皺起了眉頭，聽這動靜好像真是在毀壞那尊長生佛像，如果佛像被毀，皇帝追究下來也是死罪，畢竟是在他們守護期間出了問題，必然罪責難逃。

胡小天道：「走，過去看看！」兩人迅速向洞窟靠近。

躍過小河，來到距離洞窟還有三丈左右的地方，看到有火光從裡面透出。

胡小天忽然感覺身後風聲颯然，他一把將齊大內推開，同時向後撤了一步，咻！咻！兩支羽箭從對面的石崖之上射向他們的後心，因胡小天的及時發現，而錯失目標，撞擊在洞窟的石壁之上，鏃尖撞擊石壁綻放出數點火星。

洞窟內製造動靜卻只是為了吸引他們兩人的注意力。

齊大內被嚇了一跳，他的武功雖然不弱，但是和胡小天相比已經有了不少的差距，如果不是胡小天及時將他推開，他根本沒有察覺到飛來的暗箭。

胡小天低聲道：「去洞窟中藏身！」說話之時已經一個箭步衝入洞窟之中，齊大內慌忙跟緊他的腳步。

胡小天還沒有站穩腳跟，卻見迎面一個黑影向他飛撲而來，正是楚扶風供養的那尊長生佛，乃是被人舉起用力投擲出來。

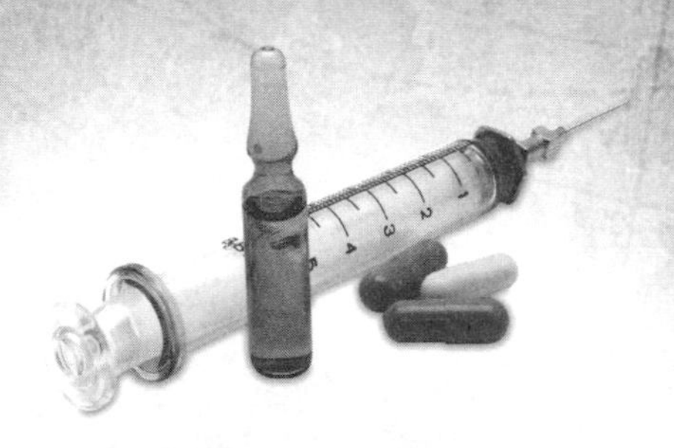

第九章

化骨水

胡小天搜了搜，果然從屍體身上找到了一瓶東西，
擰開一聞，果然是化骨水的味道。
不悟一定是聽到了他們的對話，方才知道的如此清楚。
胡小天心驚，洪北漠派這兩人過來是要將他和齊大內滅口的，
殺死他們後，用化骨水將兩人屍體融掉，造成兩人畏罪逃走假像，
如此說來老皇帝十有八九就是洪北漠假扮。

胡小天不敢硬碰，畢竟這尊長生佛乃是老皇帝關注之物，若是損壞，只怕無法交代，他以雙手托住佛像，在手掌接觸佛像的剎那，明顯有一個手臂彎曲的動作，以此來緩衝佛像的衝力。

一個蒙面黑衣人從洞窟裡面閃出，雙掌拍在佛像的背後，這一式叫隔山打牛，雖然看起來直接擊打在佛像之上，可是力量的爆發點卻是前方的胡小天。

胡小天感覺一股力量從佛像之上傳來，暗叫不妙，如果這潛入洞窟的不速之客是不悟，那麼自己可不是他的對手。對方的力量透過佛像已經傳到胡小天的掌心，掌力卻並沒有給胡小天帶來任何的傷害。

兩人的雙掌都貼在佛像之上，那佛像在彼此的作用下停滯下來。蒙面黑衣人潛運內息猛然一吐，意圖通過隔山打牛以內力將胡小天震飛，可是內力吐出之後，卻如同石沉大海，泛不起任何的波瀾，更不可能對胡小天造成任何的傷害。

蒙面黑衣人皺了皺眉頭，撤回手掌想要去抽出腰間長刀，可是他的一雙手掌竟然黏在了佛像之上，感覺自己的內力正源源不斷地流入佛像之中。那蒙面人目光露出惶恐之色，他竭力想要掙脫開來，可是越是掙脫內力外泄就越快，他不知這佛像因何會如此古怪。

胡小天卻清楚根本不是佛像的緣故，這六天以來，除了吃飯睡覺他幾乎都在用虛空大法化解緣空和尚的龐大內力，遇到外力首先想到的不是抗拒，而是想辦法吸納化解，這已經幾乎成為他的自然反應。所以蒙面黑衣人以隔山打牛想用內力震傷胡小天的時候，卻不想等若羊入虎口。

虛空大法可以將緣空這種級數的高手的內力都抽吸過去，更何況此人，只是胡小天也沒有想到，自己居然稀裡糊塗地可以隔著佛像吸取對方的內力。其實這也不難，也屬於隔物傳功，和隔山打牛一個是功力外放，一個是將對方內力吸入。

齊大內看到兩人隔著佛像彼此對峙，不知發生了什麼狀況，他和胡小天此時也算得上是同仇敵愾，齊大內繞過佛像，來到那黑衣蒙面人身側，一腳向他的下陰踢去，他這一腳踢得又準又狠，正踢在對方的襠部，可是踢中對方之後，卻被一股無形吸引力吸住，想要再將腿抽回來已經不能。齊大內身體失去平衡，伸手扶住佛像，這下更加麻煩，感覺內力源源不斷向佛像流去。

齊大內和那名黑衣人都不清楚發生了什麼情況，只是以為這長生佛顯靈，將他們體內的內力源源不斷地流入佛像之中，兩人都是又驚又怕，竟然忘記了敵人就在身邊，誰也沒有再發動攻擊的意思，拚命掙脫，想要將手掌移開佛像。

真正清楚發生什麼事情的只有胡小天，正是他用虛空大法造成了這種狀況，齊大內只是一個不幸加入的倒楣蛋罷了，自從吸入緣空的雄渾內力之後，胡小天虛空大法的境界提升了數倍，直接表現在吞噬對方功力的速度上，這廝如同一個開足馬力的抽水機，片刻功夫已經將那黑衣人和齊大內的內力抽吸殆盡。

齊大內和黑衣人軟綿綿癱倒在了地上，如同患了一場大病，連站起來的力氣都沒有了。

此時外面又是一支羽箭射入洞窟之中，胡小天迅速轉身，望著那支飛來的羽箭，隨著內力的精進，他甚至可以看清羽箭在虛空中滑動的細微軌跡。胡小天伸手一抓，穩穩將羽箭抓在手中，足尖一點，向洞外衝去。他要衝上對面石崖，將暗箭傷他的那名刺客幹掉。

石崖之上，那名蒙面箭手再度彎弓搭箭，瞄準了從洞窟中閃電般衝出的胡小天，他的雙目中流露出詫異之色，雖然有一定的心理準備，卻仍然沒有想到胡小天可以從洞窟中脫身。

就在他準備施射之時，一道黑影倏然出現在他的身後，一把抓住他的脖子，喀嚓一聲就捏斷了他的頸部骨骼，然後一腳將他的屍體踢了出去。箭手的屍身如同出膛的炮彈，徑直向胡小天砸落，胡小天腳下步伐變換，原地連續兩個轉折，輕巧躲過，箭手的屍體撞擊在地面上，頓時摔得血肉模糊。

胡小天舉目望去，卻見不悟站在對面的石崖之上，黑色僧袍隨著夜風飄揚，宛如幽靈一般。

看到不悟終於出現，胡小天內心不由得咯噔一下，此人才是個真正的大麻煩。不見不悟如何動作，空中接連兩道殘影變換已經來到了胡小天的面前，站在距離胡小天不到三尺的地方，如同妖魔般醜怪的面孔微微揚起，用力吸了吸鼻子，低聲道：「小子，天堂有路你不走，地獄無門偏要來。」

胡小天道：「一個出家人竟然出手殺人，你如何向佛祖交代。」

不悟桀桀怪笑起來：「這裂雲谷還真是熱鬧。」他向胡小天走近了一步，一股強大的壓力，逼迫得胡小天險些後撤，他硬生生抵抗住這強大的壓力並沒有後退，一顆心已經提到了嗓子眼，如果不悟膽敢對自己出手，大不了就跟他拚了，用對待緣空的方法吸乾他的內力。

不悟的眉頭皺了起來，醜怪的臉上現出迷惘之色：「幾天不見，你好像膽子大了許多。」他和胡小天擦肩而過走入洞窟之中。

胡小天想了想也跟著他走了進去。

不悟抓起地上軟癱成為一團的齊大內，抓住他的脈門，臉上的表情越發陰沉：「你的內力哪裡去了？」

齊大內哆哆嗦嗦道：「佛祖顯靈了……佛祖顯靈了……」

不悟冷哼一聲揚起手掌照著齊大內的頭顱一掌拍落，胡小天阻止不及，眼睜睜看著齊大內被他一掌拍死，其實就算他開口阻止，不悟也不會聽他的話。不悟又抓住那黑衣人蒙面人的領口，一把扯下他臉上的黑布，冷冷道：「你來這裡是為了什麼？」

那黑衣蒙面人嘴巴動了動，如此細微的動作卻也沒有躲過不悟的洞察，不悟一把捏住他的嘴巴，手指戳在他的咽喉處，那黑衣蒙面人扭過頭去，哇地一口吐了出來，吐出的那灘東西中竟然有一顆金色的藥丸，藥丸用金箔包裹，含在口中，若是遇到危險，就咬破金箔，裡面的毒藥就會在短時間內奪去他的性命，這是為了以防萬一，防止行動不成落網，嚴刑拷打之下供出背後主謀。

胡小天一旁看著，心中暗暗佩服，不悟雖然是個瞎子，可是比起自己這個有眼睛的還要厲害，換成是自己，恐怕那黑衣蒙面人已經死了。

不悟道：「你老老實實聽話，我會給你一個痛快，如若不然，我會讓你繼續活下去，每天更換上百種的花樣來折磨你。」他的手落在那黑衣人的頭頂，黑衣人的身軀劇烈顫抖起來，面部的肌肉因為極度的痛苦而扭曲變形，雙目翻起了白眼，四肢不停抽搐。

「……我說……我說……」

不悟唇角露出一絲冷笑：「這才聽話。」

「……我……我是來找一本書……」

「什麼書？」

「《乾坤開物》……」

不悟道：「可是楚扶風所寫的那本？」

「是……」

「撒謊！那本書根本就不是什麼秘密，楚扶風早已傳給了他的弟子。」

「我沒說謊……楚扶風藏起了《鼎爐篇》……所以……所以我們才來找這尊長生佛……」

胡小天圍著那長生佛仔仔細細地看，壓根沒從上面看出什麼秘密。

不悟忽然反身一掌拍在長生佛上，蓬的一聲，把胡小天嚇了一跳，卻見那佛像從頭到尾碎裂開來，煙塵之中化為一灘石屑。胡小天暗罵這不悟做事實在太過簡單粗暴，不過他也非常好奇，一邊揮袖拂去灰塵，一邊仔細搜索，裡面根本沒有藏著任何東西。

不悟道：「小子，裡面有什麼？」

胡小天道：「什麼都沒有。」

不悟冷哼一聲，轉向那黑衣人道：「死到臨頭居然還敢騙我！」

那黑衣人顫聲道：「沒有，我發誓沒有騙你，是洪先生讓我們來找……其他的事情我也不知道了……」

胡小天追問道：「是不是洪北漠？」

那黑衣人道：「是……」

不悟忽然伸出手去，啪地一掌落在那黑衣人的天靈蓋之上，黑衣人被他打得腦漿迸裂，一命嗚呼。胡小天想不到他居然在此時動手殺人，怒道：「你為何滅口？」

不悟冷笑道：「我想怎樣做就怎樣做，你敢廢話，我一樣殺了你！」

胡小天怒視他一眼，也不敢再多說話。

不悟道：「你找找他們兩人的懷裡應該有化骨水。」

胡小天搜了搜，果然從那屍體的身上找到了一瓶東西，擰開一聞，果然是化骨水的味道。不悟一定是聽到了他們兩人的對話，方才知道的如此清楚。胡小天越想越是心驚，洪北漠派這兩人過來顯然是要將他和齊大內滅口的，殺死他們之後，再用化骨水將兩人的屍體融掉，造成兩人畏罪逃走的假像，如此說來老皇帝十有八九就是洪北漠假扮。

胡小天將兩具屍體拉到河邊，連同先前死在地上的箭手一起，灑了些化骨水在上面，沒多久三具屍體就化成一灘血水，用水一沖乾乾淨淨，毫無痕跡。

不悟宛如鬼魅般站在他的身後，雖然看不到胡小天的動作，可是胡小天的所作所為也沒能瞞過他的眼睛。這小子做事也夠堅忍果決，就算沒有自己的出現，這兩人也殺不了胡小天，最後也免不了這樣的下場，他低聲道：「他們的內力是被你吸走的！」

胡小天內心一驚，佯裝平靜道：「你什麼意思？」

不悟道：「緣空那晚叫得那麼淒慘豈能瞞過我的耳朵，只是我沒有想到那老賊禿居然也在這裡。」

胡小天這才明白，原來那晚他和緣空以性命相搏之時，不悟始終在暗處偷聽，他之所以沒有現身，是因為神秘老僧空見的出現，以不悟之能尚且都不敢現身和空見正面交鋒，可見空見的武功何等高深莫測。這六天六夜，他和齊大內始終沒有受到不悟的威脅，想必也和不悟擔心空見和尚仍然藏身在裂雲谷有關。

胡小天充滿警惕道：「你想怎樣？」內息自然流轉，周身功力蓄勢待發，如果不悟敢有害他之心，唯有捨命相博。

不悟道：「你也是百年難得一見的奇才，緣空的一身內力震爍古今，放眼天下無人能及，想不到你居然可以將他的內力吸乾而沒有經脈爆裂，若是我沒有猜錯，那上半部《虛空大法》就落在了你的手中。」

到了這種時候，胡小天也沒有隱瞞的必要，他點了點頭道：「我也不知道自己修煉的究竟是什麼功法，在緣空想要吸取我功力的時候我方才知道。」

不悟道：「你知不知道修煉虛空大法最後的結果會怎樣？」

胡小天道：「走火入魔，經脈爆裂而死。」

不悟點了點頭道：「不錯！吸取的內力越多，丹田積蓄的異種真力越是強大，距離大限就越近，緣空也算是因禍得福，如果沒有你將他的內力吸走，他的性命根本超不過三個月，而你吸乾了他的內力，雖然獲得天下最為強大的內功，只可惜你的壽命不會超過三個月，照我看，你比緣空的內力還要強大一些，而你的根基和他卻無法相提並論，所以你甚至連一個月都撐不到。」

胡小天心中一沉，知道不悟這番話絕非危言聳聽，自己過去修煉虛空大法修為尚淺，所以暫時不用擔心走火入魔的問題，現在突然吸取了緣空的強大內力，等若丹田中住進了一頭猛虎，這頭猛虎隨時都可能反噬自己。

不悟道：「天下間無人有能力解救你的性命，因為你的內力已經達到後天至強的地步，除非有先天高手幫你。」

胡小天想到了緣木，可是緣木大師也不是先天高手，難道能夠幫助自己的只有空見大師？

不悟道：「空見三年面壁仍然沒有達到先天境界，所謂先天只不過是天龍寺為了震懾世人編出來的一個謊言罷了。」

胡小天道：「誰都有死的時候，無非是早晚而已。」

不悟冷笑道：「死了未必能夠得到解脫，老夫被困了三十年，非但沒有斷絕生念，反而活下去的欲望一天比一天更加強烈，我知道有個辦法可以救你！」

胡小天望著不悟那張醜怪的面孔，當然不會相信他那麼好心。

不悟道：「你願不願意跟我合作？」

胡小天呵呵笑了起來。

不悟道：「你笑什麼？有什麼好笑？」

胡小天道：「你武功蓋世，有什麼事情不可以自己親自去做，何必假手他人？」他意識到不悟必有所圖，跟這種人合作等於與狼共舞，自己未必能夠占得到便宜。

不悟歎了口氣道：「我之所以留在這天龍寺實乃無奈，我因為練功出錯，所以經脈錯亂，每隔半年都必須要由他們為我梳理內功。」

胡小天道：「說起來他們對你也是不錯。」

不悟咬牙切齒道：「因為他們欠我的實在太多！」

胡小天知道不悟生性乖戾，無意再激起他的憤怒，低聲道：「你想怎麼合作？」

不悟道：「你想要活命，唯有修煉天魔解體，將體內的異種真氣散去，這樣做雖然武功盡廢，但是可以保全你的性命。」

「你肯教我？」

不悟搖了搖頭道：「我不懂那門功夫，不過天龍寺藏經閣卻收藏著這套秘笈。」

胡小天道：「你的意思是讓我去藏經閣將這套秘笈偷出來？」

不悟冷笑道：「不錯！」

胡小天搖了搖頭道：「我可沒那個本事！」

不悟道：「過去沒有，可現在你未必沒有。潛入藏經閣竊取秘笈的事情無需你親手去做，你只需在我動手當日，在普賢院製造混亂，吸引天龍寺僧人的注意力，到時候我親自潛入藏經閣。」

胡小天道：「我怎知你是不是在騙我？」心中暗忖，這不悟被困了三十年都沒有離開天龍寺，難道他已經厭倦了這種生涯，決定孤注一擲，自己還有大好的前程何必陪他冒險，可轉念一想如果不悟的那番話屬實，自己只怕連一個月也撐不下，一個將死之人還有什麼前途可言？

不悟冷冷道：「你有選擇嗎？你不答應，我就將你修煉虛空大法的事情宣揚出去，到時候你就會成為武林公敵。」

胡小天內心一凜，他呵呵笑道：「對一個性命已經沒有幾天的人來說，還有什麼好怕？」

不悟又道：「更何況這次對你並無壞處，你只要在普賢院製造混亂，造成有人刺殺皇帝的假像，整個天龍寺高手必然傾巢而出，所有人注意力集中在普賢院的時候，我才有機會下手。」

胡小天道：「你若是得了東西獨自逃離又該如何？我到時候找什麼人去要秘

笈？」

不悟怒道：「我向來都是言出必行之人，這天魔解體乃是散功之法，我要來也沒有任何用處。」

胡小天道：「你究竟想要什麼？」

不悟猶豫了一下，方才道：「無相神功！」

胡小天心中一怔，那無相神功不是在皇宮的藏書閣內嗎？為何不悟說無相神功仍然在藏經閣內？不排除這種可能，當初李雲聰教給了自己一套虛空大法，卻哄騙自己說這就是無相神功，至於真正的無相神功可能他根本就沒有。

胡小天道：「可我聽說真正的無相神功一直都收藏在皇宮的藏書閣內。」

不悟桀桀笑道：「只不過是天龍寺那幫賊禿故意放出的假消息罷了，天龍寺鎮寺之寶，豈能隨隨便便就丟了？當年朝廷剿滅天龍寺的時候，的確得到了一部分《無相神功》可是絕非原本，那原本自始至終都保存在天龍寺僧人的手中。」

胡小天道：「你有沒有聽說過有人從無相神功演變出了一門青出於藍而勝於藍的武功。」

不悟道：「你是說無間訣？無間訣的確是從無相神功演化而來，可是你說青出於藍而勝於藍我看未必，而且那套功夫根本不適合男人修煉。」

胡小天開始擔心姬飛花的安危，現在姬飛花能夠要脅不悟的無非是一本《無間訣》，若是不悟對無間訣不再看重，那麼他會不會轉而對姬飛花不利？

不悟道：「你若是不肯幫我，我便將你井裡的哪位朋友的下落也一併說出去。」他的臉上露出一絲獰笑，認為自己已經抓住了胡小天的弱點。

胡小天道：「你不怕空見大師？」

不悟道：「他對任何事情都不聞不問，一心只想修煉成佛，和一尊泥菩薩根本沒有分別，管他作甚！」

胡小天道：「我想和我的那位朋友商量一下。」

不悟道：「好！咱們這就去見他！」

姬飛花並沒有想到胡小天會去而復返，而且這次居然和不悟一起同來，相隔六日不見，他的狀況依然沒有好轉，靜靜坐在地洞之中，望著不悟道：「你好像違背了咱們之間的協定。」

不悟道：「是他要見你！」

姬飛花望著胡小天，目光中流露出幾分不解，不知他好不容易才逃脫困境，為何又要去而復返。

不悟道：「不妨礙你們說話，我在外面等你！」他說完身軀一晃，已經消失在地洞之外。

胡小天擔心這廝偷聽，跟著出去看了看，發現外面沒有不悟的影子，這才回到姬飛花的身邊，低聲將剛才不悟找他的事情全都說了一遍。

姬飛花皺了皺眉頭：「難怪不悟這兩天有些不對頭，原來一直以來都是緣空在幫他梳理經脈，緣空被你所傷，他也就距離大限不遠了。」

胡小天以傳音入密道：「我擔心他會對你不利。」

姬飛花搖了搖頭道：「他暫時不會傷我！」

胡小天不知姬飛花何以說得如此肯定，莫非他和不悟之間還有某種不為他所知的關係？

姬飛花道：「如果他狠下心來，修煉無間訣未嘗不可以解決他的麻煩。」

胡小天當然懂得狠下心來是什麼意思，欲練神功揮刀自宮，不悟應該是也不願成為太監，所以放著唾手可得的無間訣未修煉，但是他又不捨得放過這個機會，他低聲道：「他讓我在普賢院製造混亂，由他趁機潛入藏經閣盜取無相神功。」

姬飛花道：「藏經閣豈是什麼人說闖就闖的？就算他武功蓋世也未必能夠來去自如。」

胡小天道：「你是說他可能有詐？」

姬飛花道：「無論他是不是騙你，你也只能賭上這一次了，如果不跟他合作，他將你掌握虛空大法的事情抖落出去，你知不知道會是怎樣的結果？」

胡小天道：「無非是天下人群起而攻之。」

姬飛花道：「緣空就是因為修煉虛空大法而被困天龍寺後山三十年，你非但修煉了虛空大法而且還吸走了緣空的功力，你以為天龍寺的那些僧人會放過你？」

胡小天倒吸了一口冷氣，忽然想起空見和尚應該知道自己掌握虛空大法的事情，低聲道：「那空見和尚應該知道……」

姬飛花道：「空見大師不問世事，他就算看到任何事情都不會說，也不會去過問，否則以他的修為，豈能讓這些事情在他的眼皮底下發生？」

胡小天對姬飛花的這句話卻不敢苟同，如果空見不問世事，那麼那天晚上他就不會誦經阻止自己殺死緣空。不過空見除此以外並沒有做其他的事情。胡小天道：「你不可繼續留在這裡了。」

姬飛花點了點頭道：「不悟看來是要準備冒險一搏，無論成敗，這裡都不再安全。」

胡小天道：「你想怎麼做？」

姬飛花知道他是想幫助自己逃走，淡然笑道：「你不用擔心我的事情，我既然能夠從皇城逃到這裡，也自然有離開天龍寺的辦法，反倒是你自己要多加小心，不悟喜怒無常，冷血暴虐，你跟他合作務必要多留個心眼。」

胡小天道：「為何不是我們？」

姬飛花平靜道：「以後你來這裡不會再見到我。」

胡小天明白姬飛花已經準備離去，只是以他現在的狀況又能走多遠？不由得為他感到擔心。

姬飛花道：「你走吧！」

胡小天點了點頭，心中雖然有些不忍，可是他也沒有將姬飛花從天龍寺安全帶走的辦法，就算他有辦法，姬飛花也不會隨他離去。

胡小天來到往生井外，看到不悟仍然在那裡等著自己，不悟道：「怎樣？有沒有商量好？」

胡小天正想說話，忽然感覺腳下的山岩微微顫抖了起來，他心中一怔，以為發生了地震，卻見不悟臉色驟變，低聲道：「不好，有人觸動了輪迴石！」他們腳下的岩石也發出崩裂的聲音，那巨大的往生碑緩緩向井口倒去。

胡小天首先想到的是姬飛花，想要向井口奔去，卻被不悟一把拖住，厲聲道：「你不要命了？」片刻之間，那井口的岩石已經轟隆隆坍塌了下去，往生碑緩緩倒伏在坍塌的洞口。

胡小天望著煙塵四起的現場，腦海中突然變得一片空白，想不到往生井竟然會突然崩塌，井口完全被坍塌的山岩封閉，胡小天驚慌失措道：「下方還有沒有其他的通路？」

不悟搖了搖頭道：「輪迴石放下，這往生井所有的通道完全坍塌下陷，已經淪為一片廢墟，想不到他居然會自斷生路，可惜可惜！」不悟可惜的是自己還沒有從姬飛花那裡得到《無間訣》全部的內容，可不是惋惜姬飛花的性命。

胡小天心下黯然，不知姬飛花為何要自尋死路，可是以姬飛花的性情絕不會自尋短見，興許這往生井內還有其他的通道，想到這裡心中頓時釋然，以姬飛花之能，可以在重傷的情況下逃出皇城來到這裡，又有什麼事情是他做不到的？

不悟道：「離開這裡。」他聽力驚人，方圓一里之內的任何細微動靜都躲不過他的耳朵。胡小天跟在他的身後迅速離開現場，雖然胡小天練過躲狗十八步，步法飄忽靈巧，可是在速度上卻根本無法和不悟相提並論。

不悟歎了口氣，伸手拖在他的左側腋下，騰空一躍，身軀已然凌空飛起，胡小天被他托著飛到五丈高處，不由得心中發慌，不悟以傳音入密對他道：「廢柴，擁有那麼強大的內力卻不知如何運用，真是廢柴，放鬆！我教你馭翔術！」馭翔術也是一種輕功身法，胡小天最早學會的金蛛八步是爬，然後學到的躲狗十八步是跑，和這兩者相比，馭翔術就是飛了。

馭翔術的關鍵在於對內息的控制，只要控制吐納就可以實現凌空飛躍，然後俯衝而下，雖然不是真正意義的飛行，可是已經可以達到肉身滑翔的地步。想要掌控馭翔術必須要以強大的內力為基礎，所以這世上真正能夠修行馭翔術的必須是絕頂高手，像胡小天這種武功泛泛者修習馭翔術算得上開天闢地頭一個，不過他有強大的內力作為保障。

不悟將口訣傳授給他，又在身邊點撥，胡小天原本就是聰明絕頂之人，沒過太久就已經掌握了馭翔術的訣竅，其實也沒有什麼太高深的法門，和游泳差不多，普通人無法自如將身體漂浮在水面之上，但是真正學會憋氣放鬆，就可以自如漂浮。馭翔術依然，像他們這種內功高手來說，內息要比尋常人強大太多，內息聚集在丹田經脈凌空漂浮，將內息外放身體可以實現在空中的滑翔俯衝，看起來有如鳥兒一般，普通的武者也可以依靠內力縱跳騰躍，但是高度和距離遠遠遜色於他們。

不悟輕輕鬆鬆就可以凌空五丈，然後俯衝可達二十丈的距離，這還是沒有施展全力的前提下。開始的時候胡小天還需要不悟一旁幫扶，在掌握內息吐納訣竅之後，很快就能夠實現自己凌空飛躍滑翔，雖然還達不到不悟的程度，但是也相差不遠。

來到裂雲谷石崖之上，不悟停下腳步立在石崖邊緣，讓胡小天跳下去，胡小天俯視下方，從這裡距離谷底要有近二十丈的距離，就這麼跳下去不摔死也要摔得腿斷骨折，他搖了搖頭道：「我還是爬下去！」

不悟道：「廢柴，利用我剛剛教你的吐納之術，滑行一段然後封住內息聚氣，最多三個呼吸就可以安全抵達谷底。」

胡小天看了看下面仍然心底有些發毛，冷不防不悟一把推在他的後背之上，胡小天根本沒有來得及準備就摔落下去，他嚇得魂飛魄散，哪還記得聚氣封息，手腳亂舞向下方摔落。眼看就落到中途，不悟從右側現身，一把抓住他的右臂，用力一拋，胡小天如同一個皮球一般被扔上半空，這次飛得比剛才立身的石崖還要高出許多。飛到最高點的時候，又俯衝向下，胡小天這次終於想起不悟剛才說的話，慌忙按照他教給自己的馭翔術封息聚氣，身體果然在空中一個停頓，然後滑翔俯衝，一段距離之後再度封息聚氣，如此反覆四次，距離谷底只剩下兩丈的高度，胡小天心中一喜，頓時又將封息聚氣的事情忘記，噗通一聲栽倒在地面上。

不悟隨後落在他的身邊，在他屁股上踹了一腳道：「沒死就跟我過來！」不見他如何動作，他的身軀已經緩緩升起，進入胡小天首次見他的三層洞窟之中。

胡小天看得目瞪口呆，自己雖然剛剛學會了馭翔術，可是卻沒有凌空升起的本領，看來這惡僧還存了不少的私貨。胡小天想了想，凌空一躍飛起三丈左右，在想向上升起已經無以為繼，重新落回了地上，他無奈搖了搖頭，唯有利用金蛛八步沿著岩壁向上攀爬到了洞窟之中。

不悟已經將壁龕內的一盞油燈點燃，他是個瞎子當然不需要燈光，這盞燈顯然是為了胡小天準備。

胡小天的目光被洞窟牆壁上五彩斑斕的壁畫吸引了過去，這些壁畫畫得全都是一些半人半鬼的怪物，有相互殘殺，有自殘肢體，場面極其血腥殘忍。胡小天道：「這些全都是你畫的？」其實他第一次來就親眼看到不悟在畫壁畫，早已知道了答案，雖然畫工普通，但是一個瞎子能畫到這種地步已經非常難得。

不悟扔給他一卷東西，胡小天接過之後展開，借著燈光一看，卻是一幅天龍寺的詳細地圖，對每個區域都有詳細標注。不悟道：「這是天龍寺的地圖，不過已經是七年前的，你這兩天要仔仔細細的研究透徹，這些年不知寺內有沒有什麼變化，你既然住在西院，就可利用這個機會參照地圖將變化之處詳細標注出來，然後告知我聽。」

胡小天道：「你打算何時動手？」

不悟道：「不急，今晚發生了那麼多的事情，必然引起天龍寺眾僧關注，方方面面的警衛肯定越發嚴格，咱們大可耐心等上一些日子，等到他們麻痹大意方才動手。」

胡小天道：「知己知彼百戰不殆，大師果然深謀遠慮，好，我先將天龍寺的內部結構搞清楚，將所有變化都記下來。」

不悟道：「你只需注重西院，其他的地方倒無需特別關注。」

胡小天道：「你讓我製造混亂，可是我若是暴露了身分那可如何是好？」

不悟道：「若是暴露了只能怪你自己太蠢。」

胡小天道：「我不是這個意思，大師既然想跟我合作，可就憑我這三腳貓的功夫，萬一被人識破事小，可壞了大師的大事豈不是麻煩？」

不悟皺了皺眉頭道：「你究竟想怎樣？」

胡小天道：「不如這樣，大師再教給我幾招克敵制勝的絕技，萬一我遇到了麻煩也好脫身。」

不悟聞言桀桀怪笑起來：「小子，我沒有聽錯吧，你是要拜我為師？」

胡小天心中暗道，我可沒想拜你為師，只是想學幾招殺手鐧留在關鍵的時候使用，你這老傢伙根本是自作多情。

不悟認準了胡小天是要趁機提條件，想從自己這裡勒索點東西，負手在洞窟內來回踱了幾步：「我這一生一共收了兩個徒弟，一個被我殺了。」

「還有一個呢？」

不悟咧開大嘴一笑，顯得格外猙獰：「被我吃了！」

胡小天吐了吐舌頭，乾咳了一聲道：「您老當我沒說！」

不悟道：「你體內的武功縱然算不上天下最強，可也應該在天下間屈指可數了，放著那麼強大的內功不會運用，等若一個傻子守著一座金山不會花錢一樣，簡直廢物，廢物到了極點。」

胡小天道：「我不是守著一座金山，是背著一座金山，你不是都說了，我最多活一個月，用不了多久我就得被這座金山給壓死。」

不悟道：「你倒是有些自知之明。」

胡小天歎了口氣道：「我這輩子最大的願望就是想當個無憂無慮任性而為的敗家子，可想想也真是窩囊，金山有了卻花不出去，你說我活得憋屈不憋屈？不如這樣，我反正留著這些內力也沒啥用，便宜你得了，我把虛空大法教給你，等我臨死那一天你把我的功力全都吸走，以你的武功再加上我的功力，我看你百分百就是天下第一高手，也別費盡心思找什麼無相神功了，你也一大把年紀了，就算讓你找到，你也未必來得及修煉，還是趁著現在幫我把這座金山給揮霍一空來得現實。」

不悟明顯被胡小天給弄得一愣：「你不怕死？」

「我要是怕，能不死嗎？」

不悟桀桀笑了起來，不得不承認這惡僧笑得可真是難聽，跟夜貓子差不多。

不悟道：「你一身的內力全都來自緣空，我要是收了你當徒弟，豈不是等於緣空那假仁假義的賊禿就是我的徒弟？妙哉！妙哉！」

胡小天道：「我是說你教我幾手殺招，沒其他的意思。」

不悟冷冷道：「你當我的武功隨隨便便就交給別人？趕緊跪下拜師！」

胡小天心想天下間哪有強逼別人拜師的道理。

不悟道：「怎麼？你反悔了？」

胡小天道：「是有點後悔！」

「嗯？」凜冽的殺氣瞬間充滿了整個洞窟。

胡小天道：「我是為你擔心，明知我那麼短命還拜你為師，豈不是要讓你白髮人送黑髮人，一日為師終生為父，師父看到徒弟死了，如同當爹的死了兒子，你到時候要多麼傷心。」

不悟哈哈笑了起來，凜冽殺氣瞬間消失於無形：「伶牙俐齒，明明自己後悔，卻說得那麼冠冕堂皇，當真是不要臉到了極點，可是我喜歡！你若是拜我為師，我便送你半年的壽元！」

胡小天愣了一下，這不是要給自己續命半年的意思？看來這惡僧根本就是有辦法搭救自己，果然大有好處，拜啊！必須得拜，當下撲通一聲就跪在了不悟面前：「師父在上，請受徒兒小天一拜！」

不悟點了點頭，醜怪的臉上居然露出些許喜色，他低聲道：「你既然入我門來，那就要遵守我門下的規矩。」

胡小天暗歎果然有條件，不悟也不是個省油的燈，早知道不會有天上掉餡餅的事情，胡小天道：「拜師還有條件啊？」

不悟道：「你已經跪下去就是我的徒弟，所以這只是門規不是條件，你記住，第一個條件就是，如果你得到了無相神功，一定要送到我的手裡，就算我死了，你也要將無相神功拿到我的墳前焚化，你能不能做到？」

胡小天道：「沒問題！」

不悟又道：「這第二個條件，你拜我為師之後，這輩子都不可以再拜他人當師父，就算我死了也不可以。」

胡小天心想你當我給人下跪成癮啊？擁有了緣空如此強大的內力，再經過你指點我的武功，天下間能比你們厲害的人也只是屈指可數了，不拜就不拜，他點了點頭道：「我這輩子估計再也不可能遇到比師父更厲害更威風的英雄人物了。」是表態也是在拍馬屁，這廝畢竟是有過太監的職業體驗，恭維的話張口就來。

不悟明知他是在溜鬚拍馬，可聽在耳朵裡也頗為受用，向前走了一步又道：「這第三個條件，你需得幫我害一個人。」

胡小天道：「什麼人？」頭皮頓時有些發緊，前兩個條件還好說，這第三個條件顯然是最為棘手的，以不悟的武功，想要殺人又何須勞動外人動手？這個人一定極難對付？難道是天龍寺的某一個？

不悟道：「這個人叫穆雨明，乃是我的同胞兄弟！」

胡小天道：「你要殺你的兄弟？」

不悟緩緩點了點頭道：「若非是他我怎會失去雙目，若非是他我怎會失去家人，若非是他，我怎會身陷天龍寺，被這幫賊禿羞辱三十年？」他的情緒頓時激動了起來，胸膛不斷起伏，面孔淒厲若鬼。

胡小天擔心他的情緒失去控制，輕聲道：「你知不知道他在哪裡？」

不悟搖了搖頭道：「我若知道，就算是犧牲性命也一定會去找他，可是我不知道，我找了他三十五年，整整三十五年，他被我追得走投無路，最後設計我，將我引入藏經閣，讓天龍寺的這幫賊禿來對付我！」

胡小天看到不悟痛心疾首的樣子，方才知道原來不悟也有著如此悲慘的過去，心中不由得有些同情他，如果不悟當真是被他的親兄弟所害，變成如今這個怪戾的樣子也情有可原，換成他的經歷發生在任何人的身上，只怕會幹出比他更加瘋狂的事情。他的兄弟既然如此可惡，就算殺掉也不足惜。胡小天點了點頭道：「好！我答應！只是我也不知道他長得什麼樣子，你又不知道他在哪裡，我就算迎面遇上也認不出來。」

「你先起來吧！」

胡小天站起身來。

不悟從裡面拿出一幅畫像，緩緩展開，畫像上卻是一個丰神俊朗的少年，看起來也就是二十歲左右的樣子，長得風度翩翩，英俊非凡：「這就是我兄弟！」

胡小天看到那幅畫像不由得啞然失笑，這幅畫看來不止三十年了，就算畫得很像，這三十年來還不知要產生怎樣的變化，可以說這幅畫已沒有任何參考價值。

不悟道：「這是他十七歲時所畫，距今已有三十五年，仔細看著他的樣子。」

胡小天將自己的顧慮告訴了不悟，不悟道：「他還有一個特徵，胸口生有三顆黑痣。」

胡小天道：「如此明顯的特徵他大可以切掉。」

不悟道：「對了，他還有一個特點，胯下之物很大。」

胡小天聽到這裡不由得笑了起來，不悟的意思難道是讓自己扒開每個人的褲子去看？這些根本不能作為參照，可轉念一想，不悟既然這麼說，他這位同胞兄弟的胯下之物那就不是一般的大，於是問道：「有多大？」

不悟道：「是我所見過最大的一個。」說完他又歎了一口氣道：「我也知道單憑這些線索未必找得到他，三十年了，早不知他變成了什麼模樣。」

胡小天心中暗忖，如果當真如不悟所說，他的這位同胞兄弟想要好好隱藏起來，不排除將胯下之物一切了之的可能，想到這裡，靈光一閃，難道他的同胞兄弟入宮當了太監？

不悟道：「當年他趁著我被天龍寺僧人圍攻之時，曾趁亂從藏經閣內盜走了幾本秘笈，只要查出藏經閣當年丟失的是什麼書，就可推斷他修煉的是何種武功。」

胡小天這才明白不悟想要潛入藏經閣的真正目的，他不是為了什麼無相神功，而是為了要復仇。不過胡小天仍然覺得他復仇的機會極其渺茫，憑著這些三十多年

前的記憶，再加上可能從藏經閣獲得的線索，胡小天道：「如果這三十年來他根本沒有修煉武功呢？」

不悟搖了搖頭道：「不可能，他好武成癡，絕不肯放過修煉秘笈的機會，只要查出天龍寺丟失的是什麼秘笈，就能循著這條線索找到他。」他轉向胡小天道：「你肯不肯幫我？」

胡小天道：「一日為師終生為父，你的事情就是我的事情，這事兒我幫你留意，我若是能活一個月就幫你查一個月，我若是能活半年就幫你查半年。」

不悟焉能聽不出這小子在提醒自己剛才答應送他半年壽元的事情，他從懷中取出一個黑黝黝的瓷瓶，從中倒出一顆黑乎乎，看起來如同羊屎蛋一樣的藥丸，遞到胡小天面前，攤開手心道：「吃了它！」

胡小天道：「什麼東西？」

不悟道：「天龍寺秘製的易筋活血丹，緣空能夠活到現在全都靠這藥丸壓制，不過隨著吸取的內力越多，這東西的效果也就越小，你初次服用，應該有些作用。」

胡小天望著那顆藥丸吞了口唾沫，事到如今也只能硬著頭皮試試了，捏了藥丸塞入口中，雖然有些苦，但是沒有臭味，確定不是羊屎蛋。易筋活血丹進入腹部也沒有什麼特別的感覺，胡小天砸吧砸吧嘴，伸手去拿不悟手中的瓶子，不悟卻察覺到他的動機，將黑色瓷瓶重新收回懷中，低聲道：「之所以交給你馭翔術，不但可以提高你的輕身功夫，而且可以練習你掌控內息的能力。明日開始，每天子時，我過來教你武功。」

胡小天道：「可是明天我就要回去交差了。」

不悟笑道：「那是你的事，若沒有多留幾日的本事，學武之事休要再提。」

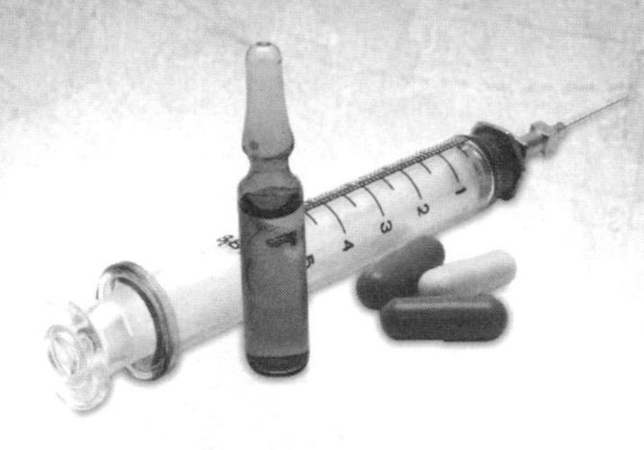

第十章

改頭換面

「改頭換面？那豈不就是易容術？」
胡小天心中大喜過望，他一貫喜歡投機取巧，
在他心目中甚至覺得易容潛伏之類的本領比起武功更加重要，
畢竟這個世界上太多無法用武功解決的問題，
如果武功能夠決定一切，
那麼現在坐在列國皇位之上的應該都是武林高手才對。

翌日清晨，胡小天一早就醒來，先檢查了一下裂雲谷的情況，確信齊大內和那兩名黑衣刺客的屍體已經化得乾乾淨淨被河水沖走，這才放心，又在裂雲谷內搜尋了一下，找出刺客的武器，潛入河底用石塊掩埋起來。

回到楚扶風供養長生佛的洞窟，發現佛像已經被不悟拍擊成粉，若是被老皇帝知道，這事兒就足以讓他掉了腦袋。

胡小天將洞窟打掃乾淨，準備從隔壁洞窟中搬一尊長生佛像過來，反正老皇帝也不會親來，先蒙混過關再說。

清掃那堆佛像廢墟的時候，卻從中掃出一個齒輪一樣的東西，銅錢般大小，在手中一掂頗為沉重，仔細一看，邊緣的齒輪非常怪異，胡小天雖然不知這是什麼東西，可也能夠推斷出此物非常重要，之前他曾經仔細檢查過這洞窟，並沒有發現這樣東西，應該是不悟一巴掌拍碎佛像，方才顯露出來的，楚扶風當年既然將這齒輪藏在長生佛像的肚子裡，想必齒輪極其珍貴。

胡小天將齒輪小心收好，清理好洞窟，然後從其他洞窟之中挑選了一個樣子差不多的佛像扛了回去，原本沉重的佛像現在對胡小天而言已經是舉重若輕，根本沒有花費太大的力氣就完成了搬運工作。

等胡小天忙完這一切，已經是正午，兩名送飯的僧人沒有過來，這次倒是監院通淨大師親自前來，通淨看到兩人只剩下了一個，不由得有些錯愕，詫異道：「你的那名同伴呢？」

胡小天歎了口氣道：「一言難盡，他受不了這裡的清苦，趁著我熟睡，獨自一人逃之夭夭了。」

通淨吸了吸鼻子，胡小天擔心被他聞到血腥味道，一顆心不由得怦怦直跳，還好通淨沒有聞到血腥氣，低聲道：「貧僧怎麼聞到有葷腥焦臭的味道。」

胡小天心中暗笑，說得那麼複雜還不是烤魚，他雙手合什道：「說來皆因此事而起，昨晚他從小河之中叉了一條魚上來，在岸上剖腹刮鱗，我看他居然在佛門淨地殺生，於是多說了他兩句，他一時氣不過跟我吵了起來，我本以為事情就此作罷，卻想不到他居然半夜就走了。」

通淨將信將疑，可是胡小天的這番說辭倒是也禁得起推敲，他低聲道：「胡施主隨我來，七日之期已經滿了。」

胡小天隨著通淨回到了西院五觀堂，他不在的這段日子裡，那幫侍衛倒是逍遙自在，聽聞胡小天回來，一個個都暗叫不妙，這廝在裂雲谷禮佛七日，等於被關了七天禁閉，現在回來只怕要將所有的悶氣都撒在他們的身上，以後有得他們受了。

看到只有胡小天一個人回來，也都是大感驚奇。

胡小天也沒有跟這幫傢伙廢話，洗了個冷水澡，換了身乾淨衣服，徑直前往普賢院去向皇上覆命。經歷了昨晚的事情，胡小天幾乎能夠斷定，普賢院的這個老皇帝十有八九不是真身，所謂來天龍寺為安平公主超度亡魂，根本就是洪北漠安排的一個局，這廝想趁機把自己害死，讓自己無法離開天龍寺。看來老皇上剛剛復辟，圍繞權力的明爭暗鬥就已經開始。小公主畢竟年輕，鋒芒畢露的結果就是引起了洪北漠過早的警惕，從自己目前的處境來看，洪北漠已經著手剪除七七的左膀右臂。這廝打得一手的如意算盤，說什麼讓自己替他去給楚扶風的長生佛上香誦經七日，根本是要尋找機會將自己幹掉。至於齊大內只是一個倒楣鬼，自己當初將他拉去裂雲谷墊背，也沒有想到會把他害死，齊大內現在的下場也是他咎由自取。

來到普賢院，仍是尹箏迎了出來，低聲道：「皇上在誦經，大哥請稍待。」

胡小天點了點頭，於是就在外面站了，這次老皇帝不知是不是故意在刁難他，等了一個時辰方才將他傳入房內。

老皇帝坐在蒲團之上，手中握著一串念珠，望著從門外走進來的胡小天，冷冷道：「齊大內身在何處？」

胡小天心中暗忖，你昨晚才派去兩個殺手害我，今天還明知故問，他躬身道：「陛下，齊大內因為受不得清苦逃了。」

龍宣恩怒視胡小天道：「你以為可以像敷衍那幫僧人一樣敷衍我嗎？」

胡小天道：「陛下何出此言，我和齊大內兩人奉了陛下之名在裂雲谷長生佛前，供了七日的香火，誦了七日佛經，不敢說自己立下多大的功勞，可這七日來兢兢業業，還算對得起陛下的重托，可是昨晚發生了一件事……」

胡小天說到這裡故意停頓了一下。

龍宣恩道：「什麼事？」

胡小天道：「臣不敢說。」

「你照實說，只要說得實話，朕就恕你無罪。」

「謝陛下！」胡小天向前走了一步，他心中認準了眼前的龍宣恩是洪北漠假冒，恨不能上去飽以老拳，揍到他現出原形，可現在終究還不到時候，胡小天壓低聲音道：「昨晚，有兩名黑衣人潛入裂雲谷想要毀去佛像。」

龍宣恩眉頭微微一皺，雙目中泛起一絲波瀾。

胡小天是故意這樣說試探他的反應，不能全說實話，可想要讓他相信，就必須要摻雜一些真話，這樣才能讓他真假難辨。

龍宣恩道：「然後呢？」

胡小天道：「我和齊大內擔心他們會對佛像不利，齊大內先衝入洞窟之中包圍佛像。」說到這裡他又停下來。

龍宣恩對他這種賣關子的行為頗不耐煩，催促道：「有話快說！」

胡小天道：「我們去裂雲谷之前，監院通淨大師曾經對我們千叮萬囑，無論如何都不可冒然進入洞窟之中，所以我們一直都遵守他們的規矩，焚香誦經都在洞窟

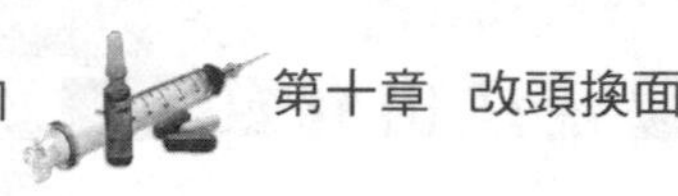

之外，昨晚他們三人同時進入洞窟，然後微臣就聽到三聲慘叫。」

龍宣恩道：「怎麼？」

胡小天搖了搖頭道：「臣也不知道到底發生了什麼，正準備冒險前往洞窟之中時，突然看到一個長著一半人臉一半鬼臉的長毛怪物，從裡面抓了三個人出來。」

龍宣恩冷笑道：「你當朕是三歲孩童？一個人怎麼可能抓住三個人出來？別的不說，齊大內的武功在御前侍衛中也屬一流。」

胡小天心中暗笑，屁的一流，齊大內那三腳貓的武功如今都架不住老子一拳。臉上做出委屈萬分的樣子：「陛下若是不信，臣也沒有辦法，可能是臣眼花，但是臣真是看到那半人半鬼的東西帶著三道人影飛了出去，齊大內也在其中，一直飛到了正北邊的石崖然後消失不見。」

龍宣恩道：「你沒有跟著追過去？」

胡小天苦笑道：「不瞞陛下，當時我被嚇得七魂不見了六魄，而且臣就算想追也沒有飛起來的本事，就算追上去也只有送死的份兒，臣死不足惜，可若是無人回來給皇上報信，讓皇上知道昨晚到底發生了什麼，那就是天大的罪過了。」

龍宣恩冷哼一聲：「說起來你貪生怕死倒是為了朕考慮了？」

胡小天道：「陛下，這天龍寺內大大的詭異，我看咱們還是別待在這裡了，為了皇上的安全起見，還是早點返回皇城為妙。」

「混帳！」龍宣恩勃然大怒。

胡小天佯裝嚇得魂不附體，撲通一聲跪在了地上，暗自咬牙想到，終有一日老子會讓你加倍給我跪回來。

龍宣恩道：「全都是信口胡說，以朕來看，根本就是齊大內受不得谷中清苦所以逃了，你身為他的頂頭上司，擔心替他承擔責任，所以才編出了這番謊話來騙朕，你當朕老糊塗了？竟敢如此欺瞞？」

胡小天叫苦不迭道：「陛下，微臣若是有半點欺瞞之處，就讓臣內力全失，走火入魔。」他現在巴不得內力全失，走火入魔，反正早晚都會有這一天，也不算什麼惡毒的詛咒。

龍宣恩哪知道他心裡所想，冷冷道：「你且退下，待朕查明此事再做定論。」

胡小天想起不悟和尚還要教自己武功的事，慌忙道：「臣自知對下屬疏於管教，甘願前往裂雲谷面壁，在長生佛前再誦經焚香七日。」

龍宣恩雙目一轉，滿面狐疑，這小子居然主動要去裂雲谷面壁，其中必有玄機，他點了點頭道：「朕沒逼你，既然你主動要求面壁思過，那就七日吧。」

胡小天心中竊喜，行禮告退。

胡小天離去不久，一個灰色的身影悄然進入龍宣恩的房間內，低聲道：「老四和老五昨晚徹夜未歸，看來已經凶多吉少了。」

龍宣恩歎了一口氣，從蒲團上站起身來，舒展了一下身軀，原本佝僂的背脊瞬間變得挺拔，雙目也綻放出灼灼精光，低聲道：「齊大內應該也已經死了！」

「會不會是他下的手？」

龍宣恩搖了搖頭：「他的武功應該沒有那麼厲害。」

「大哥，剛剛聽到一個消息，天龍寺後山的往生碑倒了，現在寺裡的幾位高僧正在商議。」

龍宣恩皺了皺眉頭：「你去問問，這天龍寺裡究竟有沒有一個半人半鬼的長毛怪物。」

「是！胡小天那裡怎麼辦？」

「暫時不要管他，等查清楚昨晚寺裡究竟發生了什麼，再考慮他的事情。」

尹箏將胡小天送到門外，胡小天看到周圍無人，以傳音入密向尹箏道：「小尹子，我一直都將你當成兄弟，你心裡究竟有沒有把我當成大哥？」

尹箏聞言色變，顫聲道：「大哥此話從何說起，小尹子對大哥從來都是知無不言言無不盡。」

胡小天道：「你伺候皇上有多長時間了？」

尹箏道：「有些日子了，應該也不算太久。」

「皇上身邊的那八名護衛你認不認識？」

尹箏將腦袋搖了搖：「不認識，他們全都是天機局洪先生派來的人，皇上最信任的人就是洪先生。」

胡小天道：「洪先生最近一次來找皇上是什麼時候？」

尹箏努力想了想，低聲道：「皇上出發前來天龍寺那天，就在大哥去宮裡見皇上之前不久。」

胡小天將信將疑，他現在無法斷定尹箏是不是洪北漠的人，這小子能夠伺候兩任君主絕非尋常之輩，即便是在皇宮之中也不多見。

尹箏道：「大哥是不是懷疑我什麼？」

胡小天壓低聲音道：「皇上可能要殺我，你以後最好離我遠一些。」

尹箏聽他這樣說臉色又是一變：「怎麼會？皇上不是一直都很寵信大哥的。」

胡小天意味深長道：「君心難測，我也以為自己本不該遭到這樣對待。」

尹箏道：「不會的，陛下不會這樣對待大哥的。」

胡小天搖了搖頭，大踏步離開了普賢院。

回到五觀堂，馬上聞到了飯菜香，卻是兩名御廚因為胡小天回來特地做了幾道拿手素菜，都知道這位爺難伺候，不把他伺候舒坦了，剩下的日子沒有好果子吃。

胡小天雖然昨晚弄了半條烤魚打牙祭，可那畢竟和御廚做出的飯菜無法相提並論，美美吃了一頓。

黃羅生在一旁笑容可掬地候著，小心問道：「統領大人感覺口味如何？」

胡小天道：「不錯，不錯！若是有酒有肉就更好了。」

黃羅生討好道：「大人不要著急，等回到皇宮，我專門為胡大人整治一桌拿手的好菜。」

胡小天心中暗忖，這黃羅生也是個善於察言觀色的貨色，這種人最擅長的就是趨炎附勢，他是皇上身邊的御廚，跟他處好關係很有必要，胡小天道：「那我先謝過了，黃師傅，有件事我想問你，皇上最近的飲食如何？」

黃羅生道：「皇上最近口味寡淡了許多，對菜肴也不像過去那般挑剔。」

胡小天道：「皇上的飯量如何？」

「飯量倒是增加了不少，本來我還以為皇上無法適應廟裡的清苦，現在看來反倒是我多慮了。」

胡小天點了點頭，口味都變了，看來這廝十有八九是個假皇帝了，洪北漠啊洪北漠，你好大的膽子，竟然敢冒充皇上，老子一定要戳穿你的騙局。想是那麼想，可現在洪北漠的身邊全都是他的親信，別人也對這個假皇帝深信不疑，自己拿什麼揭穿人家？

胡小天吃飽喝足，舒展了一個懶腰走出門外，卻見左唐和一幫侍衛在遠處站著竊竊私語，看到胡小天出來，同時閉上了嘴巴。

胡小天耳力何其敏銳，已經聽到他們正在談論齊大內的事情，他懶洋洋向左唐招了招手，左唐被他那天差點摔死，早已嚇破了膽子，慌忙一路小跑來到胡小天面前，恭敬道：「胡大人，您有什麼吩咐？」

胡小天道：「你們在談什麼？」

「沒什麼……」

胡小天目光一凜，嚇得左唐打了個哆嗦，低聲道：「就是說齊大……哥怎麼沒回來……」

胡小天歎了口氣道：「只怕是回不來了！」

左唐心中一沉，首先想到的是齊大內難道被他給害了？可又覺得胡小天應該沒有這麼大的膽子，畢竟還有皇上在這裡，他不敢為所欲為的。

胡小天道：「念在咱們共事一場，我好心提醒你們一句，以後離皇上身邊的人遠一些。」

左唐道：「大人的意思是？」

胡小天道：「我且問你，你們此前有沒有見過皇上身邊的那八名侍衛？」

左唐搖了搖頭。

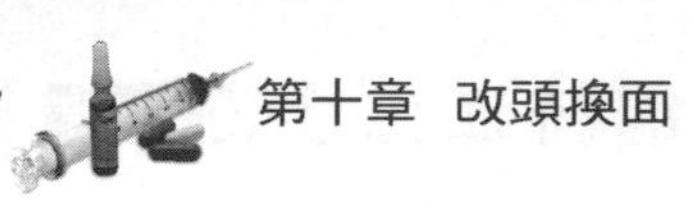

胡小天又道：「貼身保護皇上原本就是咱們御前侍衛的活兒，這次皇上居然從天機局調來了八名護衛，顯然沒有把咱們這群人放在眼裡，以後兄弟們還是自求多福吧，雖然是佛門淨地，可也還是有風險的。」

左唐聽得雲裡霧裡，正想再問，胡小天已經舉步向外面走去，吃飽喝足了，他得去面壁七天，這七天的功夫一定要好好珍惜，怎麼都得從不悟那裡學到一些壓箱底的功夫，天龍寺表面上一團祥和，可內部卻是複雜無比，胡小天來的這九天，已經過得驚心動魄，稍有不慎，真有可能回不去了。

胡小天去找了監院通淨，將皇上讓他去裂雲谷面壁七日的事說了，通淨這邊並未接到寺裡通知，又讓小沙彌去問，問完方丈回來方才讓人領著胡小天前往。

胡小天有些詫異道：「通淨大師不送我過去？」

通淨道：「施主既然已經去過了一次，貧僧就沒必要多走這一趟了，切記，除了裂雲谷之外，施主最好不要踏足其他的地方。」

胡小天點了點頭跟著那引路的小沙彌前往裂雲谷，兩人走到中途遇到一位相貌俊美的年輕僧人迎面而來，胡小天看到那僧人只覺得有些熟悉，仔細一想，居然是自己在新年陪同七七前往大相國寺掃塔之時遇到的那個年輕僧人。

那僧人眉眼低垂，目不斜視顯然沒有留意到胡小天這個過路和尚，等他走過去，胡小天向那小沙彌道：「那和尚是誰？」

小沙彌順著他的目光望去：「你說的是明鏡師兄，他是我們明字輩中佛法最為精深的一個，也是天龍寺年輕一代中最有希望成為方丈的那個。」

胡小天摸了摸光禿禿的腦袋：「那麼牛逼？」

小沙彌聽到他隨口爆粗，慌忙雙手合什道：「阿彌陀佛，罪過罪過！」

胡小天笑了起來：「是我犯錯，你說什麼罪過？」

小沙彌道：「佛門淨地，施主千萬不可胡亂說話，佛祖會聽得到的。」

胡小天笑道：「你見過佛祖？」

小沙彌搖了搖頭道：「師父說過，佛祖就住在我們心裡。」

胡小天忽然想起了一首歌，低聲唱道：「小和尚下山去化齋，老和尚有交代，山下的女人是老虎，遇見了千萬要躲開。走過了一村又一寨，小和尚暗思揣，為什麼老虎不吃人，模樣還挺可愛？老和尚悄悄告徒弟，這樣的老虎最呀最厲害，小和尚嚇得趕緊跑：師傅呀。……壞壞壞老虎已闖進我的心裡來，心裡來……」

隨著胡小天的歌聲響起的還有那小和尚稚嫩的誦佛聲：「阿彌陀佛，罪過罪過……」

回到裂雲谷，胡小天先把從五觀堂帶來的油鹽醬醋放在石屋內，無塵溪中有不少游魚，這七天時間剛好打打牙祭。又取出不悟老和尚給他的那張地圖，按照自己記憶中的樣子勾畫出幾個不同的地方，修改地圖重新標注絕非一日之功，還好不悟也沒有催他，應該有足夠的時間完善這張地圖。

不悟果然信守承諾，每天凌晨準時過來，指點胡小天的武功，不過一連兩天都沒有教給胡小天任何的新東西，只是糾正他馭翔術的不足，胡小天很快就發現修煉馭翔術最大的好處就是可以控制內息，過去練氣調息都是靜坐，而修煉馭翔術之後，他可以在騰躍滑翔之中調息練氣，胡小天渾厚的內力很快就發揮出了巨大的優勢，僅僅修煉了三天，他凌空一躍竟然可以達到五丈，俯衝下去也接近二十丈。而且可以做到連續在空中提縱三次，過去只能依靠金蛛八步爬上去的三層洞窟，如今凌空一躍，三次提縱就可以進入其中。

想起自己面壁的時間只有七日，胡小天自然有些心急，如果不悟接連七天都教給自己這一門功夫，豈不是白白荒廢了時間，當晚修煉之後，他終於忍不住向不悟道：「師父，您覺得我這馭翔術掌握得怎麼樣了？」

不悟道：「還不錯。」

胡小天笑道：「那是不是可以再教我一門功夫了？」

不悟道：「跟普通人比還不錯，可是不能和真正的高手相比。」

「那是我跟師父肯定不能比。」

不悟冷哼一聲道：「就算比起武功未失之前的緣空你也比不過，他的虛空禪可以漂浮懸空而行，你如此心急又能夠學到什麼高深武功？」

胡小天道：「師父，不是徒兒心急，而是我的時間不多，留給您的時間好像也沒多少，若是想在皇上離開天龍寺之前潛入藏經閣，您還需教給我一些短期內能夠掌握的威力強大的功夫。」

不悟道：「威力？你的一身內力若是能夠收放自如，那就稱得上威力巨大。也罷，我先教給你一門最為實用的功夫。」

「什麼功夫？」

不悟道：「你不是一直擔心暴露身分嗎？若是可以改變身材容貌，那麼就等於變成了另外一個人，就算別人看到你也未必認得出你，這門功夫就叫改頭換面！」

「改頭換面？那豈不就是易容術？」胡小天心中大喜過望，他一貫喜歡投機取巧，在他心目中甚至覺得易容潛伏之類的本領比起武功更加重要，畢竟這個世界上太多無法用武功解決的問題，如果武功能夠決定一切，那麼現在坐在列國皇位之上的應該都是武林高手才對。

不悟道：「跟改頭換面相比，易容術根本只是上不得檯面的雕蟲小技罷了。」

胡小天看到他半臉傲嬌的樣子，心中暗忖，你這麼厲害為什麼不把自己裝扮得好看一些？為什麼說他半臉傲嬌，是因為不悟只有半張面孔有表情，另外那半張皮包骨頭如同骷髏一般的面孔肌肉都已經萎縮，哪還能做出什麼表情。

不悟道：「其實所謂武功之道，一法通萬法通，只要你能夠精確控制你的每一

塊肌肉，那麼你就可以初步做到改變容貌。」他讓胡小天擼起衣袖屈起手臂，胡小天頗為自得地展示了一下自己的肱二頭肌。

不悟的手指沿著胡小天手臂的肌肉曲線遊走，如同一把粗糙的砂紙在打磨胡小天的肌膚，胡小天雞皮疙瘩都冒了出來。不悟道：「想想你如果全身的肌肉都能做到這般起伏變化，那麼你的面部形態就可以自如改變。人想要控制肌肉的改變還需掌控筋膜骨骼，武者的筋膜骨骼要比普通人強韌許多。」

不悟說完身體力行，只聽到他的周身骨節發出爆竹般的劈啪作響之聲，他的脊椎居然發生了不可思議的形變，在胡小天的眼前身高驟然縮減了半尺有餘，別小看這半尺，已經完全改變了他的身形，不悟道：「如果改頭換面再加上易筋錯骨，那麼就算是你至親的人在你面前也認不出你究竟是誰。」

胡小天道：「師父，變是變得厲害了，可是能不能變得稍微漂亮一點，怎麼看起來有點像鐘樓怪人？」

不悟沒看過《巴黎聖母院》當然不知道誰是鐘樓怪人，繼續道：「你少廢話，師傅領進門，修行在個人，我只負責教你變化的方法，至於變成什麼樣子，要看你自己的修為造化。」

胡小天當下收起了調侃之心，認真跟著不悟聯繫易筋錯骨和改頭換面，其實這兩樣功夫完全相通，都是更為精確地控制自己的身體。真正修煉之後，胡小天方才知道不悟為什麼要堅持讓自己在馭翔術上精益求精，那馭翔術不僅僅是一套卓絕的輕功，更是不悟獨門的內功修煉方法，和多數內功調息方法不同，不悟的內功修行是在動中進行。

通過內息的收放來控制骨骼筋膜肌肉，要比生理狀態下的正常幅度增加數倍，這樣的變化對人體來說足以改變身高體態，更不用說在臉上，胡小天通過兩天的修煉，基本上可以做到兩種變化，或滿臉橫肉，或尖嘴猴腮，這也是改頭換面最為簡單的兩個極端，至於易筋錯骨，只練成了雞胸駝背，短短兩天能有這樣的成就已經相當不容易。

不知不覺已經在裂雲谷內度過了五天，這五天裡，胡小天除了練武就是下河摸魚，閑來晚上弄一條烤魚，也產生過用烤魚孝敬不悟的心思，可想來想去還是作罷，這位師父脾氣古怪，搞不好馬屁拍在馬蹄子上，到時候豈不是難看。

不悟每天都準時前來，這一晚居然提前來了一個時辰，胡小天因為覺得還不到他過來的時候，所以正在岸邊悠哉遊哉地烤著一條青魚，無塵溪水質極好，因為此前曾經將齊大內三人拋屍的緣故，胡小天每次都是沿著裂雲谷走到上游去抓魚，以他現在的武功抓魚還不是小菜一碟，今天抓到的這條青魚足有三尺長，八斤左右，胡小天將青魚烤得香氣四溢，又在上面撒上自己帶來的佐料。

胡小天正準備大快朵頤時，發現一道黑影出現在小河對面，原來是師父不悟。

不悟吸了吸鼻子：「好香！」隨即怨念頓生，罵道：「沒良心的小王八蛋，枉費我辛苦教你，每天自己都躲在這裡偷吃，也不知分點孝敬我。」

胡小天笑道：「師父快過來，徒兒以為您是出家人，所以不敢讓您破戒！」

不悟冷哼一聲：「破戒？我什麼時候又遵守過清規戒律？」身軀一晃已經越過小河來到胡小天身邊，因為青魚太大，胡小天將之切成幾大塊在火上烘烤，他取了一段魚腹肉給不悟，雖然不悟跟自己之間是合作關係，可師徒的名份是改變不了的，過去他對不悟一直懷有提防之心，可相處久了，發現不悟也不是那麼的可怕。

不悟咬了一口肥美的魚肉，臉上的表情頗為古怪，過了好一會兒方才讚道：「好吃！看不出你這龜兒子還有些用處。」

胡小天笑道：「烤魚也不是什麼太有技術含量的活兒，無非是熟能生巧罷了，烤魚如此，武功亦如此。」

不悟從懷中摸出了一個小瓷瓶，看樣子也就是能裝半斤酒的樣子，拔開瓶塞灌了一口，一時間酒香四溢。他喝完後將瓷瓶遞給胡小天，示意胡小天也來上一口。

胡小天倒是想喝，可是看到不悟那一口焦黑的牙齒，還是免了吧，他笑道：「徒兒不喝酒的。」

「讓你喝你就喝！」

胡小天只好接了過去，將瓷瓶高舉，張開嘴巴，避免嘴唇沾到瓶嘴，一條酒線倒了進去，酒入喉中一股奇寒冰冷的感覺在喉頭瀰漫，胡小天整個人被凍得幾乎要麻痹，旋即感覺到額頭開始跳著痛，跟小時候貪嘴一口咬下大半個雪糕的感覺類似，不過要強烈得多。胡小天唯有張大嘴巴不斷哈氣，看起來跟條狗似的。

不悟從他手中抓過瓷瓶又灌了一口，抿起嘴巴顯得頗為受用。

胡小天好半天方才緩過勁來，此時方才感覺到腹部開始有些發熱了，低聲道：「這是什麼酒？好怪，冷死人了。」

不悟道：「這酒叫九陰桂花釀，是地獄中的厲鬼所釀，其中融入了冤魂的怨氣。」

胡小天吐了吐舌頭：「師父，咱不帶這麼嚇人的。」

不悟將那小瓷瓶收起：「現在是不是覺得丹田處暖烘烘的？」

胡小天點了點頭：「不錯！」

不悟道：「暖意乃是你丹田的反擊之力，你雖然擁有如此強大的內力，可是你的丹田氣海卻沒有足夠的承受力，所以你想要活得更久一些，就必須不停鍛煉你的丹田氣海，提升它的承受能力，虛空大法為何最終會走火入魔，乃是因為修煉者只知道不停地吞噬他人的內力，卻沒有考慮到自身的承受能力。」

胡小天道：「跟吃多了撐死一個道理。」

不悟道：「對！同樣的食物你能夠吃飽，可換成一個小孩子卻可能被撐死，所

以你想不被撐死，就要不停提升自己的飯量。」

不悟的這番話突然讓胡小天萌生出希望，原來他並不一定會因為虛空大法最終走向走火入魔，只要可以修煉出一個足以承受博大內力的氣海丹田，那麼他就可以平安度過此劫。

不悟的飯量驚人，這條青魚多半進了他的肚子裡。

胡小天望著月光下的不悟，忽然生出同情之心，就算擁有了一身絕世武功又能怎樣？不悟家人被親弟弟所殺，一個人在世上形單影隻，還不得不禁足在天龍寺的後山一角，一待就是三十年，他的命運何其淒慘。

不悟拍了拍肚子：「好久沒吃過那麼好吃的魚了。」

胡小天道：「師父若是想吃，徒兒每天都烤給你吃。」

不悟醜怪的臉上居然露出一絲笑意：「小王八蛋，又在騙取我的好感是不是？歸根結底還不是想從我這裡多學一些功夫。」

胡小天道：「師父教給我的已經不少了，再說教會徒弟餓死師傅，您好歹也得留兩手絕招。」

不悟道：「激將法！那好，我就教你一套天龍寺的伏虎擒龍手，這套功夫最適合貼身肉搏，你且看好了。」不悟選了塊空曠地帶開始演示，胡小天邊看邊學，可以說這套武功才是不悟教給他的真正殺招。胡小天發現不悟的武功極其駁雜，不過他每樣武功都浸淫極深，此人當得起一代武學奇才。

這套伏虎擒龍手也是不悟教給胡小天的最後一套武功，馭翔術可以讓胡小天飛簷走壁如履平地，改頭換面易筋錯骨可以讓他改變形容以免暴露身分，而伏虎擒龍手可以提升胡小天近戰的能力。

胡小天學這套伏虎擒龍手所花費的時間也是最少，當晚就已經將伏虎擒龍手使得有模有樣。

臨走之時，不悟向胡小天道：「明天我就不會再來了。」

胡小天心中一怔，距離他離開還有兩日，他本以為還能從不悟那裡學到一些絕技，卻想不到不悟居然表示到此為止。

不悟道：「我最近內息波動需要閉關幾日，教你的這些武功已經足夠你在天龍寺行事，如果不是遇到幾個元老級的人物，你想要脫身應該不難。」

胡小天道：「師父，您不是還要進入藏經閣？」

不悟點了點頭道：「這段時間，你幫我留意藏經閣周圍的動靜，將那張地圖完善，十天後你我還在這裡相見，到時候你將自己掌握的情況完完全全地告訴我。」

胡小天道：「師父放心，徒兒必然將這件事為您辦得妥妥當當。」

目送不悟離去之後，胡小天開始認真考慮協助不悟進入藏經閣的事情，如果說過去他是被逼無奈，在這些日子的相處之中，胡小天的心境也發生了一些微妙的變

化，雖然他們之間的師徒關係以相互利用為前提，一日為師終生為父這句話並沒有說錯，傳道授業的恩情幾乎等同於生養之恩，雖然不悟表現得非常絕情，但是胡小天能夠感受到，他還是關心自己這個徒弟的，從他教導自己武功的情況來看，他並不想讓自己那麼早死。

以不悟的武功就算得到了無相神功也不會有太大的幫助，從胡小天瞭解到的情況來看，不悟活著的目的就是為了復仇，他最想做的就是要找到他的同胞兄弟穆雨明，其實在那晚之後，胡小天的心中已經隱約有了一個輪廓，穆雨明將自己的親生哥哥害到這種地步，必然擔心他報復，肯定會隱姓埋名，改變容貌隱匿人間，不悟提起穆雨明胯下之物奇大的時候，胡小天就想到如果將命根子割掉，那麼就不會被人發覺了。

穆雨明！從字面上來說倒讓胡小天想到了一個人，穆取諧音，木子為李，雨，雲消雨散，明恰巧又對上一個聰字，難道穆雨明就是李雲聰？忽然想起李雲聰在自己離開皇宮之前的交代，還說什麼讓自己尋找什麼勞什子《般若波羅蜜多心經》，又說天龍寺對他有恩，綜合這種種跡象，胡小天越發覺得李雲聰可疑。

屋頂忽然發出聲響，胡小天心中一怔，凝神屏氣，全神貫注感知著周圍的動靜。他很快就聽到悠長的呼吸聲，從對方的氣息推斷，來的應該是一個高手。

胡小天自蒲團之上彈射而起，拉開房門，一個箭步投身到石屋之外，卻見石屋之上站著一個灰衣僧人，他靜靜站在那裡，似乎並沒有逃避自己的意思。

胡小天本以為是殺手再度前來，看到來人是個和尚方才放下心來，他雙手合什道：「這位師傅深更半夜的擾人清夢，好像不太禮貌。」

那灰衣僧人點了點頭低聲道：「長生佛像是你毀去的？」

胡小天道：「不知你在說什麼？」

灰衣僧人道：「你知不知道天龍寺的規矩？毀掉長生佛像該當何罪？」

胡小天笑道：「你一個和尚有什麼資格向我問罪？你那隻眼睛看到我毀掉佛像了？」

灰衣僧人冷冷道：「那尊佛像已經不見，只是在周圍找到一些碎片，若非是你所為，為何又要從別的洞窟搬一尊佛像過去？根本就是欲蓋彌彰！」

胡小天道：「我懶得跟你廢話，我來這裡燒香禮佛乃是天龍寺通元方丈親口應允，監院通淨大師親自送我前來，你算老幾？跑過來說三道四，想要誣陷我嗎？」

灰衣僧人道：「戒律院明證！麻煩你跟我去戒律院說清楚。」

胡小天呵呵笑道：「我又不是你們天龍寺的和尚，戒律院只怕管不到我。」

明證道：「施主最好別逼我動手。」

胡小天心想老子正想找個人練練手，看看我這兩天所學的武功究竟到了怎樣的地步，你主動送上門來最好不過，他笑瞇瞇點了點頭：「那就看看你的嘴和手究竟

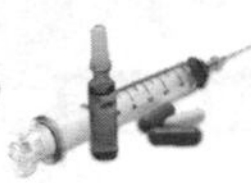

哪個更厲害。」

遠處忽然傳來一陣齊刷刷的腳步聲，胡小天心中一怔，卻見從裂雲谷口處跑來了一群和尚，共計有十三人，手中全都拎著木棍舉著火把。胡小天本以為是單打獨鬥，看來對方早有準備，這是一場群架啊。當著這麼多人決不能輕易出手，只要出手，他擁有強大內力的事情就會露餡，如果讓人猜到他掌握了虛空大法，吸取了緣空和尚的內力，恐怕整個天龍寺都會抱成團來對付自己，搞不好自己也要變成不悟這個樣子，被他們困在天龍寺之中。

不到迫不得已絕不能動手，想到這裡，胡小天放棄了大打出手的打算，點了點頭道：「人多了不起啊？我不跟你們一般見識，走！去找通濟長老說理去。」

胡小天被這幫棍僧押到了戒律院，早有和尚提前過來通報，戒律院內燈火通明，胡小天來到這裡之後第一件事就是觀察周圍環境，然後將詳細特徵記下，回頭好去修改那張地圖，來到戒律院這天龍寺最高執法機構，胡小天並沒有感到任何壓力，戒律院是約束和尚的地方，自己又不是和尚，就算犯了法也應該由朝廷治罪。這廝的心中甚至還有些小興奮，平時買票都進不來的地方如今能夠免費參觀了，雖然時間已經是三更時分，這並不妨礙胡小天遊覽的興致。

本以為在戒律院可以見到執法長老通濟，卻想不到負責訊問他的仍是明證，走入戒律院消孽堂，馬上就有僧人將大門關閉，十多名棍僧將胡小天團團包圍。

明證道：「施主，你最好坦白交代，那尊長生佛像究竟是不是你毀去？」

胡小天搖了搖頭道：「都跟你說過了，與我無關。」周圍棍僧同時將棍棒拄在地上，蓬的一聲，震得整個地面都顫抖起來，把胡小天嚇了一跳。胡小天道：「怎麼？莫非你們想將我屈打成招？」

明證道：「與你無關？若是沒有根據，貧僧也不會無緣無故將你帶到戒律院，來人！請他們出來吧！」

胡小天心想還有證人，不由得有些好奇，舉目望去，卻見從後方小門處走來了兩個和尚，前面一個是功德堂負責功德簿的老和尚，後面那個卻是五觀堂的明生。胡小天知道明生因為帶著自己擅入裂雲谷的事情而被罰面壁三個月，想不到也被拉過來當證人，胡小天暗叫不妙，明生當日和自己一起進入裂雲谷，他應該知道發生了什麼？

那負責功德堂的老和尚點了點頭道：「是他，就是這位施主前往功德堂查看過功德簿，尋找一尊楚扶風供養的長生佛。」

明證點了點頭道：「師叔辛苦了。」

那老和尚認人之後轉身就走了。

明證又將目光落在明生的臉上：「明生師弟，那天你陪同胡施主一起前往裂雲谷，究竟發生了什麼事情？」

明生搖了搖頭道：「我什麼都不知道。」

胡小天打心底鬆了口氣，這明生的嘴巴倒是緊得很。

明證盯住胡小天道：「你三番兩次前往裂雲谷究竟有何目的？那尊長生佛是不是被你毀掉的？」

胡小天道：「我不是你們天龍寺的人，我乃朝廷命官，所做的一切事情只需對皇上交代，你們有什麼資格訊問我？」

明證冷冷道：「施主若是不肯說實話，只怕沒那麼容易走出戒律院。」

胡小天哈哈笑道：「威脅我？我還就不怕威脅，你們若是有膽子，乾脆將我一刀殺了，看看陛下會不會因此而震怒，天龍寺三百年前已經毀過一次，想必不怕再有第二次。」

明證怒道：「大膽！」天龍寺被毀之事早已成為全寺上下最難以磨滅的痛苦記憶，也是最忌諱被外人提起，如今胡小天當著僧眾提起這件事，等於公然揭開他們的傷疤。

胡小天不屑道：「大膽是你們才對，將我帶到這裡究竟是你的意思，還是戒律院通濟長老的意思？又或者是天龍寺方丈的意思？你們知不知道我的身分？別跟我說眾生平等的那一套，在大康的土地上我是官，你們是民！我沒找你們的麻煩，反倒是你們主動找起我的麻煩來了，明證啊明證，如果這件事你是受命而為，就請那位背後人物過來跟我好好談清楚，如果是你擅自做主，呵呵，我只怕你擔不起那麼大的責任。」

明證大聲道：「有什麼事情，貧僧一力承擔！」

胡小天道：「若是給天龍寺惹了麻煩，你擔得起嗎？」

明證被問得一時間無言以對，胡小天不但伶牙俐齒，而且話語之中明顯在威脅他們，玩弄心機，這些出家人又哪會是胡小天的對手。胡小天道：「不如咱們請皇上和方丈到場，將是非曲直說個明白！」

明證的表情變得猶豫不決，他顯然欠缺對付胡小天這種滑頭的經驗，此時一個和尚從後面跑了過來，附在明證的耳邊低聲說了句什麼。

胡小天心中暗忖，一定有人在明證的背後指使。

果然不出胡小天所料，明證聽完那和尚的話，馬上道：「時間已經太晚，還是不要驚擾了皇上和方丈休息，來人，給胡施主準備一間禪房讓他休息。」

所謂禪房就是戒律院的監房，這裡專門為了關押那些違背寺規而又不聽教誨的和尚而設。多數時間都閒置在這裡，因為和尚都相信佛祖，就算犯錯，多半也都是老老實實去面壁思過，需要特別關押的真是少之又少。

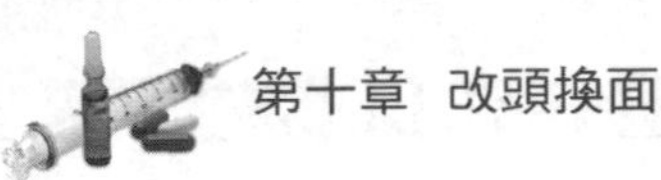

這樣的好事居然讓胡小天趕上了，他被送入監房中關了起來，雖然這監房木柵欄都有手臂粗細，可是現在絕對困不住他，胡小天心中反倒有些好奇，他倒是想看看天龍寺的和尚究竟想怎樣對付自己。

胡小天進來不久，隔壁的監房也送進來了一個人，卻是明生和尚，他進入監房之後，馬上就盤膝坐在蒲團之上，面對著牆壁念經。

胡小天饒有興趣地湊了過去，拍了拍分隔他們的柵欄道：「明生師兄，反正也沒人，你念經給誰看，不如咱們聊聊。」

明生真是哭笑不得，自己之所以落到現在這種境地還不是拜他所賜，依然對著牆壁道：「阿彌陀佛！佛祖寬恕弟子吧。」

胡小天道：「你又沒做錯事，為何要祈求佛祖寬恕？」

明生沒有搭理他，依然故我在哪裡祈禱不停。

胡小天歎了口氣道：「你們這天龍寺也真是不講道理，一件屁大點的小事竟然要關你三個月的禁閉，我本以為沒機會跟你見面了，想不到他們居然把你拉過來當證人，謝謝啊！夠意思沒出賣朋友。」看到明生仍然不搭理自己，胡小天搖了搖頭，在草堆上躺下，雙手枕在腦後，消停了一會兒道：「明生師兄，那天你看到了什麼？」他是想確認一下明生有沒有看到不悟的真容。

明生這次居然有了反應：「不可說，不可說！」

胡小天哈哈大笑：「你知不知道，你被關起來之後，皇上跟方丈說了一聲，我去裂雲谷內待了十多天，替他在長生佛面前焚香誦經。」

明生並不知道被關之後發生的事情，他愕然道：「方丈允許你去裂雲谷？」

胡小天道：「騙你作甚，所以你面壁三個月實在太冤了，你們天龍寺口口聲聲佛祖面前眾生平等，可遠不是那麼回事，根本就是只許州官放火不許百姓點燈。」

明生道：「不得詆毀我寺。」

胡小天道：「不是詆毀，只是就事論事，對了，那天你逃走之後，我遇到了一個老和尚。」

明生顯然已經被胡小天勾起了興趣，停下誦經向胡小天這邊張望：「胡施主知不知道有句話叫禍從口出？」

胡小天知道他在提醒自己，其實胡小天一直都在留意周圍的動靜，他已經聽到外面細微的呼吸聲，顯然有人在外面偷聽，這幫戒律院的和尚還真是奸詐。對明生和尚胡小天也不能完全信任，畢竟雙方立場不同，焉知明生和尚不是戒律院故意派人來刺探消息的？胡小天之所以這樣說是將計就計。胡小天道：「明生師兄，這裡只有咱們兩個，你因為我而遭遇這場麻煩，我對你當然信得過。」

明生道：「你那天見到了什麼人？」

胡小天道：「就是一個老和尚，我本以為他是一尊塑像呢，一動不動地躲在洞

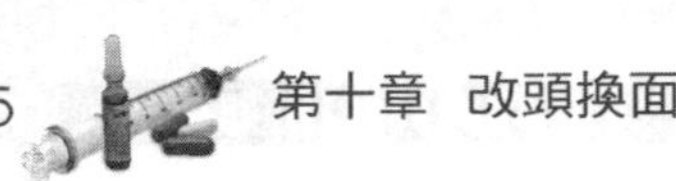

窟之中，後來才知道他是個活人。」

「再後來呢？」

胡小天道：「再後來他就走了，皇上讓我去裂雲谷，我本來並不敢去，可是聖命難違，我只能硬著頭皮過去，還好這些天再沒有遇到那個老和尚。」

明生道：「他們說你毀掉了長生佛，不知是真是假？」

胡小天聽到明生一個接著一個的問題，已經猜到明生十有八九是跟戒律院在聯手演戲，意在從自己嘴裡套出實情。

胡小天道：「我也不瞞你，那長生佛根本就不是我毀掉的，皇上派了我和齊大內兩人一起去裂雲谷焚香禮佛，就在我們即將完成使命的最後一天，突然就出現了兩個黑衣刺客，他們想要把我們殺掉。」

明生不覺向木柵欄靠近，驚聲道：「怎麼可能？天龍寺乃是佛門淨地，怎麼可能會有刺客？」

胡小天道：「我也這麼想，他們應該不是天龍寺的人，齊大內率先衝了出去，跟他們兩人剛交手，就有一個長頭髮的惡鬼衝了出來，把他們三人全抓走了。」

明生道：「什麼？」

胡小天道：「我被嚇得魂不附體，一直都躲在石屋中，還好那晚沒事，等到第二天，發現他們三人連一根毛都沒剩下，想必是被惡鬼吃了。這件事我告訴了皇上，皇上卻不信我，因為齊大內的失蹤大發雷霆，罰我再去裂雲谷焚香誦經七天。今兒才是第五天，不瞞明生師兄，我這五天過得提心吊膽，生怕那長髮惡鬼過來找我的麻煩，眼看就要熬過這段苦日子了，想不到最終卻是被戒律院給捉到了這裡。」他故意停頓了一下，歎了口氣道：「其實讓我選擇，我寧願待在這裡，也好過裂雲谷那個恐怖的地方。」

明生道：「那長生佛到底是不是你毀掉的？」

胡小天道：「跟我無關，長生佛乃是陛下的故友所供養，陛下對長生佛極其珍視，所以才派我前往那裡焚香誦經，以緬懷他的那位故友，可見陛下對這份友情是極其看重的。長生佛其實是被那兩名黑衣刺客所毀，你想想，皇上派我去裂雲谷供奉香火，我若是將長生佛毀了，那可是抄家滅門的重罪，別說是我，說不定皇上一生氣，派兵將天龍寺都給滅了。」

明生臉色一變：「胡施主別胡說。」

胡小天道：「我可沒亂說，皇上的脾氣我比你們都要清楚，正因為知道後果嚴重，所以我才將那些碎片清掃乾淨，然後費盡九牛二虎之力，方才挪了一尊佛像過去，希望能夠蒙混過去，反正皇上也不會去裂雲谷，只要等他離開天龍寺，估計這輩子也不會想起這件事來，如果現在就讓他知道了，呵呵……」胡小天接下來的話沒說完，可是意思已經表達得相當充分。他的耳朵一刻都沒有停止對外面的關注，

聽到牆外再無聲息，應該是偷聽的人已經走了。

胡小天猜得不錯，戒律院消孽堂內兩名僧人相對而立，彼此臉上的表情都顯得頗為凝重，一人正是將胡小天抓來的明證，另外一人乃是戒律院執法長老通濟。

明證歎了口氣道：「師父，剛才他們的話你可都聽到了？」

通濟點了點頭低聲道：「此事非同小可。」

明證道：「胡小天所說的那個長髮惡鬼究竟是什麼人？他是不是故意在危言聳聽，恐嚇明生？不如我們給他點厲害看看，讓他把實話說出來。」

通濟面色一沉：「萬萬不可，他乃是朝廷命官，咱們豈可貿然對他下手。」

明證道：「朝廷命官又如何？損毀了長生佛就是對佛祖不敬。」

通濟搖了搖頭道：「長生佛損毀之事千萬不能傳出去。」

「什麼？」明證愕然道。

通濟緩緩踱了幾步，來到佛祖像前雙手合十，默默祈禱佛祖寬恕，他低聲道：「胡小天有一句話並沒有說錯，若是這件事被皇上知道，必然不會善罷甘休，所以還是嚴密封鎖消息的好。」

明證道：「師父，我總覺得胡小天有鬼，此子奸詐狡猾，根本沒說實話。」他對胡小天頗為反感。

通濟道：「他所說的事情未必都是假話，皇上來到天龍寺只怕沒有誦經禮佛那麼簡單，跟在他身邊的那幾個人無一不是高手。」

明證道：「一國之君為何要為難天龍寺，為難咱們這些出家人？」

通濟道：「不知道他的真正動機之前，我等必須要小心謹慎，千萬不可主動招惹是非，以免惹火燒身。」

明證道：「難道咱們將胡小天就這麼放了不成？」

通濟道：「放了他也沒什麼，他只是一個侍衛統領，也不是什麼重要人物。」

「萬一他要是出去亂說。」

通濟淡然笑道：「他敢說嗎？」

明證心中暗忖，長生佛的事若是暴露出去，皇上第一個要追究的肯定是胡小天，這小子無論如何不敢將這件事抖落出去，否則他也不會弄一尊假佛像冒充。

通濟道：「往生碑斷，往生井坍塌下陷，空見大師和緣空師叔不知去了哪裡，我總感覺天龍寺可能要出亂子。」

明證道：「無論是誰想要為禍天龍寺，弟子第一個不會答應，就算犧牲掉這條性命也要跟他血戰到底。」

通濟歎了口氣道：「你的性情還是那般暴戾，動不動就打打殺殺，哪還是一個佛門弟子說的話，明兒一早你就將胡小天放了，再警告他不要亂說話，不然就將長生佛的事情告訴皇上。」

明證雖然心有不甘，可是師父既然發話他也不好說什麼，點了點頭道：「師父，那往生井內到底有什麼？為何好端端地就會塌了呢？」

通濟目露迷惘之色：「我也不甚清楚，總之沒有方丈的允許，什麼人都不許靠近那裡，對了，明天開始就不要讓胡小天前往裂雲谷了，就說是方丈命令，從明日起封谷。」

明證道：「胡小天還說他們少了一個侍衛，那侍衛被惡鬼抓走，可是為何西院那邊連一點動靜都沒有？」

通濟道：「皇上豈會將一名侍衛的性命放在眼裡，你又怎麼知道，那侍衛的失蹤跟他們沒有關係？」

明證神情愕然，忽然想起他們天龍寺中一直平靜無事，可自從皇上來了之後，重重奇怪的事情就層出不窮，難道這一切當真都是皇上所為。

通濟道：「此事我需儘快稟告方丈，西院那邊務必要加派人手，一定要注意他們的動向。」

請續看《醫統江山》第二輯卷一 刺殺詭局

醫統江山 卷18 如夢初醒 第一輯完

作者：石章魚
發行人：陳曉林
出版所：風雲時代出版股份有限公司
地址：10576台北市民生東路五段178號7樓之3
電話：(02) 2756-0949
傳真：(02) 2765-3799
執行主編：劉宇青
美術設計：許惠芳
行銷企劃：林安莉
業務總監：張瑋鳳

初版日期：2020年8月
版權授權：閱文集團
ISBN ：978-986-352-841-8
風雲書網：http://www.eastbooks.com.tw
官方部落格：http://eastbooks.pixnet.net/blog
Facebook：http://www.facebook.com/h7560949
E-mail：h7560949@ms15.hinet.net
劃撥帳號：12043291
戶名：風雲時代出版股份有限公司

風雲發行所：33373桃園市龜山區公西村2鄰復興街304巷96號
電話：(03) 318-1378
傳真：(03) 318-1378
法律顧問：永然法律事務所 李永然律師
北辰著作權事務所 蕭雄淋律師

行政院新聞局局版台業字第3595號 營利事業統一編號22759935

定價：270元

國家圖書館出版品預行編目資料

醫統江山 ／石章魚 著. -- 初版 -- 臺北市：風雲時代，2020.03- 冊；公分

ISBN 978-986-352-841-8（第18冊：平裝）

857.7 108022924